HEYNE BÜCHER

Fantasy

Herausgegeben von Friedel Wahren

Das Schwarze Auge

TOBIAS FRISCHHUT

Geteiltes Herz

Achtundvierzigster Roman
aus der
aventurischen Spielewelt

begründet von
ULRICH KIESOW

Originalausgabe

WILHELM HEYNE VERLAG
MÜNCHEN

HEYNE SCIENCE FICTION & FANTASY
Band 06/6048

Umwelthinweis:
Dieses Buch wurde auf
chlor- und säurefreiem Papier gedruckt.

Originalausgabe 7/2000
Redaktion: Rufus Niederbühler

http://www.heyne.de
Printed in Germany 2000
Umschlagbild: Clyde Caldwell/ Agentur Kohlstedt
Kartenentwurf: Ralf Hlawatsch
Umschlaggestaltung: Nele Schütz Design, München
Technische Betreuung: M. Spinola
Satz: Schaber Satz- und Datentechnik, Wels
Druck und Bindung: Presse-Druck, Augsburg

ISBN 3-453-17224-8

Prolog

Ein Streich mit dem Schwert. Die noch junge Klinge, die im Licht der untergehenden Sonne in einem ganz besonderen Orangerot glänzte, verfehlte ihr Ziel nur um Haaresbreite. Der Hauch von roter Seide, der die makellose, bronzen anmutende Haut nur unzureichend bedeckte und die Verletzlichkeit seiner Trägerin ihrem Gegenüber darbot, teilte sich. Die Klinge vollendete ihre Kreisbahn, die der kraftvolle Arm des Kämpfenden ihr gewiesen hatte, um für den Hauch eines Augenblicks zu erstarren und fast schwerelos in seinen Händen zur Ruhe zu kommen.

Es hieß, es gäbe mächtige Magier, die es vermochten, einen einzelnen Augenblick aus dem Strom der Zeit herauszulösen und ihn festzuhalten, bis Satinavs zornige Hörner die gestohlene Zeit zurückforderten. Und wiewohl wir selbstverständlich derlei Zauberwerks nicht mächtig sind, wollen wir versuchen, es einem solchen Meister der arkanen Kunst gleichzutun. In diesem schicksalhaften Augenblick der Begegnung zwischen dem Mann mit dem glühenden Schwert und der Frau mit der rotseidenen Bluse wollen wir innehalten und versuchen, dessen Zauber zu ergründen.

Wenden wir uns also den beiden Hauptakteuren des Geschehens zu, jenem Paar, das eben genau ein solches nicht war, da eine große Kluft im Glauben und Denken sie voneinander trennte, sie gar zu einer Feindschaft verurteilte, die schon sehr alt war – so alt wie der Fanatismus des traditionsreichen Ordens vom Bannstrahl

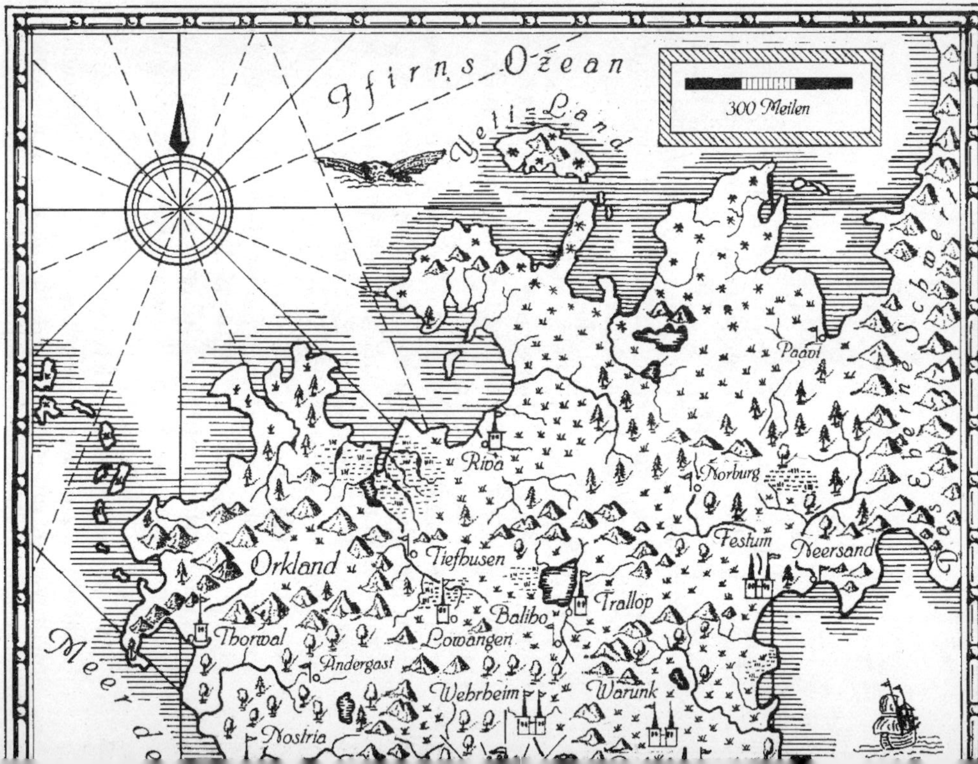
Ifirns Ozean
Yeti-Land
300 Meilen
Das Ehernes Schwert
Paavi
Riva
Norburg
Festum
Neersand
Orkland
Tiefhusen
Trallop
Balibo
Thorwal
Lowangen
Andergast
Wehrheim
Warunk
Nostria
Meer de

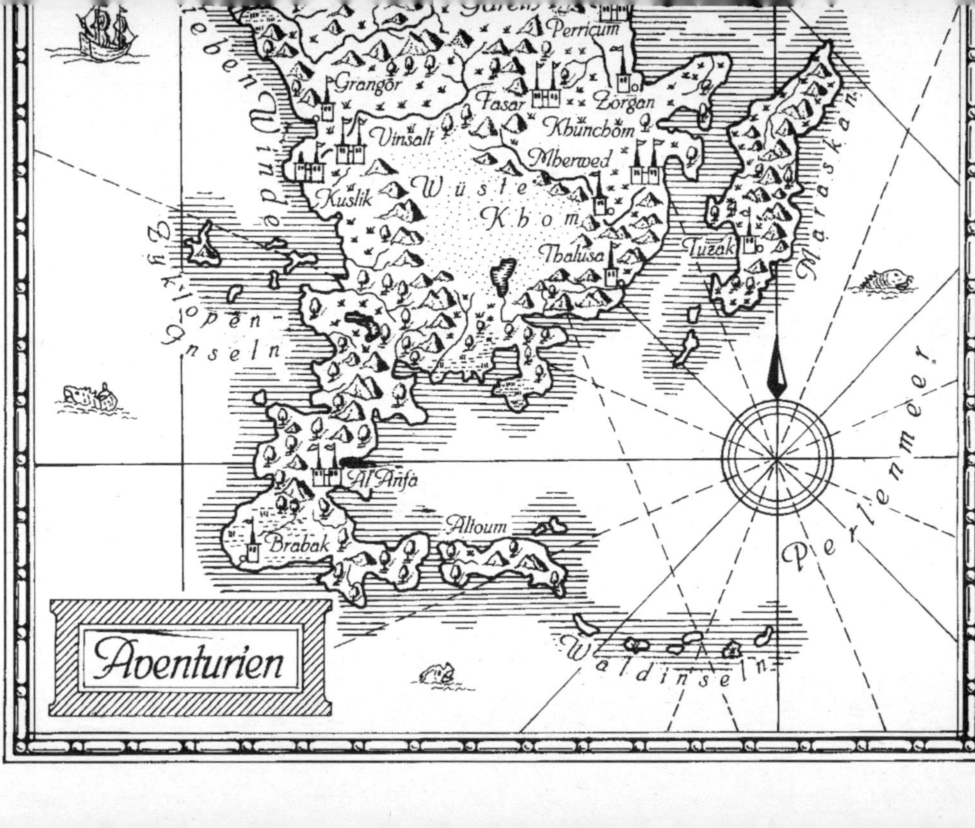
Aventurien
Perricum
Grangor
Fasar
Zorgan
Vinsalt
Khunchom
Mherwed
Kuslik
Wüste Khom
Thalusa
Tuzak
Maraskan
Zyklopen-Inseln
Al'Anfa
Altoum
Brabak
Perlenmeer
Waldinseln

Praios' – und die durch den trutzigen Widerstand der Schwesternschaft Satuarias bis zu jenem schicksalhaften Tag erneuert worden war. Ja, es schien beinahe so, als sammelten sich in diesem Augenblick all jene Geister der längst verstorbenen Bannstrahler in dem noch jungen Ordensbruder, um ihn bei seiner Aufgabe, die Welt von einem weiteren Stachel der Hexenbrut zu befreien, anzufeuern und seine Wut zu schüren. Und hätten wir tatsächlich die Möglichkeit erhalten, das Bild mit Muße und elfischem Langmut zu betrachten, so hätten wir vielleicht das eine oder andere Gesicht eines längst gefallenen Laienritters in den Flammen entdecken können, die die Praiosscheibe auf der blanken Klinge tanzen ließ.

Kalte Entschlossenheit sprach aus dem Gesicht des Bannstrahlbruders bei seiner ersten großen Tat. Es war nicht mehr wichtig, wie er der Frau, deren Schönheit ihn nicht blenden konnte, auf die Schliche gekommen war; kein Gedanke daran, mit welch dunklen Mächten sie im Bunde stand. Nichts und niemand konnte ihn jetzt davon abhalten, seine erste Frevlerin dem Tode zu überantworten. Aber wer es verstand, durch die Augen in die Tiefe der Seele zu blicken und wie ein Inquisitor in ihr die Wahrheit zu erkennen, der sah auch, daß sich der Glaubensritter seines Zögerns gewahr war. Er sah den Zorn, den das Wissen um seine Schwäche in dem jungen Mann auflodern ließ, und die leise Furcht, die mit jedem vergehenden Sonnenstrahl heftiger in ihm zu keimen begann.

An dieser Stelle sollte nicht der Eindruck entstehen, daß der Bannstrahler sich vor den Verwünschungen fürchtete, die die Hexe ausgestoßen hatte, oder ihren schwarzen Augen, die wie finstere Obsidiane an seiner Seele sogen. Keinen Schrecken der Finsternis hatte er zu fürchten, denn wenn er sein Leben ließ, dann fand seine reine Seele den Weg zum Götterfürsten, der über Alveran und die jenseitigen Gefilde gebot. Doch eben hier lag das Samenkorn seiner Furcht verborgen, fest verwurzelt in seinem Glauben: Er war noch jung, hatte bisher wenig gelitten und noch keinen Frevler in Sein Licht zurückgeführt. War er denn würdig, schon jetzt vor seinen Herrn zu treten? Würde der Fürst der Götter ihn als den, der er jetzt war, überhaupt bemerken? Das versinkende Auge des Herrn ließ die Angst in ihm wachsen, und je mehr er ihrer gewahr wurde, desto wütender und entschlossener blickte er seiner Feindin entgegen, deren Namen er nicht einmal kannte.

Doch auch seine Gegnerin war nicht allein auf dem kleinen Platz, der wohl einst just für diese Begegnung geschaffen worden war. All jene, die auf den Scheiterhaufen des fanatischen Praiosordens verbrannt worden waren – Hexen, Schwarzkünstler und Seltsame, einerlei, ob sie schuldig oder unschuldig waren oder die Wahrheit bis in den Tod hinein verschwiegen hatten –, schienen in diesem Augenblick an den innersten und geheimsten Regungen der Hexe zu zerren. Sie schickten jener noch lebenden Gefährtin ihren Schmerz und die Gelüste auf Vergeltung, die sie um ihre Ruhe gebracht hatten, und flüsterten ihr zu, durchzuhalten, denn bald war die Nacht vollends hereingebrochen. Dann war ihre Zeit gekommen: die Zeit der Hexen, die in den Stunden, da das Madamal leuchtend am Himmel stand, über sich hinauswuchsen und in Madas Schein zu einer liebreizenden Lilie erblühten, deren Duft die Sinne betäubte und verborgene Sehnsüchte an die Oberfläche des Herzens lockte. Doch auch die Zeit der Geister, die den Lebenden dunkle Geheimnisse zuflüsterten und sie zu den seltsamsten Gedanken verführten.

Auch diese Hexe hörte bereits ihre Stimmen, doch war ihr nicht bewußt, daß es sich um Stimmen handelte. Vielmehr schien es ihr so, als seien es allein ihre Gedanken, die den Untergang der Praiosscheibe herbeisehnten, als sei es ihr eigenes dunkles Feuer, das in ihren Augen loderte, ihre Gefühle, die den Zauber, der erst nach Einbruch der Nacht vollendet sein wollte, zu weben begannen. Daß sie ihrem Verfolger mit jener Zauberei, die dem Opfer auch nach ihrem Ende die Erinnerung an jede Einzelheit gewährte, sie gar in prächtigen, niemals verblassenden Farben malte, einen Schlag versetzen würde, den er zeit seines Lebens nicht mehr vergäße, war ihr wohl bewußt. Was sie ihm antun wollte, war weit schlimmer als der gnädige Tod, der zumeist vom Schleier des Vergessens und manchmal auch des Vergebens begleitet wurde. Den Tribut, den sie hierfür zu entrichten hatte, nahm sie gern in Kauf.

Wie sollte sie auch wissen, daß es die Schatten der Vergangenheit waren, die auftauchten, um durch die kräftige junge Schwester die Gelegenheit zur Rache zu nutzen? Und wie sollte sie ahnen, daß der Preis für die Tat viel höher war, als sie in jenem Augenblick erwartete?

Eines jedoch überstrahlte das Bild, das wir betrachten, mit güldener Gewißheit: Nach diesem Augenblick würde nichts mehr so sein wie vorher. Ihrer beider Leben, die hier aufeinandergetroffen waren, sollten sich jäh ändern, eine neue Richtung einschlagen, ein neues Kapitel beginnen. Und nicht nur das ihre ...

Lange lief er noch weiter, auch als die Nacht schon hereingebrochen war, eine schwarze Nacht ohne Madamal und Sternenschein. Phex hielt seine Schätze verborgen, und das bereits seit sieben Nächten. Zürnte der Gott der Diebe und Händler den Menschen oder hatte gar der Namenlose seine Finger im Spiel? Wer konnte den Willen der Götter schon erahnen?

Zumindest scheint Efferd gnädig gestimmt, dachte Knorrhold bei sich, als er sich neben einer Kopfweide niederließ, die als schwarzer Schatten am Wegrand aufgetaucht war. Trotz der dicken grauen Wolken, die tagsüber Praios' leuchtende Scheibe verdeckten und des Nachts den Sternenschein verschluckten, fiel kein Regen.

Knorrhold drehte an dem Rädchen seiner Laterne, die er neben sich auf einen großen Stein gestellt hatte, und die Flamme wurde kleiner, bis sie schließlich ganz erlosch. Wenn man zu so später Stunde noch keine Herberge erreicht hatte, war es ratsamer, nicht auf sich aufmerksam zu machen. Nach einem Griff zum kalten Eisen seines Streitkolbens schöpfte er wieder Mut.

Nun saß er also hier, inmitten der vielen kleinen Seen, die diesem feuchten Landstrich seinen Namen gaben. Manchmal fragte er sich, warum er nicht einfach in Menzheim geblieben war, in dem freundlichen Städtchen in Weiden. Auch dort gab es für einen Medicus wie ihn viel zu tun, als da waren Gänsepusteln, die mit Salbe bestrichen werden mußten, Rotbacken, die einen kalten Umschlag brauchten, kleine Kinder mit einem Flinken Difar …

Noch bevor er den letzten Gedanken zu Ende gedacht hatte, schüttelte er heftig den Kopf. Wie er diese Alltäglichkeiten doch haßte! Und dazu das Plärren der Kinder und das Zetern ihrer Mütter … Nein, das konnte doch nicht sein Leben sein. Schließlich zählte er erst fünfundzwanzig Götterläufe. Um Kinderkrankheiten und Wehwehchen konnte er sich auch dann noch kümmern, wenn ihn einmal selbst das Zipperlein plagte. Jetzt aber wollte er in die Welt hinaus, wollte mit Mishkhara selbst, der dämonischen Monarchin des Siechtums, seine Kräfte messen.

Ein Möwenschrei riß Knorrhold aus seinen Gedanken. Er öffnete seinen Rucksack, holte die rauhe, aber warme Nivesendecke hervor, lehnte sich an einen Baumstamm und machte es sich bequem. Dann versank er wieder in seinen Gedanken, die sich mehr und mehr dehnten, in seinem Kopf zu kreisen begannen, um sich schließlich immer weiter zu entfernen. Noch ein kurzes Dankgebet an Peraine, ein letztes Gähnen, und der Schleier des Vergessens legte sich über den einsamen Wanderer.

Windanach lag eine halbe Tagesreise nördlich von Havena, nördlich der großen Hafenstadt am Mündungsdelta des Großen Flusses. Hätte Knorrhold gestern gewußt, wie nahe er dem Dorf schon gewesen war, er hätte sich diese Nacht im Freien erspart. Warum mußte Efferd gerade dann seine Pforten öffnen, wenn er nicht darauf gefaßt war? Nun war er durchnäßt bis auf die Haut – und was noch viel schlimmer war: Auch seine Kräuter und Verbände hatten unter dem Regen gelitten.

Die Seen waren angeschwollen und würden bald auch die Straße auf dem niedrigen Knüppeldamm erreichen, sich vielleicht sogar über ein Gewirr aus Seitenarmen mit dem nahen Meer vereinen, und die Wasser des Efferd, die salzigen wie die süßen, würden sich im Bunde vereinen. Da war es wohl besser, den Tag in dem Dörfchen zu verbringen. Die Hafenstadt würde schon nicht davonschwimmen.

Wie Knorrhold bemerkte, standen die langen, einfachen Häuser, jedes für sich, auf einem kleinen Hügel. Unter anderen Umständen hätte er sich sicherlich darüber gewundert, doch jetzt hoffte er nur, daß das Wasser diese Erdhügel nicht erreichte, als er über die kleinen Stufen zur Tür der *Windtrommel* schritt. Welch merkwürdiger Name für ein Gasthaus! ging es Knorrhold durch den Kopf, als seine Fingerknöchel gegen das verwitterte Holz der Tür schlugen. Nichts rührte sich. Dieses Mal hämmerte er mit der Faust dagegen, denn bei solchem Efferdswetter rechnete man sicherlich nicht mit Gästen.

»Was wollt Ihr?« Eine barsche, tiefe Frauenstimme erklang hinter der Tür.

»Travia zum Gruße, gute Frau! Wollt Ihr nicht einen einsamen Wanderer hereinbitten?«

»Alles besetzt!« Die Schritte schienen sich wieder von der Tür zu entfernen.

»Heda, jetzt haltet aber ein!« Knorrhold hieb abermals mit der Faust gegen die Tür. »Ihr könnt mich doch hier nicht einfach im Regen stehen lassen. Wollt Ihr Euch gegen die Göttin der Gastfreundschaft versündigen?« Ungläubig starrte er auf die regennasse Tür.

»Havena ist nicht mehr weit«, drang es wieder durch die Tür, »also trollt Euch!« Dann war nichts mehr zu hören.

Knorrhold konnte es nicht fassen. Er wollte antworten, doch die Worte blieben ihm im Halse stecken, wurden verschluckt wie die Regentropfen, die ihm in den offenen Mund fielen. Er wischte sich das nasse Haar aus den Augen, drehte sich um und ließ sich mit einem Platschen in die Pfütze auf der obersten Stufe fallen. Ratlos wanderte sein Blick über die wenigen anderen Häuser. Wenn man ihm schon in einem Gasthaus nicht Einlaß gewähren wollte, welchen Sinn hatte es dann, bei einem der Bauern oder Fischer anzufragen?

Als er ein leises Klicken hörte, fuhr er herum. Die Tür öffnete sich langsam, und ein rotes Haarbüschel schob sich durch den Spalt. Wenige Augenblicke später kam der kleine Kopf eines Mannes zum Vorschein. Er schien etwas zu flüstern, doch Knorrhold verstand nicht, was er sagte. Zu laut war das Prasseln der Regentropfen für ein solches Stimmchen.

»Ihr habt Euch also doch noch anders besonnen! Travia wird …« Ein Zischen gebot Knorrhold Einhalt. Der kleine Kerl, er mochte nicht viele Finger größer sein als ein Zwerg, hatte den Zeigefinger an den Mund gelegt. Mit der anderen Hand packte er Knorrhold am tropfnassen Ärmel und zog ihn durch die Tür in die Stube, in die durch die geschlossenen Läden kaum Licht drang.

»Bitte, Ihr könnt hierbleiben, aber seid jetzt still!« Ängstlich blickte sich der Mann um, so als erwarte er einen plötzlichen Angriff aus dem Dunkel des Schankraumes.

»Aber …« Knorrhold wollte anmerken, daß ein Sproß der Grünsteins mehr Höflichkeit gewohnt war, da seine Familie seit Generationen kundige Medici hervorbrachte, doch eine Hand auf seinem Mund brachte ihn zum Schweigen.

»Ich bitte Euch, keinen Laut mehr!« Die kleine Gestalt sackte noch ein wenig mehr in sich zusammen, die Augen flogen von einer Seite zur anderen. Knorrhold konnte sich des Gedankens an ein gehetztes Reh nicht erwehren.

»Dunvallo!« Eine tiefe und doch fast kreischende Frauenstimme durchschnitt die Stille der Schankstube. Knorrhold erkannte sie sofort als die Stimme, die ihn noch vor wenigen Minuten barsch abgewiesen hatte. »Du hast doch nicht etwa die Tür geöffnet?« Der Tonfall eines Weibels kann nicht schärfer sein, kam es Knorrhold in den Sinn. Der arme Kerl neben ihm wirkte wie ein Häufchen Elend, wie ein Gejagter, der wußte, daß er gegen die Übermacht nicht bestehen konnte und doch keinen anderen Ausweg sah, als in den letzten Kampf zu ziehen. Hoffnungslosigkeit blickte aus den Augen, als er nach einem gemurmelten »Travia, steh mir bei!« versuchte, seiner Stimme einen lieblichen und arglosen Ton zu verleihen.

»Aber wo denkst du hin, mein Heideröslein. Ich habe nur überprüft, ob die Fensterläden auch fest geschlossen sind.« Angespannt lauschte er in die Stille.

Dunvallo atmete tief aus und wischte sich mit der Hand den Schweiß von der Stirn. Er nahm die kleine Kerze in die eine Hand und schob mit der anderen den verwunderten Knorrhold vor sich her zur schmalen Treppe. Dann erst bemerkte er die Wasserspur, die der heimliche Gast hinter sich her zog, hastete zur Theke, hinter der er fast gänzlich verschwand, eilte zurück, drückte Knorrhold die Kerze in die Hand und machte sich daran, die verräterische Spur mit einem Lumpen zu beseitigen.

»Dunvallo, was treibst du denn da draußen? Mach zu, ich bin durstig!« Ein Knarren ließ Dunvallo wie versteinert innehalten. Man konnte es ihm ansehen, wie das Hirn arbeitete, die Gedanken sich geradezu überschlugen.

»Sofort, mein Weidenspatz. Ich bin ja schon dabei, deine Milch zuzubereiten. Sie ist nur noch zu kalt. Ich werde sie dir wärmen.« Er eilte zu Knorrhold, schob ihn mit beiden Händen die Treppe hoch, zwängte sich in dem engen Gang an ihm vorbei und öffnete die letzte der vier Türen. Mit sanfter Gewalt drängte er den Verdutzten ins Zimmer und mahnte ihn flehentlich, dieses nicht zu verlassen, während er ihm die Kerze aus der Hand nahm, um eine zweite zu entzünden, die auf dem Tischchen neben dem Bett stand, und endlich rücklings aus der Tür entwich, die er vorsichtig hinter sich zuzog.

Welch ein Drache mußte diese Frau sein! Selbst Goblinfrauen konnten ihren Männern nicht mehr Furcht einjagen. Der kleine Kerl war wirklich zu bedauern. Ob er den Bund der Travia wohl aus freien Stücken eingegangen war? Travias Segen hatte ihn offenbar noch nicht erreicht.

Das Zimmer war zwar schlicht, aber immerhin hatte Knorrhold es hier schön trocken. Schnell schlüpfte er aus den nassen Kleidern, die schwer am Körper hingen, und ließ sie einfach zu Boden fallen. Dann sah er sich kurz um, öffnete seinen Rucksack und holte ein Seil heraus, das er mit einem Ende um die Türklinke wickelte. Als er das andere Ende am geschlossenen Fensterladen befestigen wollte, wurde er auf das unregelmäßige Klopfen aufmerksam, das sich in seiner Heftigkeit allmählich steigerte, bis es schließlich in einem lautem Krachen gipfelte, so als benutze ein Riese das Haus als Trommel.

Nur mit Mühe schaffte es Knorrhold, den Fensterladen gegen den Sturm und den Regen zu öffnen, um die Quelle des Lärms zu ergründen. Die Kerze erlosch im Wind, doch trübes Tageslicht erhellte nun den Raum. Als er den Kopf aus dem Fester streckte, peitschte ihm der Regen geradewegs ins Gesicht, so daß er die Augen nicht gleich öffnen konnte.

Der Schlag traf Knorrhold völlig unvermittelt, und er taumelte zurück. Benommen tastete er nach dem Bett und ließ sich darauf nieder. In die Regentropfen, die ihren Weg über das Gesicht bis zum offenen, stöhnenden Mund fanden, mischte sich der Geschmack von Blut. Regungslos blieb er liegen, bis der Schmerz langsam nachließ und seine Sinne wieder freigab.

Er haßte diese phexverlassenen Tage, an denen das Pech wie Orazal an den Händen klebte. Natürlich hätte er sich an die knorrigen Bäume erinnern müssen, die viel zu nahe am Haus standen. Das Schild über der Tür kam ihm in den Sinn, über dessen Aufschrift er sich bei seiner Ankunft noch gewundert hatte.

Der kühle Wind, der ihm über den nackten Körper strich, erinnerte ihn daran, daß der Fensterladen noch immer offenstand. Mühsam rappelte er sich auf, auch wenn er fürchtete, sein Kopf könnte nur noch lose auf dem Hals sitzen und jeden Augenblick hinuntersacken. Auf dem Boden hatte sich bereits eine kleine Pfütze gebildet. Mit einiger Anstrengung schaffte er es schließlich, die Läden leise wieder zu schließen, gerade noch rechtzeitig, bevor ihn der dicke Ast ein weiteres Mal treffen konnte.

»Immerhin habe ich es hier schön trocken«, wiederholte er spöttisch seinen Gedanken von vorhin. Mit einem wütenden Handgriff wickelte er das Seilende um den Haken des Fensterladens und warf die nassen Kleidungsstücke darüber. Den Inhalt des Rucksacks kippte er auf das Bett, suchte nach dem Zunderkästchen und mußte feststellen, daß es genauso durchnäßt war wie seine Kräuter und Verbände. Dann eben kein Kerzenlicht! Was solls, dachte Knorrhold. Was zu tun war, das konnte er auch mit geschlossenen Augen oder im Dunkeln erledigen, so geübt war er in diesen Dingen.

Er fischte nach einem der reinlichen, aber nassen Tücher und säuberte sich das Gesicht. Irgendwo mußte er doch noch frisches Wirselkraut haben, das er tags zuvor auf seiner Wanderschaft entdeckt hatte. Dann raffte er die übrigen Gebrauchsgegenstände zusammen und stapelte sie auf dem Tischchen auf. Er würde später versuchen, zu retten, was noch zu retten war. Jetzt wollte er erst einmal ausruhen, um dem Wirselkraut die Möglichkeit zu geben, seine heilkräftige Wirkung zu entfalten. Und vielleicht konnte er diesen verhexten Tag dann vergessen.

Er spürte, wie sich die wunde Gesichtshaut langsam

entspannte; ein Kribbeln deutete die schnelle Heilung an. Wenn er noch ein wenig hier liegenblieb, würde man morgen nur noch ein paar Narben sehen.

Die Ruhe war ihm aber nicht vergönnt. Ein kurzes Klopfen an der Tür, und seine Wäsche, die er zum Trocknen aufgehängt hatte, landete auf dem Boden.

»Darf man eintreten?« Als der Medicus bejahte, öffnete sich die Tür und Kerzenschein fiel in die Stube. Knorrhold hatte den kleinen Wirt erwartet und war überrascht, als statt dessen eine recht bunte Gestalt den Raum betrat, geschmückt mit farbigen Bändern, die um die schlanken Handgelenke gebunden waren und bei jeder Bewegung flatterten.

»Zum Gruße, Fremder!« Knorrhold griff nach dem Bettlaken, um seine Blöße zu bedecken. Gewöhnlich hätte ihn das nicht gestört, aber bei diesem bunten Vogel!

»Als ich hörte, daß der gute Dunvallo einen neuen Gast hochbrachte – Ihr müßt wissen, mein Zimmer liegt genau neben dem Euren –, da hat mich einfach die Neugier übermannt.«

Knorrhold hatte immer noch das Laken in der Hand und starrte verdutzt auf die Gestalt, die da vor ihm stand. Das wilde, schwarze Haar war mit einem grünen Stirnband gebändigt, das aber nicht gänzlich verhindern konnte, daß einige widerspenstige Strähnen ins Gesicht des jungen Mannes fielen, der nicht älter sein mochte als der Medicus selbst. Unverhohlen musterte der Fremde Knorrhold mit seinen dunklen Augen, und es war gerade dieser Blick, der Knorrholds Unbehagen hervorrief. Aus diesen Augen sprach der Schalk!

»Wenn Ihr schon meine Ruhe stört, so könntet Ihr wenigstens Euren Namen nennen.« Angriff war die beste Verteidigung.

»Man nennt mich Elamar, Freund des Raben.« Erst jetzt bemerkte Knorrhold den großen weißen Rabenvogel, der zu Füßen des Eindringlings auf dem Boden saß und sich das Gefieder putzte. Kurz hielt der Vogel inne und blickte zu dem Liegenden auf, so als wolle er prüfen, ob es sich lohne, seinetwegen die Putzarbeit zu unterbrechen, was allerdings nicht der Fall zu sein schien.

Elamar, der Knorrholds Blick gefolgt war, trat einen Schritt zurück. »Darf ich vorstellen: Raxba, der Eigenwillige.« Der Rabe stieß ein Krächzen aus, als wolle er seinen Unmut zum Ausdruck bringen, daß er erst jetzt beachtet wurde. Dann flatterte er hoch und setzte sich auf das Bettende, drehte den Kopf mit dem schwarzen Schnabel nach links und nach rechts, um seinerseits Knorrhold zu beäugen.

»Wenn Ihr trockene Kleidung benötigt, ich habe noch Hemd und Hose in meiner Kammer.« Die Vorstellung, ein Hemd zu tragen wie dieser Elamar, bestickt mit einem Gewirr aus bunten Bildern – Federn, Blättern und Mustern, die den wildesten Traumbildern entsprungen sein mußten –, schien nicht eben verlockend.

»Ich glaube, das ist nicht nötig. Trotzdem danke.« Knorrhold setzte sich endlich im Bett auf und reichte seinem Gegenüber die Hand zum Gruß. »Knorrhold Grünstein, Freund der Heilkunst. Und eigenwillig bin ich auch.«

»Nun, das wird sich herausstellen.« Elamar hatte mit beiden Händen Knorrholds Hand ergriffen und ließ sich ohne Aufforderung auf dessen Bett nieder, wobei er sein rechtes Bein anwinkelte und sich darauf setzte. Knorrhold wollte die Hand zurückziehen, aber Elamar hatte sie fest im Griff seiner Rechten, drehte die Handfläche nach oben und ließ die Finger der Linken über Knorrholds Handlinien und Fingerkuppen gleiten. Er beugte sich ein wenig vor und starrte angestrengt auf Knorrholds Hand, so daß dieser sich nun selbst neugierig vorbeugte.

»Ich sehe Kraft und Entschlossenheit. Ja, ein sehr schönes Ogerkreuz. Du stehst am Anfang eines großen Abenteuers. Sieh hier, der Simiahügel.« Knorrhold beugte sich ein Stückchen weiter vor, so daß er fast mit Elamars Kopf zusammenstieß.

»Doch aus dieser Zeit des Kampfes und der Veränderung – hier, Schwert und Delphin – wirst du gestärkt hervorgehen, wirst dich selbst erkennen und großes Wissen erlangen, wenn du nicht zauderst. Sonst wird die Vergänglichkeit dich einholen. Deine Satinavfurche ist ziemlich tief.«

Er ließ den Finger über eine kleine Falte und dann weiter über die ganze Handfläche wandern. »Deine Stutenweide hingegen ist sehr groß. Du solltest deinem Gefühl vertrauen und dich nicht gegen deine Leidenschaft wehren ...«

Knorrhold blickte in Elamars Gesicht und entriß ihm die Hand mit einem Ruck. »Wehr dich nicht gegen deine Leidenschaft, so siehst du mir aus!« Er sprang auf die Beine und stand nun vor dem Bett, wie Tsa ihn geschaffen hatte. Zornig funkelten seine grünen Augen den Wahrsager an. »Du meinst wohl, mit diesem albernen Geschwätz könntest du dich an mich heranmachen. Ich habe dich schon durchschaut, als du durch die Tür gekommen bist. Aber so nicht, mein Freund! Stutenweide und Satinavfurche ... Welch ein noionitischer Schwachsinn!« Er klatschte sich mit der Hand auf die Stirn, bereute dies aber im nächsten Augenblick wieder, als der Schmerz sich über das Nasenbein bis hin zum Kinn ausbreitete.

»Sagt an, Freund, kann es sein, daß Ihr einen Zusammenstoß mit einem Oger – ach, verzeiht, vielleicht eher mit einer Ogerin – hattet?« Elamar schien Knorrholds Anschuldigung gar nicht gehört zu haben, jedenfalls zeigte er keinerlei Ärger und machte auch keine Anstalten, den Platz auf dem Bett zu räumen.

»Wenn Ihr Euch hinlegt, kann ich Euch Linderung

verschaffen. Es gibt da einige Mittel, die besser wirken als jedes Wirselkraut.« Elamar leckte sich mit breiter Zunge über die Handfläche, dann erhob er sich und trat näher an den Medicus heran.

Knorrholds Gesicht färbte sich rot vor Zorn, seine Stimme übertönte jetzt mit Leichtigkeit das Prasseln des Regens und die gegen den Fensterladen klopfenden Äste. »Verlaßt sofort mein Zimmer!« schrie er und wollte schon nach dem Streitkolben greifen, doch dieser lag unter seinen übrigen Habseligkeiten begraben. Und bevor er noch recht wußte, wie ihm geschah, spürte er Elamars Hand, die, naß vor Speichel, über die Wunden in seinem Gesicht glitt.

Der Medicus wollte sich wehren, wollte Elamars Hand wegschlagen, war aber so überrascht über das Abklingen des Schmerzes, das leichte Ziehen und Kribbeln auf der Haut, daß er wie versteinert dastand, bis Elamar seine Hand wieder zurückzog und ihn fragend anblickte.

»Nun, wie fühlst du dich?« Knorrhold mußte zugeben, daß er so etwas in seiner Laufbahn als Medicus noch nicht erlebt hatte. Er betastete sein Gesicht, erst vorsichtig, dann mit beiden Händen. Nicht die kleinste Schramme fühlte er noch. Alles war binnen weniger Augenblicke verheilt.

Ungläubig starrte er Elamar an, der ihn immer noch fragend betrachtete. Er hatte zwar schon von Hexen gehört, die mit ihrem Speichel selbst Vergiftungen geheilt haben sollten, aber solchen Ammenmärchen hatte er niemals Glauben geschenkt. Er ließ den Blick zum Raben wandern, der ihn mit seinen schwarzen Äuglein musterte, und begegnete dann wieder Elamars Blick. Hatten Hexen nicht rote Haare? Hatten sie nicht Katzen und Kröten bei sich? Und, was noch viel wichtiger war, waren Hexen nicht stets weiblich? Doch dies war ein junger Kerl wie er. Gab es überhaupt männliche Hexen? Ein seltsamer Gedanke, fürwahr!

»Komm, Raxba. Vielleicht sollten wir dem guten Mann Gelegenheit geben, in Ruhe seine Kleidung zusammenzusuchen. Sonst denkt er wieder, wir wollen ihm zu nahe treten.« Der Rabe hüpfte mit einem Satz auf Elamars Arm, und beide verließen das Zimmer, ohne sich ein weiteres Mal nach dem nackten Knorrhold umzudrehen, der seine Stimme immer noch nicht wiedergefunden hatte.

Keuchend schnappte der Matrose nach Luft, prustete und spuckte. Der Wein rann ihm aus Nase, Mund und Haar, färbte seine weiße Weste rot und tropfte auf das Pflaster des Hafens. Die dunkle Gestalt packte das Handgelenk des Seemanns fester und drehte dessen Arm noch weiter auf den Rücken. Der Matrose verzerrte das Gesicht vor Schmerz und versuchte vergeblich, sich mit der anderen Hand am Weinfaß abzustützen.

»Fällt dir jetzt wieder ein, wohin er wollte, oder können Flußlotsen ihre Arbeit auch mit einem Arm verrichten?« Ein kurzer Augenblick der Stille gab einer Blaumöwe die Gelegenheit für ein lautes Krächzen.

»Ich weiß wirklich nicht, wovon ...« Die restlichen Worte versanken in einem Gurgeln, als der Kopf des Matrosen abermals ins Weinfaß gedrückt wurde. Langsam zählte der Peiniger bis zehn und entschloß sich dann, noch einmal rückwärts bis null zu zählen, bevor er dem verzweifelten Bemühen des Matrosen nachgab und dessen Kopf an den Haaren hochzog.

»Nordtor, das Nordtor!« Die Worte wurden von einem Schwall Wein begleitet und waren kaum zu verstehen. »Er wollte ins Seenland, weiß der Gehörnte, warum!«

»Hatte er einen Vogel bei sich, einen Raben vielleicht, keinen Boronsraben, sondern ein weißes Ifirnstier?«

»Was weiß ich, zum Dickspecht!« Ein leises Knacken ließ den Lotsen aufstöhnen. »Ja, ja, einen weißen Raben, er saß auf seiner Schulter.«

Der Peiniger drehte den Arm vollends aus dem Gelenk und gab dem Aufschreienden einen Tritt, so daß dieser gegen die Außenwand der leeren Lagerhalle geschleudert wurde und wimmernd liegenblieb. Ohne ihr Opfer noch eines weiteren Blickes zu würdigen, verließ die Gestalt mit schnellen Schritten den Hafen in Richtung Stadtpark, eilte über den vom Regen leergefegten Marktplatz und den eichengesäumten Halplatz und lenkte dort die Schritte ohne Zögern vorbei an den roten Säulen des Prangers, auf ein prächtiges, mit Steinreliefs verziertes Gebäude zu.

Als Parinor die Kapuze seines tiefroten Umhangs zurückschlug, um demütig das kahle Haupt zu neigen und mit der Rechten das Sonnenzeichen zu schlagen, erklang ein kleines Glockenspiel. Er ließ den Blick auf dem Zeiger der riesigen Uhr ruhen, der das Wahrzeichen des Totengottes Boron, den Raben, erreicht hatte und mit seinem Klingen die fünfte Stunde anzeigte.

Die Uhr war ein Meisterwerk albernischer Handwerkskunst, geschaffen von dem genialen Leonardo, wie jeder Bürger der Stadt wußte, doch war sie nicht nur ein Segen, der es jedem ermöglichte, Satinavs Schritte zu verfolgen, sondern auch ein Fluch. Denn seit die mechanische Uhr mit dem lauten Glockenspiel den Giebel des Praiostempels schmückte, wußte jeder Herr, wann er seinen Diener ob dessen Unpünktlichkeit schelten mußte. Auch für Parinor war es höchste Zeit. Mit schnellen, ausladenden Schritten überwand er die Stufen des Portals und klopfte an das zweiflügelige große Tor, das an sonnigen Tagen wie Gold glänzte, heute aber grau und stumpf in den Angeln hing.

Parinor gab dem rotgekleideten Novizen, der ihm öffnete, ein Zeichen, woraufhin dieser, ohne ein weiteres Wort zu verlieren, durch eine Tür im hinteren Teil des Altarraumes verschwand. Parinor fühlte sich immer noch unwohl, wenn das güldene Standbild des Sonnengottes auf ihn herunterstarrte. Dabei hätte er sich in all den Jahren des Lernens, Betens und Arbeitens doch längst an den prüfenden Blick gewöhnen müssen. Es war wohl besser, ein Gebet zu sprechen, anstatt herumzustehen und die Steinreliefs zu betrachten, die die bedeutendsten Praioswunder zeigten.

Nach den ersten Zeilen der Litanei der Demut erschien der Novize wieder, um Parinor in eines der Nebenzimmer zu führen, die dieser noch allzugut aus seiner anfänglichen Novizenzeit kannte. Dort wurde Parinor bereits von einem Mann in goldenen Gewändern erwartet. Er fiel auf die Knie und neigte das Haupt, so lange, bis ihm der Mann, der das Bild eines Greifen auf der Brust trug, mit einer flüchtigen Berührung seines Sonnenstabes die Erlaubnis zum Aufblicken erteilte.

»Nun sprich, was hast du herausgefunden? Hat er die Stadt über den großen Fluß erreicht?« Der lauernde Unterton in der Stimme des Inquisitors gefiel Parinor nicht im geringsten. Er dankte dem Herrn, daß er die richtige Antwort geben konnte.

»Ohne Zweifel, Erhabener. Er hat Havena auf einem der Flußschiffe erreicht, weilt jetzt aber nicht mehr hier. Wie mir der Flußlotse nach kurzem Widerstand mitteilte, hat sich der Ketzer alsbald auf den Weg ins Seenland gemacht.«

Der Inquisitor schritt würdevoll zurück zu seinem Sessel und ließ sich darin nieder. »Sieh an, ins Seenland also. Würde mich nicht wundern, wenn wir noch mehr von dieser Hexenbrut dort fänden.« Für einen Wimpernschlag ließ er den Blick in die Ferne schweifen, streifte vergangene Horizonte, dann wandte er sich wieder seinem Diener zu.

»Sag an, Parinor, hat der Flußlotse den Lohn für sein Schweigen erhalten?« Der Inquisitor, Hakan Praifuhr, maß den demütig Knienden mit prüfendem Blick.

»Ja, Erhabener. Sein guter Arm ist gebrochen und sitzt nur noch lose an der Schulter.«

»Gut. Ich sehe, du hast dazugelernt. Du weißt, daß

du dein Leben allein meiner großen Gnade verdankst. Bring mir den Hexer, und ich will sehen, ob ich dir eine zweite Gelegenheit einräume, die Weihe zu erlangen. Bring ihn mir lebend und vergiß auch seinen Freund, den Raben, nicht. Ich erwarte dich hier.« Ein kurzes, aber bedrückendes Schweigen lastete auf dem Raum. »Hast du verstanden?« Der Inquisitor reichte Parinor die Rechte, an der der Greifenring glänzte.

»Ja, Erhabener«, antwortete Parinor und küßte den Ring, ohne die Hand des Inquisitors zu berühren. Dann schritt er rückwärts zur Tür, schlug noch einmal das Sonnenzeichen und verließ Zimmer und Tempel.

Hakan Praifuhr ließ das Seenland vor seinem inneren Auge entstehen, malte die grauen Wolken nach, die Stadt und Land in ihr trübes Licht tauchten, und das Meer, das seine Wellen gegen das Mündungsdelta des Großen Flusses schickte und sich allenthalben ins Land ergoß.

Er haßte das Meer, sein Schimmern und Glitzern, das allein die Praiosscheibe ihm verlieh, während es, für sich genommen, grau und schwarz war; er haßte die Nebel in den Morgen- und Abendstunden, die das sumpfige, schilfbewachsene Land rings um die Stadt heraufbeschwor und die vom Meer her über den Kai krochen; und noch mehr haßte er den ewigen Regen, der auf das Dach des Tempels prasselte und seine Pracht zu verhüllen suchte. Doch was war ihm damals anderes übriggeblieben? Tobrien oder Albernia, zwischen diesen beiden wenig glanzvollen Zielen hatte er seine Wahl treffen müssen, denn beide lagen weit genug von Darpatien entfernt, als daß er dort in der Ferne, im Dienst des Herrn Praios, die Schmach vergessen oder dies zumindest versuchen konnte, denn vergessen würde er die Demütigung niemals, die ihm dieses Weib zugefügt hatte. Dafür hatte sie wahrlich gesorgt, hatte die Erinnerung tief in sein Denken gepflanzt, wie ein Unkraut in ein sorgsam angelegtes

Beet. Sie allein trug auch die Schuld daran, daß er den Orden verlassen mußte. Niemand in der Gruppe der Brüder hatte etwas von den Ereignissen jener Nacht erfahren. Er war rechtzeitig aus dem Orden ausgetreten, hatte ihm besser gesagt über Nacht für immer den Rücken gekehrt und den weißen, goldbestickten Umhang zurückgelassen, um ihn mit der tiefroten Robe eines Novizen zu vertauschen.

Natürlich traf ihn keine Schuld an der Tat, da er sie nicht aus freiem Willen begangen hatte. Er war dazu gezwungen worden. Nein, er war *bezwungen* worden; sein Wille war durch Magie gebrochen worden, war einfach nicht stark genug gewesen, um dem Übel zu widerstehen. Daher war die Schuld, für die er jede Bußtat mit Freuden auf sich genommen hätte, auch nicht durch eine einfache Beichte zu tilgen gewesen. Er wußte, daß ein solches Gespräch bei einem in der kirchlichen Hierarchie über ihm Stehenden immer noch ausstand, daß er über sein Vergehen berichten mußte, um seine Bußtat auf sich zu nehmen, doch der richtige Zeitpunkt hierfür war noch nicht gekommen. Zuerst wollte er zu Ende bringen, was zu Ende gebracht werden mußte – die Buße, die er sich selbst auferlegt hatte.

Hier in Albernia, wo der Glaube an den Gerechten der Obrigkeit vorbehalten war, glaubte das einfältige Volk an Efferd und verehrte den Gebieter über all das Wasser weit mehr als den Fürsten Alverans. Vielleicht haßte er das Meer auch deshalb so sehr, denn aus welchem anderen Grund als jenem, daß der Ozean nun einmal unmittelbar vor der Tempeltür lag, war es überhaupt denkbar, daß man den Launenhaften über den Güldenen stellte, das Zwielicht des Meeres über Sein strahlendes Auge?

Eine Ungeheuerlichkeit in den Augen des Inquisitors – und dürfte er so handeln, wie er wollte, grübelte Hakan Praifuhr weiter vor sich hin, er hätte das saufende, hurende und stinkende Seefahrerpack und die abergläubischen und überheblichen Fischer schon die Ehrfurcht vor dem Höchsten gelehrt, so wie es die Art des Bannstrahls war, der sich zu Hause in Wehrheim, dem nördlichen Darpatien und sogar über die Grenzen des Fürstentums hinweg, im Weidenschen, der verirrten Seelen annahm.

Doch hier in Albernia … Schwarzzauberer und Elfen, ganz zu schweigen von dem hinterlistigen und verborgenen Hexenpack, das mitten unter ihnen wohnte … Säße er nicht in einem Praiostempel, er hätte ausgespuckt, um seiner Verachtung Luft zu machen. Dieses Hexengesindel! Es vergiftete das Volk mit seinem Unglauben, war es doch blind für die strahlende Pracht des Höchsten der Zwölf, und mit jedem Zauber, der über die Lippen einer Hexe quoll und von ihren Fingerspitzen troff, spottete die verfluchte Schwesternschaft ihm mehr. Ihr Atem verpestete die Luft, und ihr Schatten suchte den Himmel zu verdunkeln.

Der Inquisitor ließ die Finger über das Sonnenzepter gleiten und schloß die Augen, um die Erinnerung an sein Schwert zurückzuholen. Ja, im Herzen war er noch ein Geißler, wie das Volk den Orden der Bannstrahler nannte, der mit Feuer und Schwert gegen die Finsternis kämpfte, auch wenn er hier inmitten verweichlichter Praioten saß. Zumindest hatte er es schon zum Inquisitor gebracht, dem weit mehr Möglichkeiten an die Hand gegeben waren, um das Übel im Keim zu ersticken, als den schlichten und meist zu gutmütigen Geweihten, deren härteste Strafe für einen Frevler aus einfachen Bußtaten und gestifteten Kerzen bestand, mit denen diese ihre kleinen, schmutzigen Seelen reinwaschen wollten. Hakan schüttelte den Kopf. Dabei konnte allein das Feuer dies vollbringen!

Doch auch jetzt noch fühlte er seine Hände zu sehr gebunden, war ihm die Folter in vielen, allzu vielen Fällen untersagt. Man beschwor die Gerechtigkeit des

Einen aus den alveranischen Gefilden nach Dere, doch ließ man den gestrengen Worten zu selten auch ebensolche Taten folgen, die selbst den geistig Armen die Macht des Herrn vor Augen führten, sie Furcht und Demut lehrten und sie zurückschrecken ließen, wenn die Ungläubigen die Hand nach ihnen ausstreckten.

Entschlossen griff er zu Pergament und Feder. Noch heute wollte er sich an den Orden im fernen Darpatien wenden, wollte ihn hierher nach Havena holen.

Vielleicht sollte ich besser Parinor nach Auraleth schicken, um die Ordensbrüder zu benachrichtigen, überlegte Praifuhr. Er formte den Burschen nach seinem Willen, gab dessen Geist die rechte Gestalt, wie der Töpfer einem Klumpen Lehm, den er aus der Grube geholt hat. Es war höchste Zeit, daß der Orden die Form vollendete und brannte. Ja, der Inquisitor sog die Luft langsam in die Lungen und nickte versonnen; der Bastard Parinor war ganz in seiner Hand, gehörte ihm mit Leib und Seele, und wenn er wollte, dann konnte er ihn jederzeit vernichten, das geformte Gefäß zerbrechen – das unausweichliche Ende für einen wie ihn.

Der Tag, da er die Demütigung vollkommen gesühnt hätte, war tatsächlich nicht mehr fern, ja, er rückte mit jedem Glockenschlag der Tempeluhr näher. Dann würde der schwarze Fleck, die Schmach, die wie eine Duglumsbeule auf seiner Seele saß und selbst durch ein Götteropfer nicht hatte getilgt werden können, endlich von seiner Seele gebrannt werden, und die Beichte beim Wahrer der Ordnung würde das Salz sein, das die Wunde reinwusch.

Eine Mischung aus Gier und Verzückung zeichnete die Züge des Inquisitors, als er sich jenen Augenblick in güldenem Licht ausmalte und die Gedanken hinübergleiten ließ zu den Zeilen eines Gebetes, das in diesem Wortlaut nur die Geißler aus Wehrheim nach Alveran schickten …

Bekleidet hätte ich dich fast nicht wiedererkannt.« Bei diesen Worten wägte Knorrhold blitzschnell ab, ob er sich an den anderen der beiden Tische setzen sollte, entschied sich dann aber dafür, sich einfach nicht aus der Ruhe bringen zu lassen. Er nahm unmittelbar gegenüber Elamar Platz und erwiderte dessen unverschämtes Grinsen mit einem pantomimischen Hutlüpfen.

Der Duft von Fisch, Dörrpflaumen und Zwieback lenkte Knorrholds Aufmerksamkeit auf den vollen Teller, der da zwischen ihm und dem Gecken stand. Bei dem geräucherten Stück Plattfisch handelte es sich vermutlich um Salzarele, eine Fischart, die hier an der Westküste zu einem Hauptnahrungsmittel zu gehören schien – zu einem schmackhaften, wie Knorrhold schon mehrmals hatte feststellen können. Nach dem unfreundlichen Empfang hatte er nicht erwartet, daß die Portionen hier so groß ausfielen.

»Wohlschmecken!« Der Medicus wedelte sich den köstlichen Duft des Essens zu und lauschte dem Knurren seines leeren Magens. Er winkte sogleich den kleinen Dunvallo, der auf einem Schemel hinter der Theke gestanden hatte, zu sich an den Tisch.

»Könntet Ihr mir auch so ein Abendmahl richten? Ich habe Hunger wie ein Grimmbär.«

Noch bevor Dunvallo antworten konnte, drängte sich ein markerschütternder Schrei in Knorrholds Ohren und fraß sich in seinen Schädel. In der Tür zur Kammer nebenan stand ein Monstrum von einer Frau. Einem aufgerichteten Bären gleich, schien sie nur darauf zu warten, ihr Opfer mit den riesigen Pranken in

Stücke zu reißen. Es war verwunderlich, mit welcher Geschmeidigkeit die fast zwei Schritt große Frau es schaffte, ihre Körpermasse durch den Türrahmen zu schieben. Dabei warf sie das Gestrüpp auf ihrem Kopf mit einer wilden Bewegung in den Nacken und gab einen schauerlichen Anblick frei.

Nachdem Knorrhold kurz die Augen geschlossen und den Kopf geschüttelt hatte, wagte er einen zweiten vorsichtigen Blick. Das gesamte Gesicht der Wirtin war über und über mit dicken schwarzen Warzen überzogen, die kaum einen Finger Haut frei ließen, sie wie die Pocken einer schlimmen Seuche entstellten. Knorrhold mochte sich nicht ausmalen, wie der Rest des Körpers aussehen mußte.

»IIIIhr!« Der warzenbedeckte Finger deutete unmißverständlich auf Knorrhold. »Mein trotteliger Mann hat Euch zwar die Tür geöffnet, das heißt aber noch lange nicht, daß wir Euch auch durchfüttern müssen.« Ihr Mund erschien Knorrhold als klaffende Höhle in einer felsigen Wand, die sich auf geheimnisvolle Weise öffnete und wieder schloß.

»Ihr hättet besser meinen Rat befolgt und Euch sofort auf den Weg nach Havena gemacht. Ich hoffe für Euch, daß Ihr gut bei Puste seid, wenn Ihr nun schwimmen müßt.« Wie sich Knorrhold mit einem Blick aus dem Fenster seiner Kammer überzeugt hatte, war der starke Regen zwar in ein leichtes Nieseln übergegangen, doch der Wasserspiegel war mit Sicherheit bedrohlich weiter angestiegen.

Dunvallo war beim Auftauchen seiner Holden hinter der Theke verschwunden und lugte nun mit einem Auge dahinter hervor. »Aber mein Ingrimmsglöckchen ...« Nur mit knapper Not entging er dem Streich mit der Weidenrute, die die Entstellte blitzgeschwind von einem Haken an der Wand genommen hatte.

»Bei Peraine! Was ist Euch denn zugestoßen?« entfuhr es Knorrhold. Das ogergleiche Weib tat einige

Schritte auf ihn zu und schlug mit der Rute auf den Tisch. Elamar konnte seinen Teller gerade noch rechtzeitig in Sicherheit bringen und speiste mit Boronsruhe weiter.

Das Klatschen der Weidenrute aber hatte Knorrholds Sinne wiedererweckt. Rasch griff er nach dem auf dem Tisch ruhenden Rutenbündel, das die Wirtin noch immer umklammert hielt, und entriß es der Überraschten mit einem kräftigen Ruck. Mit ruhiger, aber bestimmter Stimme begann er auf die Wirtin einzureden. »Offenbar liegen auch Eure Manieren unter Warzen begraben.« Aedha, die von allen im Dorf nur die *Dicke* genannt wurde, schnappte nach Luft wie ein Fisch auf dem Trockenen. »Ihr solltet Euch vorsehen, Travias Gebote weiterhin mit Füßen zu treten. Das kann böse Folgen haben.« Insgeheim fragte er sich, ob es eine noch schlimmere Strafe geben mochte als diese häßlichen Warzen, die vermutlich ohnehin schon von Travias Zorn gesandt worden waren. Der Zorn der Götter war fürwahr schrecklich.

Noch bevor das Weib seine Fassung wiedererlangen konnte, fuhr der Medicus fort: »Vielleicht sollte ich mich erst einmal Eures Gebrechens annehmen, bevor wir die Frage der Unterkunft weiter erörtern. Wenn Ihr Euch in Eure Kammer begebt, kann ich meine Salben aus dem Zimmer holen.«

»Einen Ogerpfurz werde ich ...« Die Dicke brach ab und kniff die Augen zusammen. »Salben? Aus Kräutern und in kleinen Tiegeln? Wollt Ihr sagen, Ihr kennt Euch aus mit der Heilerei?« Zweifelnd starrte sie ihr Gegenüber an, und ihr Zorn war aufkeimender Hoffnung gewichen.

»Das will ich meinen! Wenn Ihr gestattet«, sagte er, stand auf und deutete eine leichte Verbeugung an, »Knorrhold Grünstein, studierter Medicus aus Menzheim.«

Die Wirtin warf einen kurzen Blick auf Elamar, der

während ihres stürmischen Auftritts den ein oder anderen Happen an seinen Raben verfüttert hatte. Für den Bruchteil eines Augenblicks schien es Knorrhold so, als hielten selbst die Götter den Atem an, um der kommenden Dinge zu harren. Wenn Blicke hätte töten können, so hätte Boron in diesem Augenblick eine neue Seele in seinen Hallen begrüßen müssen. Was ging zwischen den beiden vor? Neugierig beobachtete er das stumme Zwiegespräch der Blicke.

Doch dann wandte sich die Gezeichnete wieder dem Medicus zu. »Beweist es«, zischte sie und verschwand mit gewaltigem Schaukeln ihres fülligen Körpers im Nebenzimmer.

Elamar, der den Auftritt als willkommene Unterhaltung zu betrachten schien, wandte sich an Knorrhold: »Phexens Glück mit dir, großer Medicus.« Knorrhold wollte sich nicht noch einmal eine Blöße geben und von dem schelmischen Grinsen herausfordern lassen. Er stand auf und eilte in sein Zimmer, wo er mit wenigen schnellen Handgriffen alle nötigen Tiegelchen und Säckchen zusammenraffte und in den Rucksack packte.

Jetzt konnte er beweisen, was in ihm steckte. Peraine hatte seine Bitten erhört und ihm eine Herausforderung geschickt. Er würde sich Ihrer würdig erweisen und gleich zwei Fliegen mit einer Klappe schlagen. Schließlich gehörte die Kunst des Schwimmens nicht gerade zu seinen Stärken, um es vorsichtig auszudrücken. Jedenfalls waren ein halbwegs trockenes Zimmer und ein einfaches Mahl aus Salzarele dem nassen Efferdswetter draußen vorzuziehen. Und wenn er nebenbei auch noch seine Kunst unter Beweis stellen konnte …

Eines mußte er sich allerdings eingestehen: Sein Wissen über Warzen war mehr als bescheiden. Was wußte er schon? Nicht viel mehr als die Vermutungen, die in manchen Büchern zu lesen standen. Während die einen die Phasen des Madamals für Auftauchen und Abklingen der Warza Negrata, der schwarzen Warze, verantwortlich machten, schworen andere auf die heilende Wirkung von Rübenbrei, und wieder andere faselten von wildem Hexenwerk.

Während er so grübelte, fiel ihm ein Märchen aus seiner Kindheit ein, das Märchen von der alten Mia, die auszog, die Leute das Fürchten zu lehren, eine kindliche Geschichte, die sich um Kröten, Geister und Warzen sponn. Und Hexen! Mia war eine Hexe gewesen. Hätte er es nicht besser gewußt, hätte er Elamar ... Nein! Unsinn! Elamar war ein Gaukler, ein Schelm, der mit den Leuten vermutlich nur zu gern seinen Schabernack trieb. Aber ein Hexer? Hexen waren Frauen!

Vielleicht sollte er die Behandlung mit Ilmenblatt beginnen, es stimmte ungemein ruhig und verfehlte selbst bei Berserkern seine Wirkung nicht.

Als er in der Gaststube Dunvallo nach einem Steinschüsselchen fragen wollte, um in selbigem das Kraut zu verbrennen, da fiel sein Blick auf den vermeintlichen Hexer, der in der offenen Tür stand und mit ernster Miene den Sternen beim Aufgehen zusah. Alle Leichtigkeit schien von ihm abgefallen, der Schalk war aus seinen Augen gewichen, die jetzt sorgenvoll gen Himmel starrten.

»Was starrst du zu den Sternen hinauf? Hat Phex einen Schatz verloren?« Elamar schüttelte betrübt den Wuschelkopf mit dem störrischen schwarzen Haar.

»Die Sterne stehen schlecht. Der rote Kor strahlt heller denn je und kündet mir von Kampf und Streit um Freiheit und Leben. Mußte Phex ihre Botschaft so lange vor mir verheimlichen?« Elamar schickte sich an, in sein Zimmer zu eilen, blieb dann aber bei Knorrhold stehen und legte ihm die Hand auf die Schulter.

»Der Regen hat aufgehört, und ich muß weiter. Unsere Wege trennen sich hier. Lebt wohl, Knorrhold Grünstein, und denkt an mich, wenn Euch Eure Alltagssorgen wieder einmal ins Antlitz schlagen.« Er schien es wirklich ernst zu meinen. Oder wollte er den Medicus doch nur wieder verspotten? Mit schnellen Schritten entschwand er über die Stufen, und der Hauch von Jahrmarktzauberei verblaßte, der die Stube mit Leben erfüllt hatte.

Knorrhold hatte keine Zeit, über den seltsamen Vogel nachzudenken, denn seine Patientin wartete bereits voller Ungeduld. Mit der Würde des Wissenden betrat er ihr schlichtes Schlafgemach.

»Dann wollen wir einmal sehen, was wir hier tun können.« Mit gewohnheitsmäßiger Bedächtigkeit legte er ihr die Hand auf die Stirn und starrte wissensschwanger in die Leere.

»Keine Praiosstirn, keine Ifirnsohren, Ihr seid gut temperiert.« Der schwere, aber angenehme Duft des Ilmenblattes breitete sich langsam im Zimmer aus, und Knorrhold konnte ein Gähnen nicht unterdrücken.

»Heda, hier wird nicht geschlafen! Könnt Ihr mir nun helfen oder nicht?« Knorrhold mußte ein weiteres Mal gähnen und fragte sich, warum nur er die Wirkung des Blattes verspürte. Nun gut, eigentlich kann mir eine gewisse Gelassenheit bei der Behandlung nur guttun, munterte er sich selbst auf, kramte ein Tiegelchen hervor und entfernte die Lederhaut darauf mit einem schnellen Ruck. Tief faßte er mit drei Fingern hinein und holte einen großen Teil der zähen Salbe heraus, die er mit wenigen unsanften Berührungen auf dem Gesicht der Dicken verteilte. Chonchinissalbe wirkte zwar eigentlich nur bei Brand- und Ätzwunden, aber einen Versuch war es wert. Die Salbe hätte sich sowieso nicht mehr allzulange gehalten.

Dann hielt er inne und betrachtete die dicken Pusteln, die sich völlig unbeeindruckt zeigten. Er kratzte sich am Kinn, legte die Stirn in Falten und griff erneut in seinen Rucksack, um ein sorgfältig verschnürtes Ledersäckchen ans flackernde Licht der fünf Kerzen zu befördern. Ja, das könnte wirken, sprach er in Gedanken zu sich selbst, nun ganz vom Forschergeist eines Abenteurers erfüllt, der neues Land betrat.

Binnen weniger Augenblicke war der Wohlgeruch des Ilmenblattes von übelstem Gestank verdrängt. Rotkelch! Stank noch nach Wochen wie Orkendung, genau wie der Apotheker es ihm verheißen hatte. Jede Dungfliege konnte sich glücklich schätzen, den Standort einer solchen Blüte zu kennen.

Die ungeduldig Wartende stöhnte auf und wollte sich abwenden, doch der Medicus drückte sie unsanft aufs Bett zurück. »Nur nicht so zimperlich. So kenne ich Euch ja gar nicht. Wißt Ihr nicht, daß man Feuer nur mit Feuer bekämpfen kann? Also Mund auf ...« Mit flinkem Fingerspiel stopfte er ihr die große rote Blüte in den Mund und unterstützte dann mit geübten Handgriffen den Kau- und Schluckvorgang.

Es dauerte nicht lange, bis die weit geöffneten Augen seiner Patientin eine Wirkung widerspiegelten. Vielleicht hätte er vorher die toten Käfer entfernen sollen, die stets am Boden der Kelchblüte dieser fleischfressenden Pflanze klebten. Aber angesichts der Aussicht, zum ersten Mal ihre Wirkung auf einen Menschen beobachten zu können, hatte er solche Nebensächlichkeiten schlichtweg vergessen.

Aedha schnappte nach Luft, so als ertränke sie langsam in einem der umliegenden Seen. Knorrhold griff nach ihrer Hand und fühlte den Puls: leicht erhöht. Regungslos stand er da und musterte das Gesicht der Dicken, das sich erst blaß und dann leicht bläulich verfärbte. Es war erstaunlich, die große Wirkung dieses kleinen Krautes beobachten zu können. Vielleicht sollte er nächstes Mal nur die Hälfte verabreichen – oder ein Drittel. Erst als sich auch die Lippen der Gequälten in dunklem Violett verfärbten, griff er endlich ein und brachte seinen Schützling mit wenigen geübten Griffen zum Erbrechen. Leichenblaß und erschöpft ließ sich die Wirtin in die Kissen zurückfallen.

»Warum denn dieser Aufstand? War doch alles halb so schlimm. Die Warzen haben bereits ein wenig von ihrem häßlichen Schwarz verloren. Noch zwei, drei Behandlungen und ...« Die Dicke hatte den Medicus am Kragen gepackt und zu sich hinabgezogen, so daß ihm ihr keuchender und nun auch stinkender Atem ins Gesicht schlug. Noch war sie zu erschöpft, um Worte zu bilden.

Mit einem Hüsteln von der Tür her machte sich Elamar bemerkbar. »Ich will Euer Techtelmechtel nicht unterbrechen, aber es drängt mich zum Aufbruch. Ich werde die Zeche wohl besser bei Eurem Mann begleichen. Den Göttern zum Gruß, und« – er deutete auf die Wirtin – »Euch kann ich nur empfehlen: Hört auf meinen Rat, Ihr werdet sehen ...«

»Niemals!« Die Liegende hatte Knorrhold so heftig zurückgestoßen, daß dieser fast das Gleichgewicht verloren hätte.

Elamar zuckte die Achseln und wollte das Zimmer verlassen, aber der Rabe saß noch immer auf dem Bettende der Patientin und musterte Knorrhold ohne Unterlaß.

»Nun komm schon endlich, du Querkopf. Wir dürfen keine Zeit verlieren.« Mit lautem Krächzen flatterte Raxba durch die Tür und verschwand.

»Was hat er Euch denn geraten?« fragte Knorrhold, als Elamar außer Sichtweite war. Ein dunkler Verdacht stieg in ihm auf.

»Ach, dieser verphexte Kauz! Mögen Seeschlangen ihn holen und die Muhrsape ihn verschlingen. Er hatte doch wirklich die Frechheit zu behaupten, die Warzen kämen allein von meiner sogenannten Boshaftigkeit. Ich würde die Gebote der Gastfreundschaft nicht achten. Als ob ich unfreundlich wäre!« Ihre Stimme stieg um einige Oktaven, purzelte aber genauso schnell wieder herab. »Bin ich unfreundlich?«

Knorrhold wiegte nachdenklich den Kopf. »Aber

nicht doch. Vielleicht ein wenig … rauh, fürwahr. Aber unfreundlich! Nicht doch, meine Liebe.« Er hatte den beschwichtigenden Tonfall angeschlagen, den man kleinen Kindern gegenüber gebrauchte, und wollte noch ein wenig schmeichlerischer fortfahren, als er plötzlich innehielt und der Stimme lauschte, die eine ferne Erinnerung an sein Ohr trug: ›Hüte dich vor dem Zorn einer Hexe. Denn sie kann dich schlagen mit Blindheit, Warzenhaut und Hexenschuß, und niemand wird dir zu helfen wissen, bis auf die Hexe selbst.‹ So hatte seine Amme einmal gesagt. Je öfter er an die gute Frau zurückdachte, desto eindringlicher fragte er sich allmählich, ob seine Geburtshelferin nicht selbst zu den Töchtern Satuarias gehört hatte, denn anscheinend hatte sie allzugenau gewußt, wovon sie redete. Warzenhaut … Angesichts der plötzlichen Erkenntnis zuckte Knorrhold zusammen.

»Ähem … Obwohl …«, unterbrach er hastig die angespannte Stille, räusperte sich und fuhr mit festerer Stimme fort: »Doch ich fürchte, er hat recht!« Unter diesen Umständen war eine Behandlung natürlich wenig erfolgversprechend, und ihm blieb nichts anderes übrig, als seiner Patientin einen schlichten Ratschlag zu erteilen.

Die Dicke starrte ihn ungläubig an. »Soso, die Blaumöwe schreit also mit dem Wind.« Die Warzen auf ihren Wangen hüpften wild auf und ab.

»Wie gesagt, Ihr tut gut daran, seinem Rat zu folgen, sonst werdet Ihr bald in den Blautann gehen.«

Die Dicke blinzelte ihm aus zusammengekniffenen Schweinsäuglein mißtrauisch entgegen. »Wohin werde ich gehen?«

»Will sagen, Ihr werdet über kurz oder lang, nein, doch wohl eher über kurz, Golgaris Schwingen vernehmen.« Knorrhold versuchte, seiner Stimme bei der Erwähnung des Totenvogels eine bedeutungsvolle Schwere zu verleihen.

»Ich, sterben? Herr Medicus, da gibt es doch sicher noch andere Möglichkeiten. Vielleicht noch eine Behandlung mit dem roten Dämonenkraut. So wartet doch!« rief sie ihm nach, als er die Kammer mit wissendem Lächeln verließ.

Elamar hatte ihr die Warzen geschickt, um sie für ihre Rüpelhaftigkeit zu bestrafen. Der Ratschlag, den er ihr gegeben hatte, ließ keinen anderen Schluß zu. Es gab also auch Männer unter ihnen!

Elamar starrte noch eine ganze Weile in die Sterne, in das Verhängnis, das sich zu lange vor ihm verborgen hatte. Hoffentlich ist es noch nicht zu spät, bat er denjenigen unter den Göttern, der ihm zufällig lauschen mochte. Eine schlimme Vorahnung hielt seinen Magen umklammert und sandte ihm beängstigende Bilder. Und dabei hatte er noch gedacht, er könnte hier in der Abgeschiedenheit des kleinen Dorfes wenigstens für kurze Zeit verschnaufen. Seine Reise wollte einfach kein Ende nehmen; in dieser Beziehung glich er einem Wiedergänger.

»Nun denn, Raxba«, wandte er sich nach einem tiefen Atemzug an den Raben, der auf seiner Schulter saß und angestrengt in die Nacht hinaus spähte, »so laß uns weiterziehen.«

Als er das Gasthaus umrundet und den Weg an der Küste entlang weiter gen Ifirn eingeschlagen hatte, stand er schon nach wenigen Schritten fast knietief im Wasser. Ein Frosch trieb auf einem Blatt vorbei.

»Hier kommen wir nicht weiter, Raxba, da brauchen wir uns gar nicht zu bemühen, da holen wir uns nur nasse Füße.« Der Rabe bestätigte Elamars Feststellung mit einem lauten Krächzen. »Dann haben wir jetzt zwei Möglichkeiten. Entweder, ich hole meine Salbe heraus und suche mir ein passendes Fluggerät, oder wir kehren zurück nach Havena. Was meinst du?«

Unruhig trat der Rabe auf seiner Schulter von einem

Bein auf das andere. Elamar spürte die Ungeduld seines Begleiters, und die Schlinge um seinen Magen zog sich noch enger zusammen. Vermutlich war es besser, die Dunkelheit der Nacht zu nutzen und dem Landstrich auf den Schwingen des Windes zu enteilen. Niemand vermochte ihm dann zu folgen. Auf der anderen Seite hatte er wenig Lust, auf diesem krummen, knorrigen Wanderstab, auf dem er sich kaum halten konnte und der nach jedem Flug schmerzhafte Erinnerungen in gewissen Körperteilen zurückließ, auf dem Wind zu reiten. Und ein schlichter Zaunpfosten oder eine Astgabel entsprach ebenfalls nicht seinen Vorstellungen von einem angemessenen Fluggerät. Schließlich konnte er diese nicht ständig mit sich herumschleppen.

Raxba zupfte mit dem Schnabel an Elamars Haarsträhnen, doch der Hexer ließ sich nicht aus der Ruhe bringen. Schließlich wollte eine solche Entscheidung wohlüberlegt sein. Wenn er erst einmal seine ganze Salbe auf ein Fluggerät verwendet hatte, mußte er einen halben Götterlauf damit leben, so lange, bis er auf dem nächsten Hexenfest neue Salbe erhalten würde.

Natürlich könnte er sich nach Hexenart einen Besen binden, den er sich von Anfang an gefügig gemacht hatte, doch soviel Zeit blieb ihm jetzt sicher nicht. Außerdem konnte er sich nicht vorstellen, daß er sich mit naßkalten Füßen und dieser Fessel um den Magen gut auf ein solches Vorhaben einstimmen konnte.

»Dann also Havena!« entschied Elamar, sprach es und stapfte entschlossen den Weg zurück zum Gasthaus, um das Dorf in Richtung Süden zu verlassen, zur Hafenstadt hin, von der er sich weiter mit einem der sieben Winde treiben lassen würde.

Parinors schmerzender Rücken kündete davon, daß er schon seit Ewigkeiten auf keinem Pferd mehr gesessen hatte. Immer wieder mußte er absteigen und mit einem langen Stock nach dem überfluteten Weg stochern. Kein gewöhnlicher Mensch hätte sich bei solch schlechtem Wetter aus dem Haus gewagt, aber er wußte, daß ein Auftrag des Inquisitors keinen Aufschub duldete, ganz gleich, ob der Körper nach Ruhe verlangte oder die Straßen versanken.

Was mir der Gehilfe des Inquisitors wohl in den Wanderbeutel gepackt hat? überlegte der nasse Reiter. Bestimmt war ein Siegelring darunter, der ihm durch den goldenen Greifen Tür und Tor öffnete, leider aber manche Münder aus Angst vor der Inquisition verschloß. Er würde ihn nur anlegen, wenn es unbedingt nötig war. Der Erhabene hatte auch von einem Greifenamulett gesprochen, das ihm auf der Suche nach diesem Hexer helfen sollte. Der Inquisitor selbst hatte das Amulett geweiht und ihm anschließend erklärt, daß die Weihe erst dann vollendet sei, wenn er, Parinor, es trage. Was auch immer der Erhabene damit gemeint hatte, der Novize Parinor würde sich des Greifen als würdig erweisen!

Er schloß die Augen und malte sich seine Weihe aus, malte sich aus, wie er die dunkelrote Robe gegen ein Gewand aus roten und goldenen Stoffbahnen eintauschen dürfte, wie das Sonnenzepter des Hochgeweihten seine Stirn berühren würde und er das Gelübde des Praios spräche. Lange schon sehnte er diesen Augenblick herbei.

Als er die Augen wieder öffnete, glaubte er selbigen

nicht mehr trauen zu können. Wunsch und Wirklichkeit schienen sich zu vermischen und die Sinne zu verwirren. Wenige Schritt vor ihm marschierte ein Mann mit einem weißen Raben auf der Schulter daher. Und er kam geradewegs auf ihn zu! Er dankte Praios, dem Herrn, der Seinen Schüler nicht vergessen hatte.

Während er sein Pferd anspornte, griff er unter den Mantel und zog die Peitsche hervor. Der verdammte Vogel schien ihn bemerkt zu haben, denn er stieg mit einem schrillen Warnruf auf.

Der Frevler ergriff seinen Wanderstab mit beiden Händen und blickte Parinor abwartend entgegen. Offensichtlich hatte er die Lage richtig erfaßt und versuchte, im tieferen Wasser des Umlandes zu entkommen. Doch es würde ihm nicht gelingen. Parinor stieß dem Pferd die Sporen in die Flanken und überwand die letzten Schritte bis zu dem Fliehenden mit einem gewagten Sprung. Dann ließ er seine Peitsche auf ihn hinabsausen, so daß sich die Schnur fest um den Hals des wild um sich Schlagenden wickelte. Parinor hätte nicht vermutet, daß sich der Kerl an ihn erinnerte. Schließlich war er ihm während der Floßfahrt von Kyndoch nach Havena nur ein einziges Mal begegnet.

Parinors Pferd blieb plötzlich wie angewurzelt stehen, so als pralle es gegen eine unsichtbare Wand. Der Novize stieß zornig die Luft aus. Er durfte den Zauberkundigen nicht unterschätzen. Nur mit Mühe gelang es ihm, sich auf dem Rücken des Schwarzen zu halten. Ein Ruck mit der Peitsche aber zwang den Gefesselten auf die Knie. Blitzschnell zog Parinor den Wanderstock aus der Sattelschlaufe und hieb ihn auf den Kopf des vor ihm Knienden, woraufhin dieser stöhnend zusammensackte.

Schnell sprang der Novize vom Pferd, um den Bewußtlosen aus dem Wasser zu ziehen. Schließlich wollte der Inquisitor ihn lebend. Man durfte der Gerechtigkeit nicht vorgreifen, so verlangten es die Gesetze des Praios. Man mußte den Frevler befragen und prüfen, wie er zur Wahrheit stand, welche Untaten er begangen hatte und ob er diese bereute. Und wenn er sich von der Wahrheit abwendete, gar versuchte, einen Praiosgeweihten zu belügen, dann würde Hakan Praifuhr nicht davor zurückschrecken, den Frevler unter Folter über die Wahrheit zu befragen. So lautete Praios' Gesetz, und so wollten es die Gesetze der Inquisition, auch wenn Hakan Praifuhr diese zuweilen recht eigenwillig auszulegen schien. Manchmal, so hatte er seinem Schüler oft genug erklärt, wenn die Schuld des Frevlers offenkundig und die Wahrheit für jedermann sichtbar war, mußte man dennoch eine Weile mit der Folter fortfahren. Denn die Tortur half dem Frevler, bereits einen Teil seiner Schuld auf Dere zu sühnen, so daß seine Seele nicht mehr gar so schwer belastet war, wenn er dann vor den Richter trat. In den Lehrbüchern hatte Parinor solches niemals gelesen, doch er wußte, daß es unklug war, einem Inquisitor zu widersprechen, vor allem, weil dieser ihn zu seinem besonderen Schützling auserkoren hatte.

Mit wenigen geschickten Handgriffen hatte er sein Opfer verschnürt und über sein Pferd geworfen, das er langsam auf den Weg zurück führte. Daß er dabei bis über die Knie im Wasser stand, störte ihn nicht mehr. Zu groß war der Triumph seines Sieges. Jetzt mußte er sich nur noch das verwünschte Federvieh schnappen, das bei seinem Auftauchen auf das nächste Haus geflogen war.

Als sein Opfer sich stöhnend zu winden begann, griff Parinor in seine Manteltasche und holte ein kleines Fläschchen hervor. Noch bevor der Gefangene wußte, wie ihm geschah, flößte der Novize ihm den Inhalt des Glasfläschchens ein und hielt dann weiter auf das baumumstandene Haus zu.

Konnte es angehen, was er da hörte? Die Wirtin schien einen neuen Gast zu begrüßen. Tatsächlich, ihre Stimme überschlug sich fast vor Freundlichkeit. Knorrhold trat im Schatten des Ganges näher auf sie zu, um die Veränderung seiner Patientin mit eigenen Augen zu begutachten.

Gut, der Mann war fein gekleidet, aber ihm gleich die Hand zu küssen war doch etwas übertrieben, fand der Medicus. Als das Wirtspaar sich mit artigen Verbeugungen von ihm entfernte, bemerkte Knorrhold das Glitzern an der Rechten des Neuankömmlings. Der Reisende war mehr als unvorsichtig, auf diese Weise auf seinen vollen Beutel aufmerksam zu machen. Es gab da so manches Gesindel auf den Straßen, das nur auf solch leichtsinnige und wohlhabende Wanderer wartete. Auch mußte der Neuankömmling einen wichtigen Grund für seine Reise haben, wenn er sich von der Witterung nicht abschrecken ließ.

Knorrhold verspürte ein schmerzhaftes Zwicken in der Wade und konnte einen verräterischen Aufschrei nur mit äußerster Mühe unterdrücken. Es war zu dunkel, um Genaueres zu erkennen, doch etwas hatte ihn gebissen und hüpfte nun durch die offene Tür seines Zimmers.

Verflixt! Er hatte seine Waffe nicht bei sich. So griff er nach dem Holzeimer, der auf der obersten Treppenstufe stand, und schlich sich vorsichtig an. Den Kübel fest in den Händen, sprang er mit einem langen Satz in die Kammer, konnte aber im flackernden Kerzenlicht nichts erkennen. Er bückte sich und lugte unter sein Bett.

Blitzgeschwind schoß es hervor. Knorrhold taumelte erschrocken zurück und wollte schon zuschlagen, als er die kleine weiße Feder sah, die durch die Luft zu Boden schwebte. Tatsächlich, es war das Federvieh des Hexers. Doch statt des erwarteten Krächzens verkroch sich Raxba wieder unter das Bett. Der Medicus blickte sich nach Elamar um, konnte ihn aber wie erwartet nirgends entdecken, worauf er niederkniete und nach der Feder griff. Dann bückte er sich noch tiefer, bis er den Kopf unter das Schlafgestell stecken konnte.

»Kann ich Euch beim Suchen behilflich sein?« erklang es hinter seinem Rücken. Knorrhold kannte die Stimme nicht und hob rasch den Kopf. Der neue Gast stand breitbeinig in der Tür, und Knorrhold hatte plötzlich ein unangenehmes Gefühl, wie er da vor dem Fremden kniete und dessen forschenden Blick auf sich gerichtet fühlte. Als er aufstehen wollte, fiel sein Blick auf den Ring an der Hand, die ein verknäultes Fischernetz hielt, welches so gar nicht zu der Erscheinung des Fremden paßte.

Er erkannte den Greifen sofort. Zwar hatte er das Symbol des Praios noch nie an der Hand eines Inquisitors gesehen, doch gab es wohl nur wenige Menschen im Mittelreich, die die Bedeutung eines solchen Ringes nicht kannten. Das unangenehme Gefühl verstärkte sich erheblich.

»Ich glaube, das ist nicht nötig.« Seine Stimme klang nicht so sicher, wie er sich dies gewünscht hätte. Jetzt nur die Ruhe bewahren! »Ich habe es bereits gefunden.« Knorrhold rollte die weiße Feder zwischen den Fingern, bemerkte aber an dem Mienenspiel des Inquisitors sofort, daß er einen Fehler gemacht hatte.

»Eine schöne Feder, die Ihr da habt. Von welchem Tier mag sie wohl stammen?« überlegte die tropfende Gestalt laut, wobei die Augen durch den Raum glitten, bis sie an der Bettkante haften blieben.

Knorrholds Gehirn arbeitete in Windeseile. Was konnte er auf die lauernde Frage antworten, ohne sich in Gefahr zu bringen? Es war nicht schwer, eins und eins zusammenzuzählen. Und wenn ein Vertreter der Heiligen Inquisition in einem so götterverlassenen Dorf auftauchte, suchte er bestimmt kein ruhiges Plätzchen für ein Nachtlager, sondern hielt nach dem Hexer

Ausschau. Und ich habe mit ihm gesprochen! Vielleicht würde man ihn verdächtigen, mit den Warzen der Wirtin etwas zu tun zu haben. Ja, vielleicht hielt man ihn am Ende selbst noch für einen Hexer, weil das Federvieh sich unter seinem Bett versteckte. Die Gedanken überschlugen sich in Knorrholds Kopf.

»Von einem Sturzflieger.« Knorrhold erinnerte sich, daß er diesen Namen einmal bei einem Fischer gehört hatte.

»Einem Sturzflieger also, soso. Ich hoffe, Ihr kennt die Gebote Praios'. Er bestraft kleine Lügen sofort.« Bei der Erwähnung des Gottes traten dem Medicus Schweißperlen auf die Stirn. Er saß gehörig in der Zwickmühle. Was konnte er tun, was sagen, um sich daraus zu befreien? Sich mit dem Götterfürsten und seinen Dienern anzulegen war mehr als ungesund. Aber wie sollte er dem Praioten verständlich machen, daß er mit dem Tier nicht das geringste zu tun hatte? Wenn er jedoch den Vogel verriete, wäre der Hexer sicher ärgerlich, mehr als ärgerlich. Und was hatte ihm seine Amme über den Zorn der Hexen erzählt? Konnte er schlimmer sein als der Zorn eines Gottes? Wohl kaum. Aber wo steckte dieser Elamar überhaupt? Warum saß er, der geachtete Medicus aus Weiden, statt des Hexers in dieser Thorwalsmühle gefangen?

»Ich verstehe nicht, was Ihr damit sagen wollt«, entgegnete Knorrhold, während er langsam um das Bett herumging. Sein Streitkolben mußte auf der anderen Seite liegen. Konnte er, sollte er? Einem Inquisitor die Stirn zu bieten, auch wenn dieser kaum älter zu sein schien als er selbst, bedeutete, auf einen ruhigen Lebensabend zu verzichten. Auf der anderen Seite hatte er sich im Grunde nichts vorzuwerfen.

Der Griff seines Gegners zur Peitsche ließ keine Zeit mehr für lange Überlegungen. Die Entscheidung war gefallen, noch bevor er ihre Folgen überdenken konnte. Knorrhold warf sich zu Boden, bekam seinen Streitkolben zu fassen und führte im selben Augenblick den ersten Streich gegen den Praiosdiener, der jetzt auf dem Bett stand. Dieser konnte dem Hieb gerade noch ausweichen, so daß das Eisen das Fußende des hölzernen Bettgestells traf und die Längsbretter löste. Die Strohmatratze fiel zu Boden, brachte den Angreifer zum Taumeln und gab Knorrhold die Gelegenheit für einen weiteren Schlag. Er traf den Waffenarm seines Gegners, der die Peitsche aufstöhnend fallen ließ und mit der Linken nach seinem Oberarm griff.

»Raxba, flieg!« schrie Knorrhold, während er den Verwundeten gegen die Brust stieß, so daß dieser hintüberfiel und schwer gegen die Bretterwand prallte. Der Rabe flatterte gerade noch rechtzeitig unter dem nun gänzlich zusammenbrechenden Bett hervor und verschwand krächzend durch die Tür. Knorrhold wollte ihm folgen, stürzte aber statt dessen unsanft zu Boden, als sein Gegner ihn bei seinem Sprung über das zusammengebrochene Bett am Bein zu fassen bekam. Noch bevor er sich aufrappeln konnte, spürte er einen dumpfen Schmerz in der Magengegend, der von einem Fußtritt stammte. Er krümmte sich zusammen und sah den Wütenden zu einem erneuten Schlag ausholen.

Plötzlich zischte etwas an ihm vorbei und traf den Praioten im Gesicht. Raxba war zurückgekehrt und hatte nur knapp das Auge seines Häschers verfehlt. Knorrhold nützte die Spanne eines Herzschlags, um den Holzeimer zu ergreifen, aufzuspringen und zuzuschlagen. Der Eimer zerschellte auf dem Kopf des Inquisitors und schickte diesen ins Land der Träume.

Knorrhold blieb wie gelähmt stehen und starrte auf die Reste des Eimers in seinen Händen. Doch der Rabe setzte sich auf den Gefallenen und zerrte mit seinem schwarzen Schnabel an dem Greifenring. Und noch ehe Knorrhold selbst bemerkte, was er da tat, zog er dem Bewußtlosen den Ring vom Finger und steckte ihn sich in die Jackentasche. Er zog die Tür hinter sich zu und stürzte die Treppe hinunter, gefolgt von dem laut krächzenden Vogel, stieß die Wirtin zur Seite, die zufällig zwischen ihm und der rettenden Eingangstür stand, und eilte in die Nacht hinaus.

Der Regen hatte aufgehört, und Tausende glitzernder Sterne spendeten Dere ihr Licht. Ohne nachzudenken, lief Knorrhold einige Schritte weiter, blieb dann aber stehen, als das Geräusch seiner Schritte das Krächzen des Raben nicht mehr übertönen konnte. Da packte Raxba den Ärmel des Flüchtenden mit seinen Krallen und zog ihn wild flatternd zum Haus zurück.

»Ist dir das Bett auf den Kopf gefallen? Ich habe dich gerade vor deinem Häscher gerettet, und du willst wieder zurück?« Knorrhold riß den Ärmel los. »Wenn wir zurückgehen, landen wir beide im Kochtopf.« Was tat er hier eigentlich? War er nun vollkommen verrückt? Er sprach mit einem Raben, hatte für ein Federvieh seinen Hals riskiert und wollte ihm nun erklären, daß sie beide keinen neuen Tag mehr erleben würden, wenn sie nicht schleunigst verschwanden. Und außerdem stand er bis zu den Knöcheln im Wasser. Doch bevor er einen weiteren Gedanken fassen konnte, war der Rabe schon ein Stück auf das Wirtshaus zugeflogen und schwebte nun, wild mit den Flügeln schlagend, wie ein ungelenker weißer Falke in der Luft.

»Verdammt!« Knorrhold stieß alle Schimpfwörter hervor, die ihm einfielen, drehte sich um die eigene Achse, warf die Arme verzweifelt in die Luft, stampfte mit dem Fuß auf und folgte schließlich dem Federvieh, das bereits um die Hausecke verschwunden war. Jetzt steckte er mitten im Orkenkot! Und er wußte nicht, was er tun sollte, um da wieder herauszukommen. Orkenkot war glitschig und klebte an den Stiefeln, das wußte er aus Erfahrung.

Über ihm wurden Fensterläden aufgestoßen. Knorrhold preßte sich flach in den Schatten der Hauswand, als plötzlich etwas neben ihm zu Boden fiel. Als der Kopf Dunvallos im Fenster wenige Augenblick später wieder verschwand, bückte sich Knorrhold, um zu sehen, was es war. Naß und kalt! Er war erleichtert, seinen Streitkolben wieder in den Händen zu halten.

Knorrhold bog um die Hausecke und wäre fast in das Pferd gelaufen, das an einem der knorrigen Bäume angebunden war. Über den Rücken des Tieres lag ein Mensch – Elamar, gefesselt und bewußtlos. Der Rabe hatte sich auf einem Ast über ihm niedergelassen.

Was sollte er tun? Waren schon die Wege kaum passierbar, so war es fast unmöglich, querfeldein durch die vielen kleinen Tümpel und Seen zu ziehen, die während des Regens zu einer nahezu geschlossenen Wasserfläche geworden waren. Und noch dazu war es Nacht, und er trug weder eine Laterne noch sonst irgendein Licht bei sich.

Der Rabe krächzte leise. Knorrhold zerrte den bewußtlosen Hexer vom Pferd und warf sich das gut verschnürte Bündel über die eine Schulter, während er den Wanderbeutel Elamars um die andere schnürte. Wenigstens den Beutel des Hexers wollte er nicht auch noch zurücklassen.

Nach wenigen Schritten stand er schon bis über die Knie im kalten Wasser. Hinter sich sah er im Licht einer Laterne die Silhouette seines Verfolgers auftauchen. Knorrhold zwang sich weiter zu stapfen, obwohl er wußte, daß es keine Hoffnung auf ein Entkommen gab.

Er hörte das triumphierende Lachen, das mit jedem Schritt näher kam, und verwünschte seine Dummheit. Warum war er dem verdammten Raben gefolgt? »Zum Henker! Warum das alles mir?« schrie er verzweifelt. ›Phex und Tsa, steht mir bei!‹ wollte er noch hinzufügen, verschluckte sich aber und brachte nur ein sich überschlagendes »Pexutsasteblei« hervor.

»Gib mir 'n Stück Kuchen, und ich sag dir die Antwort.«

Was war das? Hatte ihm die Angst die Sinne verwirrt, daß er jetzt schon Stimmen hörte? Er mußte weiter, durfte sich nicht von irgendwelchen Geräuschen täuschen lassen.

»Er ist schon ziemlich nahe«, klang es wieder von oben. Entmutigt und verzweifelt blieb Knorrhold stehen und rang nach Atem.

»Soll ich ihn dir vom Hals schaffen?« Knorrhold sah nach oben, konnte aber außer den Sternen nichts erkennen. Dann blickte er sich zu seinem Verfolger um, der nur noch vier, fünf Schritte hinter ihm war.

»Soll ich?« wiederholte die seltsame, junge und zugleich alte Stimme wieder, wobei Knorrhold, selbst in dieser mißlichen Lage, den neckischen Unterton nicht überhören konnte.

»Ja!« schrie er verzweifelt und wischte sich den Schweiß von der Stirn. Der Inquisitor war fast heran und hatte seine Hand bereits nach Elamars Stiefel ausgestreckt.

Da hielt der Verfolger plötzlich inne. Ein merkwürdig abgewürgter Ton entwich seinen Lippen, die unter den verwirrten Augen ein Eigenleben entwickelten und unablässig unverständliche Laute hervorstießen. Der Novize schwankte noch einen Schritt auf den keuchenden Knorrhold zu, taumelte dann aber wieder zurück und fiel schließlich rücklings ins Wasser. Das einzige, was noch zu sehen war, war der ausgestreckte Arm des Verfolgers, der die Laterne über der Wasserfläche hielt. Ein paar Luftblasen stiegen auf und zerplatzten, als sie das Ende ihrer Reise erreicht hatten.

»Potzblitz und gurgel! Mal sehen, ob er wieder hochkommt.« Knorrhold riß den Kopf herum. Da war es – oder er? Die kaum drei Spann große Gestalt schwebte gut einen Schritt über dem Wasser und klopfte sich auf die Schenkel, die zu einem Schneidersitz verknotet waren. Der kleine Wicht sah Knorrhold aus seinen schrägen Augen schmunzelnd an, was die unzähligen Falten in seinem runden Gesicht zu einem bizarren Muster formte. Zwar konnte man sich im Licht der Laterne nicht sicher sein, aber das wilde Gezaus, das das uralt wirkende Gesicht begrenzte, schien von blauer Farbe zu sein und wogte in der leichten Brise wie Wellen auf dem Ozean. Knorrhold gestand sich ein, daß dieses Blau wirklich hervorragend zur grauen Runzelhaut paßte, und mußte über diesen unpassenden Gedanken lachen, während Elamar bleiern auf seiner Schulter lastete. Was da in dem kurzen, zerschlissenen Mäntelchen leibhaftig vor ihm schwebte, konnte nur ein Kobold sein.

»Glaubst du nicht, er wird ertrinken?« Die Neugier auf das kleine Hutzelmännlein ließ ihn alle Vorsicht und Furcht vergessen.

»Empfindliches Menschenvolk! Ist doch nur 'n kleiner Koboldsrausch!« schoß es so schnell und abgehackt aus dem Mund des Kobolds, daß Knorrhold die Worte nur erahnen konnte. Alles weitere ging in Gezischel, Zähneklappern und Surren unter.

»Du sprichst eine sehr schnelle Zunge«, entgegnete Knorrhold und sah wieder zu der Laterne an dem einsamen Arm, wobei er versuchte, das Gewicht auf seiner Schulter neu zu verteilen.

»Ich frage mich, ob ein Betrunkener überhaupt ertrinken kann«, gab der Kobold mit gespielter Studiermiene zu bedenken und begleitete seine Worte mit einem meckernden Lachen, das erst endete, als dem Lachsack die Luft auszugehen schien.

»Pardauz, du hast ja recht! Ich will noch länger lachen!« Eine Geste mit den flinken blauen Fingerchen, und der Laternenträger tauchte wieder auf, konnte sich aber nur mit Mühe aufrecht halten. Seine Augen tanzten einen wilden Tanz, wobei des öfteren eines aus dem Rhythmus kam und dann zur Nase hüpfte, während auch das andere diesen Weg einschlug.

Ein lautes Hicksen brachte die Aufmerksamkeit des Medicus zurück. »Woher kommst du?« fragte er den Kobold, der sich mittlerweile auf Elamars Rücken niedergelassen hatte und mit seinem zusätzlichen Gewicht Knorrhold fast aus dem Gleichgewicht gebracht hätte. Der Geruch von Seetang schlich sich in Knorrholds Nase.

»Na, du hast mich doch gerufen, hexmex, hast dus schon vergessen?« Als der Wicht das ratlose Gesicht des Medicus sah, prustete er wieder laut los.

»Heckmeck, er is weg!« Der dünne Zeigefinger des Hutzelmanns ließ Knorrholds Nasenspitze auf und ab wackeln. »Und was bekomm ich jetzt, potzpaus?«

»Wofür?« Vergeblich versuchte der Bepackte, den quirligen Kobold abzuschütteln.

»Na hierfür!« Ein Fingerzeig reichte aus, um den lallenden Parinor sich im Kreise drehen zu lassen, was in dem hüfthohen Wasser gar nicht so einfach war.

»Ich könnte die ganze Nacht mit ihm spielen. Sagen wir für einen Teller Apfelkuchen mit Honigglasur, mampf?«

Knorrhold versuchte, die schmerzenden Schultern zu heben. »Woher soll ich den nehmen, bitte schön? Sehe ich so aus, als hätte ich noch eine Hand frei fürs Kuchenbacken?«

»Du hast schon wieder recht, potzblitz! Den bekomm ich schon für weniger, meistens dafür, daß ich wieder verschwinde. Also dann was anderes.« Der Kobold schien zu überlegen, wobei er Knorrhold nicht aus den Augen ließ.

»Ich verschaff dir, weil ich heute meinen dreineunundvierzigzwölftesten guten Tag hab, eine Möglichkeit, wie du hier herauskommst, und«, bei diesen Worten spielte er mit dem Finger an Knorrholds Unterlippe, »werde mich weiter um unseren Freund hier kümmern«, er legte eine rhetorische Pause ein, »und du versprichst mir als Gegenleistung das erste Neugeborene, das du in Händen halten wirst. Geritzt?«

Der Medicus war überrascht, ein flaues Gefühl machte sich in seiner Magengegend breit. Ein jeder wußte doch, daß Kobolde Kinder klauten. Sollte er sich wirklich auf ein so schmutziges Geschäft einlassen?

Die Schmerzen in seiner Schulter ließen auch nach erneuter Gewichtsverlagerung nicht mehr nach, und an seinem Zeh schien ein Fisch zu knabbern. Aber andererseits: Er würde längst über alle Berge sein, bis der Kobold seinen Teil des Versprechens eingelöst hatte. So schnell wollte er sowieso noch keine Kinder haben, und außerdem wanderte der Fisch an seinem Bein aufwärts, Richtung Leibesmitte.

»Einverstanden!« Schnell machte er seine Rechte frei und hielt dem Wicht die Handfläche hin, bevor er es sich noch einmal anders überlegen konnte. Wer in einem schlechten Traum gefangen war, durfte nicht wählerisch sein. Lauthals lachend schlug der Kobold mit beiden Händen ein. Dann war er verschwunden.

Doch nur wenige Augenblicke später hörte Knorrhold ein Plätschern, das aus der Nacht auf ihn zukam. Auf dem Bug sitzend, steuerte der Kobold mit Geisterhand ein Ruderboot, das weder Segel noch Ruder hatte und trotzdem mit außerordentlicher Geschwindigkeit durch das fast unbewegte Wasser glitt. Dabei trällerte er lauthals ein Seemannslied.

Endlich konnte sich Knorrhold seiner Last entledigen. Vorher aber prüfte er mit einem festen Schlag, ob das Boot auch echt und nicht bloß Einbildung war. Mit letzter Kraft schaffte er es hineinzuklettern. Er wollte dem Wicht zum Abschied die Hand reichen, mußte sich dann aber mit beiden Händen festhalten, als der Kobold das Boot mit einem Klaps auf die Reise schickte und sein Lachen schnell im Dunkeln der Nacht verhallte.

Der Fahrtwind blies ihm zwar kühl ins Gesicht, doch die Anstrengung der letzten Stunden und das Schaukeln der Wellen ließen Knorrhold schläfrig werden. Er gähnte ein-, zweimal, seine Augenlider klappten nach unten, und schließlich schlief er friedlich auf der Sitzbank des Bootes ein, das seinen Weg ganz allein fand. Und Phexens Schätze wachten über ihnen und geleiteten sie durch die Nacht, einem neuen Morgen entgegen.

Parinors Kopf schmerzte, als hätte er drei Nächte durchzecht. Dieser Vergleich kam ihm in den Sinn, obwohl er eigentlich gar nicht wußte, wie man sich nach einer durchzechten Nacht fühlte. Daß ihm derlei Erfahrungen bislang versagt geblieben waren, lag nur zu einem kleinen Teil an der gestrengen, aber gerechten Hand der Praiosgeweihten, in deren Obhut er aufgewachsen war. Das Leben im Tempel war im Vergleich zu dem so mancher streunender Straßenkinder gar nicht so schlecht gewesen, und manchmal hatten sie sich einen Spaß daraus gemacht, der Aufsicht der Geweihten zu entwischen, um heimlich in die Stadt zu gehen. Auch der Unterricht im Lesen und Schreiben und den heiligen Schriften hatte ihm Freude bereitet, bis ... Ja, bis zu jenem Tag, an dem Hakan Praifuhr nach seiner Weihe zum Inquisitor in den Tempel zurückgekehrt war, um ihn unter seine Fittiche zu nehmen. Von jenem Tag an hatte sich das Leben des jungen Novizen schlagartig verändert, hatte er bald alle Freunde eingebüßt. Hakans wachsamen Augen konnte man nicht entkommen. Parinor hatte es einige Male versucht, doch das flaue Gefühl in der Magengegend und vor allem der wissende Blick des Inquisitors, der die Lüge durchschaute wie Sonnenstrahlen durch Glas drangen, hatten ihn schnell zu seinen Pflichten zurückkehren und auf solche Versuche verzichten lassen. Nur einmal hatte er einige Stangen Lakritze unter seinem Strohsack versteckt, ein kleiner Griff nach der Kindheit, die für ihn so unvermittelt zu Ende gewesen war, doch er mußte ihn teuer bezahlen. Noch heute konnte er die Narben auf seinem Rücken fühlen, spürte die blutig gescheuerten Knie und den Schmerz in seinem Rücken, den er einen Mond lang kaum hatte aufrichten können. Was würde der Inquisitor wohl mit ihm anstellen, wenn er von seinem gestrigen Versagen erfuhr?

Er zwang sich, die Augen zu öffnen und die düsteren Gedanken an seine Jugendzeit beiseite zu schieben. Vorsichtig blinzelte er in die aufgehende Sonne, das Zeichen des Götterfürsten. Praios hatte es gesehen, vor ihm konnte er nichts verbergen. Oder vielleicht doch? kam ihm ein lästerlicher Gedanke in den Sinn. Das Auge des Fürsten war nicht am Himmel gestanden, als der kleine Wicht von seinem Körper Besitz ergriffen, ihn tanzen lassen hatte wie eine Marionette. Und war er genau das nicht schon sein Leben lang? Eine Marionette, die an den Fäden Hakan Praifuhrs tanzte und sich niemals befreien konnte. Aber nicht mehr für lange! Die Wut ließ neue Kraft in seinen ausgekühlten Körper fließen, an dem die nasse Robe klebte. Trotz der Schmerzen richtete er sich auf und pumpte die frische Morgenluft in seine Lungen, bis sich der Stoff auf seiner Brust spannte und das Sonnenzeichen sich entfaltete.

Dieses Mal würde er die Weihe empfangen, die Weihe, die ihn zu einem von ihnen machte, ihn aus seiner Knechtschaft befreite. Er hätte schon vor zwei Jahren geweiht werden sollen, doch hatte er es nicht fertig gebracht, jenem verphexten Sack den letzten Stoß zu geben, einem Sack, in den eine Frau gesteckt worden war, um sie von der Brücke ins Meer zu werfen und sie einem Götterurteil zu überantworten. Die Götter selbst sollten damals ihr Urteil über diese Frau sprechen, sie als Hexe entlarven, so sie sich dieses Frevels schuldig gemacht hatte: Schwamm der Sack oben, so war bewiesen, daß es sich hier um eine Hexe handelte, denn wie anders als durch Magie hätte sie sich vor dem Eintauchen in Efferds Reich bewahren können. Dann würde sie auf dem Scheiterhaufen brennen. Ging sie aber unter und ertrank, so würde sie Eingang in Borons Hallen finden und eines der zwölf Paradiese schauen, jedenfalls dann, wenn sie zu Lebzeiten ein göttergefälliges Dasein geführt hatte.

Doch er, Parinor, hatte das Urteil nicht vollstrecken können. Wohl lag es an den großen, schwarzen Augen der Frau, die ihn unentwegt angestarrt hatten, während der Sack bis zu ihrem Hals hochgezogen und zugebunden wurde, ohne auch nur ein einziges Zeichen von Angst oder eine andere Gefühlsregung zu zeigen. Sie hatte ihn lediglich angestarrt, und wenn diese Augen überhaupt zu ihm sprachen, dann drückten sie Mitleid aus. Er wußte, daß es nur ein Hirngespinst gewesen sein konnte, aber damals hatte er plötzlich geglaubt, in den Augen Wohlwollen, ja gar Liebe erkannt zu haben, die den Weg zu seinem Herzen suchte. Die Fremde hatte ihn einfach nur angestarrt; auch als sie langsam im Wasser versunken war, hatte der letzte Blick ihrer tiefen Augen allein ihm gegolten, ihm, der auf die Knie gesunken war, um den Inquisitor um das Leben dieser Frau anzuflehen. Nie würde er diesen Augenblick vergessen können, nie die beiden Jahre, die seiner mißlungenen Wassertaufe folgen sollten.

Ein lautes Krächzen riß ihn aus der Vergangenheit, zurück ins Hier und Heute, und ließ ihn über sich blicken. Ein weißer Rabe saß dort in den knorrigen Ästen des Baumes, an dem er lehnte. Er mußte ihn die ganze Nacht lang beobachtet haben. Vielleicht war ja auch der Hexer nicht weit. Parinor blickte hastig um sich, doch seine Hoffnungen erfüllten sich nicht. Außer seinem Pferd war an diesem Morgen nichts und niemand zu sehen. Wenigstens war das Wasser bereits so weit zurückgewichen, daß man die Wege auf den kleinen Dämmen wieder erkennen konnte.

Dann eben jetzt zuerst das Federvieh! Parinor wollte seine Peitsche packen, doch seine Hand griff ins Leere.

Seine Waffe mußte irgendwo in dem schlammigen Wasser liegen.

»Bleib schön sitzen!« raunte er dem Vogel zu, als er rückwärts zu seinem Pferd schlich, immer darauf bedacht, den Raben nicht mit einer schnellen Bewegung aufzuschrecken. Er griff in die lederne Reittasche und holte seine Schleuder hervor, zusammen mit einer Handvoll kleiner Bleistückchen. Der Erhabene hatte nicht verlangt, auch den Raben lebend abzuliefern.

Langsam machte er wieder einen Schritt auf den Baum zu, während er eines der vier Bleistücke in die schmale Lederschlinge legte. Noch immer saß der Rabe reglos da. Dann nahm der Novize die beiden Riemen in die rechte Hand und ließ die Schlinge über seinem Kopf kreisen. Jetzt mußte er nur noch im richtigen Moment eines der beiden Enden loslassen und dem Geschoß die rechte Richtung geben.

Das Bleistück verfehlte den aufflatternden Raben nur um Haaresbreite. Verdammt! Warum hatte Hakan ihm nicht gestattet, sich weiter in dieser Waffe zu üben!

Schnell griff er nach einem neuen Bleistück, doch der Rabe hatte schon so viel Höhe gewonnen, daß Parinor ihn weit verfehlte. Mit zornigen Rufen begleitete er das Aufsteigen des Vogels. Der flog nicht etwa davon, sondern zog schräg über ihm mit lautem Krächzen seine Kreise. Sollte das Tier etwa auf ihn warten? Parinor drehte sich um und griff erneut in seine Reittasche. An einer kurzen Kette baumelte das Bildnis eines Greifen, das mit einem riesigen Diamanten geschmückt war, der in einem schwachen Licht glühte. Die Frevler waren noch in seiner Reichweite.

Parinor legte sich die Kette um den Hals, stopfte sich ein Stück Sikrami in den Mund und stieg auf sein Pferd. Während er auf der Dauerwurst kaute, lenkte er sein Pferd auf den Weg zurück und folgte dem Flug des Raben. Tatsächlich, die Wärme des Amuletts auf seiner Haut nahm zu und das Leuchten des Steins wurde heller, als er dem Weg des Raben folgte. Das dumme Federvieh würde ihn direkt zu seinem Herrn führen. Das war fast zu schön, um wahr zu sein.

Parinor achtete nicht weiter darauf, was hinter ihm geschah. Seine Aufmerksamkeit war ganz auf den fliegenden Vogel gerichtet. Darum bemerkte er auch den zweiten Raben nicht, der reglos im Baum nebenan gewartet hatte und sich nun auf leisen Schwingen entfernte.

Als Knorrhold Grünstein erwachte, mußte er seine Augen mit der Hand bedecken, so hell war das Glitzern um ihn herum. Praios' leuchtende Scheibe hatte den Horizont bereits erklommen, und ihr Licht brach sich auf der weiten Wasserfläche in tausend Farben. Das leichte Schaukeln des Bootes brachte Knorrhold die Erinnerung an die vergangene Nacht zurück, und ein Blick auf den immer noch schlafenden Burschen im bunt bestickten Hemd bestätigte diese.

»Hey, aufgewacht!« Knorrhold rüttelte seinen Begleiter an der Schulter, doch dessen Augen blieben geschlossen. Nach dem dritten Versuch schöpfte er eine Handvoll Wasser, die er dem Schlafenden ins Gesicht spritzte, doch Elamar zeigte keinerlei Regung. Selbst Firunsmurmler konnten nicht tiefer schlafen! Der angebliche Inquisitor mußte Schlafgift verwendet haben, ein nicht gerade praiosgefälliges Mittel der Kampfführung.

Der Medicus wollte nach seinem Rucksack greifen, als ihm einfiel, daß dieser ja noch immer in seinem Zimmer in der *Windtrommel* lag. Alles, was er zur Hand hatte, war Elamars bunter Beutel, der zwar gut gefüllt aussah, aber seine Tränke und Salben wohl nicht ersetzen konnte. In diesem Augenblick lenkte ein lautes Knurren seines Magens seine Aufmerksamkeit auf ein dringlicheres Problem.

Wollen wir doch mal sehen, ob er nicht eine kleine

Wegzehrung einstecken hat, überlegte der Medicus, als er sich daran machte, den Knoten zu lösen, der den Beutel verschloß. Heilkundliche Probleme lassen sich mit vollem Magen weit besser überdenken. Doch so sehr er sich auch bemühte, er kam nicht hinter das Geheimnis des Knotens. »Willst du wohl aufgehen!« schimpfte er ungeduldig vor sich hin, und noch im gleichen Augenblick, in dem er den Beutel ansprach, entglitten die roten Fäden seinen Fingern und lösten sich voneinander.

Ein verrückter Kerl, dieser Elamar! Brachte seinem Beutel bei, sich auf Zuspruch zu öffnen, ging es Knorrhold durch den Kopf, und ein wenig mulmig war es ihm doch, als er hinein griff, um ein Säckchen mit Zwieback und Trockenfisch zu Tage zu fördern. Doch dann schob er sich umgehend ein großes Stück des wohlriechenden Fisches in den Mund und blinzelte genießerisch in das Funkeln ringsumher. Schließlich mußte er schon gestern auf Essen verzichten, weil ihm der Rabe dazwischengekommen war, und so viele Fettpölsterchen, die ihm über die Runden helfen konnten, hatte er schließlich auch nicht. Wo steckte der Vogel eigentlich? Er hatte das Tier seit dem Auftauchen des Kobolds nicht mehr gesehen.

Vertrackte Situation, aus der ihm der Kleine gestern geholfen hatte – aber seine jetzige war nicht viel besser! Da saß er nun auf einem Boot ohne Ruder inmitten eines riesigen Sees, zusammen mit einem Schlafenden, den er nicht aufwecken konnte, und hatte seine ganze Habe verloren. Konnte es denn noch schlimmer kommen? Knorrhold klopfte sofort dreimal auf Holz, spuckte auf seine Handfläche und schleuderte seine Spucke über die linke Schulter. Man sollte die Götter nicht herausfordern, so viel hatte er in den letzten beiden Tagen gelernt. Ihre Wege waren unergründlich, und manchmal auch ihre Launen. Das letzte, was er jetzt brauchen konnte, war ein erneuter Regenschauer

Efferds oder gar ein von Rondra entfachter Sturm. Es gab immer eine noch schlimmere Lage, denn das Schicksal war unberechenbar wie eine wütige Hexe.

Bei diesem letzten Gedanken wechselte seine Aufmerksamkeit wieder zu Elamar. Wie konnte er ihm helfen, wenn er seine heilkräftigen Kräutermixturen nicht bei sich hatte? Und wollte er ihm überhaupt helfen? Schließlich war es in der Tat nicht auszuschließen, daß dieser Bursche ein Hexer war und schwere Schuld auf sich geladen hatte. Doch für einen Medicus gab es auf eine solche Frage nur eine Antwort.

Er legte das Essenssäckchen zur Seite und griff erneut nach dem Beutel seines Begleiters. Mal sehen, was man da noch alles findet. Ein zweites Hemd, Strohschuhe, ein kleines Holzkästchen, darin Ahle, Nadel und Faden, und ein Tiegelchen. Es enthielt ein weißes Fett, das weich und geschmeidig war und nach einer frischen Meeresbrise roch, wie Knorrholds Nase befand. Der Knabe schien auch noch eitel zu sein! Ein Säcklein mit Knöchelchen und ein großer, runder Gegenstand, der in ein Tuch eingeschlagen war. Vorsichtig legte Knorrhold ihn auf seine Oberschenkel und schob den Stoff beiseite. Es war eine Kugel ganz aus Glas, aber mit zahlreichen Splittern in ihrem Inneren, die im Sonnenlicht in allen Farben des Regenbogens glänzten. Als er seine Finger über die glatte Oberfläche gleiten ließ, spürte er ein eigenartiges Kribbeln, das über die Fingerspitzen in seine Handfläche kroch. Für den Bruchteil eines Herzschlags glaubte er, in der Kugel das Bild eines Waldes zu erkennen. Schnell zog er die Hand zurück. Ließ er sich jetzt schon vom Sonnenlicht täuschen, oder war das wieder so ein Hexending? Er packte die Kugel vorsichtig zurück in den Beutel, das schien ihm sicherer, als sie hier weiter dem Sonnenlicht auszusetzen.

Na, sieh an! Drei irdene Fläschchen, die mit weißen Zeichen bemalt waren. Das sah doch schon ganz vielversprechend aus. Die beiden ersten Zeichen hatte er noch nie gesehen, doch bei dem dritten war er sich ganz sicher: Es war ein Zweig, das Zeichen der Peraine. Die Göttin der Heilkunst konnte nur Gutes bedeuten, und wenn man nichts anderes zur Hand hatte … Was hatte Elamar zu ihm gesagt, er solle auf sein Gefühl vertrauen? Ich hoffe für dich, du behältst recht, dachte der Medicus und hob langsam den Kopf des Schlafenden, um ihm die grüne Flüssigkeit einzuflößen.

Zuerst geschah nichts. Doch dann kroch langsam das Leben zurück in Elamars Körper. Seine Finger begannen sich zu bewegen, sein Kopf wollte Knorrholds stützender Hand entgleiten. Elamar hustete und richtete seinen Oberkörper mit einem Ruck auf. Knorrhold stand jetzt aufrecht im Boot und dankte Peraine mit einem kurzen Blick gen Alveran. Da traf ihn ein harter Schlag gegen die Schenkel. Er wollte einen Schritt zurück machen, um nicht das Gleichgewicht zu verlieren, prallte jedoch mit der Wade an die Bootswand und stürzte schließlich mit rudernden Armen und einem kurzen Aufschrei, der im Gurgeln ertrank, ins kalte Wasser. Elamar, der wie wild blind um sich geschlagen hatte, erstarrte in der Bewegung und riß die Augen auf.

»Grünstein?« Verwirrt suchte er nach Erinnerungsfetzen in seinen Gedanken, die ihm helfen konnten, sich zurechtzufinden, doch ohne Erfolg. Was machte er hier? Was machte der Medicus hier? Und wo war sein Angreifer?

»Wo du jetzt schon wach bist, könntest du zur Abwechslung mir mal helfen?« Knorrhold hielt sich mit der einen Hand am Boot fest und reckte Elamar seine andere entgegen. Irgendein Wassergewächs klebte an seinem Gesicht und ließ sich auch durch Kopfschütteln nicht daraus vertreiben.

»Was, in Sumus Namen, ist hier eigentlich los?« Elamar machte keine Anstalten, Knorrholds Aufforderung nachzukommen. Statt dessen sah er sich nach allen Richtungen um, bis sein Blick sich in der Ferne verlor. »Wo ist Raxba?«

»Ich schlag dir ein Geschäft vor: Du hilfst mit jetzt endlich ins Boot zurück, und ich erzähl dir dafür die ganze Geschichte. Einverstanden?«

Während Knorrhold die Geschehnisse der letzten Nacht zusammenfaßte, versuchte er, seine nassen Sachen auszuwringen, entschloß sich aber dann doch, dieses Mal Elamars Ersatzkleidung dankend anzunehmen, obwohl er sich darin bestimmt nicht sehr wohl fühlen würde. Es war ihm, als legte er mit seiner Kleidung auch seinen Berufsstand ab, um in Zukunft als Gaukler oder, noch schlimmer, Zahnbrecher und Scharlatan durch die Welt zu ziehen.

»Und der Kobold ist einfach so erschienen, ganz ohne dein Zutun?« Ungläubig starrte Elamar den Medicus an. »Er hat dir doch bestimmt nicht ohne Gegenleistung geholfen.«

Knorrhold war nicht ganz wohl bei dem Gedanken an sein Versprechen. Darum versuchte er, einer Antwort auszuweichen.

»Nun ja, er wollte Apfelkuchen«, gab er wie nebenbei zu.

»Apfelkuchen also, soso. Damit wirst du einen Kobold vielleicht wieder los, wenn Phex dir beisteht. Aber wie hast dus angestellt, daß er dir geholfen hat?« Elamar war jetzt wirklich neugierig, da er bisher nur einmal einem Kobold begegnet war, und selbst darauf hätte er gut verzichten können. Damals hatte man entdeckt, daß er zaubern konnte. Und nicht nur er, sondern auch seine Mutter hatten das Dorf verlassen müssen. Er war neugierig auf die Welt gewesen, so daß er den Verlust der Freunde schnell verschmerzt hatte. Aber seine Mutter verlor damals zum zweiten Mal ihr Zuhause. Für sie war es ein harter Schlag gewesen.

Elamar nahm sich wieder einmal vor, sie zu besuchen, sobald er sicher sein konnte, daß ihm niemand mehr folgte. Es war schon viel zu lange her, daß er nach ihr geschaut hatte, fast drei Jahre.

Knorrhold beobachtete die Silberschleie, die gleich neben dem Boot nach einer Fliege schnappte und aus reinem Licht zu bestehen schien. »Ich habe ihm ein Kind versprochen«, sagte er mehr zu sich selbst als zu Elamar, und als er seine eigenen Worte hörte, fühlte er sich plötzlich äußerst unwohl in seiner Haut.

»Du hast *was?*« Elamar sprang auf die Beine, so daß das Boot wild schaukelte. »Kannst du das noch einmal wiederholen? Meine Ohren schlafen offenbar noch.«

»Was sollte ich denn tun? Dich der Inquisition überlassen und mich über mein nasses Grab freuen? Der Wicht ist Meilen entfernt. Wie sollte er mich finden, um seinen Lohn zu fordern?« Ärgerlich blitzte der Medicus sein Gegenüber an. Da rettete man jemandem das Leben, und was war der Dank? Der aufkeimende Ärger hatte seine Schuldgefühle sofort wieder verdrängt.

»Weißt du denn nicht, was Kobolde mit kleinen Kindern anstellen?« fuhr Elamar ihn an. »Sie nehmen sie mit in die Anderswelt, wo sie so lange ihre Späße ertragen müssen, bis sie einer von ihnen werden. Hat man dir als Kind denn keine solchen Geschichten erzählt? Was glaubst du, warum man an jede Wiege ein Glöckchen hängt? Bestimmt nicht, damit das Kleine etwas zu lachen hat.«

Elamar hatte sich richtig in Zorn geredet und raufte sich den schwarzen Wuschelkopf. Knorrhold hätte nicht gedacht, daß der Spaßmacher so wütend werden konnte. Doch gerade weil sein Begleiter sich derart ereiferte, wollte er selbst erst recht nicht einsehen, was an der ganzen Geschichte so schlimm sein sollte. Der Kobold war schließlich längst verschwunden.

»Du hast mir doch geraten, meinem Gefühl zu vertrauen«, gab er patzig zurück. »Und in diesem schwierigen Fall gab es wirklich keinen anderen Ausweg. Mit einem Ork im Nacken kann man keine langen Wege gehen.« Knorrhold suchte nach dem Angelhaken, den er immer in seiner kleinen Gürteltasche mit sich trug, wenn er auf Reisen war. »Hast du ein Stück Schnur?«

Wortlos griff Elamar in seinen Rucksack, zog das Kästchen mit dem Nähzeug hervor und reichte es dem Medicus. »Du hast recht«, lenkte er dann ein. »Ich muß mich bei dir bedanken. Schließlich würde ich sonst schon in irgendeinem Keller vermodern.« Er ließ sich auf die Holzbank sinken und sah zu, wie Knorrhold mit geschickten Handgriffen den Haken an der Schnur befestigte und etwas Trockenfisch aufspießte. Dann saßen sie beide still da und beobachteten den Köder, der langsam tiefer sank.

»Warum ist die Inquisition eigentlich hinter dir her?« fragte Knorrhold in leichtestem Plauderton.

»Das ist eine sehr lange Geschichte«, entgegnete Elamar mit einem Abwinken. »Die willst du bestimmt nicht hören. Erzähl mir lieber ein wenig von dir.«

»Nun gut, wenn du meinst. Aufgezogen wurde ich von meiner Amme. Sie hieß Nalle, und ich glaube, sie war eine Hexe.« So schnell wollte Knorrhold sich nicht abschütteln lassen.

»Wieso glaubst du das?« wollte Elamar wissen, redlich bemüht, so unbeteiligt wie möglich zu wirken.

»Wenn ich mich recht entsinne – und du mußt wissen, mein Gedächtnis ist nicht das schlechteste –, war sie dir sehr ähnlich. Ich wußte nur nicht, daß sich statt Katzen auch Raben in eurer Begleitung befinden.«

»Wieso sollten wir nur ...« Verdammt, der Medicus hatte ihn hereingelegt! Aber nach dem, was alles geschehen war ... Der Weidener hätte ihn genausogut der Inquisition überlassen können, aber er hatte ihm stattdessen geholfen. Man mußte also davon ausgehen, daß er ihm wohlgesonnen war. »Du bist nicht dumm«, stellte Elamar mit einem Schmunzeln fest. Sollte der andere nur glauben, daß die Inquisition aus diesem Grund hinter ihm her war. Dann mußte er wenigstens nicht die ganze lange Geschichte erzählen.

»Du gibst also zu, daß du ein Hexer bist?« wollte Knorrhold noch einmal ganz genau wissen.

»O bitte! Nicht dieses harte Wort – Hexer. Findest du nicht, daß da ziemlich viele Vorurteile mitschwingen? Sag lieber Sohn Satuarias oder, wenn du unbedingt meinst, Bruder Hexe.« Elamar kramte in seinem Beutel.

»Du erzähltest vorhin, daß du gestern abend zurück nach Havena wolltest. Warum denn das, nachdem du doch schon ahntest, daß man hinter dir her war?« Knorrhold liebte es, das Gespräch so zu lenken, wie es ihm zusagte.

»Nun, hast du dir den Knüppeldamm in die andere Richtung angesehen? Der war doch völlig überflutet. Da wäre ich keine fünf Schritt weit gekommen ... Oh, da ist er ja!« Triumphierend hielt Elamar den Tiegel mit dem Fett in die Höhe.

»Und jetzt mußt du dir erst einmal das Gesicht einfetten«, spöttelte Knorrhold, als er einen zweiten Köder am Haken befestigte, da der erste sich in Wohlgefallen aufgelöst hatte. »Überleg dir lieber, wie wir ans Ufer kommen.«

»Du wirst es nicht glauben, aber das habe ich gerade getan. Während du unbeholfen im Trüben fischst, habe ich hier die Lösung für unser Problem.« Elamar würde es sich verkneifen, dem Medicus haarklein zu erklären, was es mit der Salbe auf sich hatte, schließlich war es schon unangenehm genug, daß jemand beim Auftragen der Salbe zugegen war. Er war nur froh, daß er seinen Stab noch nicht damit bestrichen hatte; der wäre jetzt nämlich verloren gewesen.

»Ich weiß zwar nicht, was du vorhast, aber tu es ruhig.« Knorrhold mußte ans Heck wechseln, als Elamar damit begann, das Boot vom Bug her mit der wohlriechenden Salbe zu bestreichen und dabei irgendwelche Reime zu murmeln. »Wie willst du eigentlich deinen Raben wiederfinden?«

»Das ist gar nicht nötig«, erklärte der Hexer, der mit versonnenem Blick durch das Boot rutschte. »Er wird mich finden. Da brauche ich mir gar keine Gedanken zu machen.« Insgeheim befürchtete er aber doch, daß er zu weit von seinem Vertrauten entfernt war. Aber wenn Raxba ihnen nicht gefolgt war, dann hatte das bestimmt einen triftigen Grund. So hoffte er wenigstens.

Als Elamar mit seiner Arbeit fast fertig war, schrie Knorrhold überrascht auf. Etwas hing an der Schnur. »Es muß ein ganz schöner Brocken sein, er will und will sich nicht herausziehen lassen.« Knorrhold hatte sich mit beiden Beinen an der Bordwand abgestützt und die Schnur einige Male um sein Handgelenk gewickelt. Die Anstrengung trieb ihm das Blut ins Gesicht.

Plötzlich riß die Schnur, und Knorrhold schlug unsanft mit dem Kopf an die gegenüberliegende Holzwand. »Orkengalle und Rattendreck«, fluchte er, als er seinen Hemdärmel ins Wasser tauchte, um die stattliche Beule zu kühlen. Trotz der seltsamen Stille, die sich über den See gelegt hatte, dröhnte ihm der Kopf.

»Irgend etwas gefällt mir hier ganz und gar nicht.« Elamar stand ganz still. Dann legte er beide Hände muschelförmig hinter die Ohren.

»Wenn du hören willst, wie mein Schädel brummt, das kannst du auch ohne …« Knorrhold hielt mitten im Satz inne, als er in Elamars dunkle Augen sah, die zuerst auf ihn gerichtet waren und dann in die Tiefen des Sees starrten.

»Wir sollten schleunigst verschwinden!« Elamar setzte sich auf die vordere der beiden Holzbänke, schaute nach vorn und verschränkte die Arme. »Da kommt etwas Gewaltiges auf uns zu.«

»Es kommt auf uns zu? Was?«

»Vermutlich der große Bruder der Schleie, die du gerade angeln wolltest. Halt dich still und stör mich jetzt nicht. Ich muß mich sammeln. Ich hab's noch nie mit etwas so Großem versucht. Und dann noch mit Passagier. Und dabei ist so ein Ruderboot schon unpersönlich genug.«

»Du hast *was* noch nie versucht?« Knorrholds Augen hatten sich vor Schreck geweitet, die Farbe war ihm aus dem Gesicht gewichen. Gerade wollte er aufspringen, als das Wasser um das Boot herum in Bewegung geriet, obwohl sich kein Lüftchen regte.

Im nächsten Augenblick hob sich das Schiffchen mit einem schnellen Ruck in die Höhe, gerade noch rechtzeitig, bevor ein Schwarm von Hunderten von Silberschleien aus dem Wasser stieg, sich aufbäumte wie der silbrig glänzende Körper einer riesigen Seeschlange und wieder versank.

Knorrhold wußte nicht, was ihn mehr erschreckte, der Schwarm von Fischen, der sie sicher mit in die Tiefe gerissen hätte, oder die Tatsache, daß sich das Boot einen kurzen Augenblick lang fast fünf Schritt über der Wasseroberfläche befand. Seine Hände, die sich an der Bordwand festkrallten, waren feucht vor Schweiß, auch wenn das Gefährt jetzt nur wenige Spann über dem Wasser schwebte. Aber nicht nur seine Hände, sondern auch die Stirn des Hexers glänzten feucht, wie Knorrhold bemerkte, als sich jener mit einem gequälten Lächeln zu ihm umdrehte.

»Es ist schwieriger, als ich dachte. Ich weiß nicht, wie lange ich das schaffe. Das Boot ist bockig wie ein alter Esel.« Elamar lenkte das Boot langsam auf das mit Birken bestandene Ufer zu, die im Licht wie verzaubert glänzten, und das Luftschiff gewann im plötzlich aufheulenden Wind allmählich an Fahrt.

»Du weißt *was* nicht?« schrie Knorrhold seinen Vordermann geradezu verzweifelt an. »Du meinst, wir schweben hier in einem Boot über dem Wasser und werden immer schneller, und du hast keine Ahnung davon, was du eigentlich tust?« Sein Gesicht verlor jegliche Farbe, die Augen waren weit aufgerissen, die Zähne zusammengebissen.

Als Elamar ihn so sah, mußte er trotz aller Anstrengung grinsen. »Da fällt mir ein Witz ein, den mir eine Schwester auf dem letzten Fest erzählt hat. Woran erkennst du eine freundliche Hexe? Na?« Wie entgeistert starrte ihn der Medicus an. »An den Fliegen zwischen den Zähnen, wenn sie vom Besen steigt.« Jetzt gab es kein Halten mehr. Elamar prustete wie wild los und verlor für einen Augenblick die Herrschaft über das Boot, das mehrere Male auf der Wasseroberfläche aufsetzte und sich wieder erhob. Auf den dadurch entstandenen Wellen glaubte der Medicus Gesichter zu erkennen, als die Windböen, die das Boot umspielten, das klare Seewasser berührten und Schaumkronen erzeugten. Einen Herzschlag später zerplatzten die Gesichter wie Seifenblasen. Doch das Heulen des Windes wurde immer stärker, schauerlich und gespenstisch.

Knorrhold war in sich zusammengesunken und haderte mit seinem Schicksal, das es in den letzten Tagen nicht gut mit ihm meinte. Wie ein Häuflein Elend saß er da, den Blick starr auf den Schiffsboden gerichtet, um den Erscheinungen um ihn herum nicht ins Auge blicken zu müssen, und fragte sich, wie er die Götter nur so erzürnt haben konnte, daß sie ihn jetzt so heftig straften.

Vielleicht deshalb, weil er nicht mit seinem Vater nach Greifenfurt gezogen war, das nach der Belagerung durch die Orks wieder neu aufgebaut wurde und gute Medici benötigte. Doch konnte er der Göttin nicht auch in anderen Teilen Aventuriens dienen, in AlAnfa zum Beispiel, wo die Rauschkrautsüchtigen in den Gassen lagen, oder im hohen Norden, wo jeden Winter

Hunderte von Menschen erfroren, ganz zu schweigen vom Fieber auf den zahlreichen Schlachtfeldern? Mußte es da gerade Greifenfurt sein, wo ihm sein Vater, wann immer er wollte, ins Handwerk pfuschen konnte?

Sie hatten das Ufer erreicht, und Elamar lenkte das Boot nun ganz knapp an einem Wäldchen vorbei. Auf der anderen Seite ..., grübelte der Medicus weiter, um sich von den beängstigenden Worten des Hexers abzulenken, der die Windgeister beschwor, bei ihnen zu bleiben und das Boot wenigstens noch ein Stückchen weiterzutragen, auf der anderen Seite wäre es vielleicht gar nicht so schlimm geworden. Greifenfurt war eine große Stadt. Da gab es sicher Platz für zwei Grünsteins. »Kann ich aussteigen?« erkundigte er sich mit verzagter Stimme, doch er erwartete kaum, daß diese Frage ernstgenommen wurde.

»Vertraust du mir nicht? Du mußt wissen, wir Hexen sausen täglich auf unseren Besen durch die Lüfte. Es ist sozusagen unsere zweite Natur.« Elamar reizte seinen stillen Mitreisenden absichtlich. Er war jetzt wieder bester Laune. Was würden seine Schwestern und Brüder wohl sagen, wenn er ihnen auf dem nächsten Levthansfest von seinem Ritt auf dem kleinen Boot erzählte? Welch ein Abenteuer! Besen, Fässer, Heugabeln und Wanderstäbe, ja selbst Gartenzäune und Astgabeln hatte man schon zum Fliegen gebracht. Aber das hier! Es kostete ihn zwar wesentlich mehr Kraft als ein Flug auf seinem Wanderstock oder einem ordentlichen Besen, doch war die Sitzbank des Bootes einem dünnen Stecken auf alle Fälle vorzuziehen. Leider war der Flug wohl bald vorbei, denn die Windgeister weigerten sich natürlich, den Medicus zu tragen, der beim Brauen der Salbe am Levthansfest nicht selbst mitgeholfen hatte. Außerdem war das Boot für sie auch viel zu groß und viel zu schwer, denn er hatte nur ausreichend Salbe für einen gewöhnlichen Besen bei sich gehabt. Deshalb verließen die Windgeister die Salbe auch vor der Zeit.

Als sie nach wenigen Minuten schweigsamen Dahingleitens einen zweiten, nicht minder großen See erreichten, setzte Elamar das Boot unweit des Ufers mit letzter Kraft ins Wasser. »Wohin wollen wir jetzt eigentlich?« Gedankenversunken war er einfach losgeflogen, ohne sich über ihr Ziel im klaren zu sein. Schließlich wußte er von seinem Begleiter so gut wie gar nichts.

Knorrhold, der sich inzwischen wieder beruhigt hatte, blickte in die schwarze Tiefe des Sees hinab, ließ die Finger durch das kühle Naß gleiten und nahm einen Schluck aus der zur Schale geformten Hand. »Was hast du denn vor?« fragte er vorsichtig bei Elamar an. Eigentlich hatte er sich schon so an den sonderbaren Burschen gewöhnt, daß ihm der Gedanke an Abschied gar nicht gefallen wollte, auch wenn er dies nie offen zugegeben hätte. »Kommst du überhaupt allein zurecht?«

»Was meinst du, was ich getan habe, bevor du mir über den Weg gelaufen bist? Glaubst du, ich bin mit meiner Amme durch die Welt gezogen, die jeden meiner Schritte schützend begleitete? O nein, ich habe schon mehr Meilen hinter mich gebracht, als du in deinem ganzen Leben laufen wirst. Mach dir um mich nur keine Sorgen.«

Bei diesen Worten lief das langsam dahintreibende Boot auf Grund, so daß sie bald darauf endlich wieder festen Boden unter den Füßen spürten. Knorrhold griff mit beiden Händen ins Moos und ließ sich unter einer riesigen Steineiche nieder, die am Rande einer kleinen Baumgruppe stand. Still dankte er Peraine für seine glückliche Rettung aus luftiger Höhe, er pries Ihre göttliche Weitsicht, die dem Menschen fest verwurzelte Bäume geschenkt hatte, und erfreute sich an dem sonnigen Spätsommertag.

»Eigentlich wäre es ganz schön, nicht mehr allein weiterziehen zu müssen«, gab Elamar ein wenig verlegen zu und zupfte einige große weinrote Blätter von einem Nostria-Ahorn. »Du entschuldigst mich doch sicher für ein paar Minuten? Ich glaube, der Schlaftrunk ist mir auf den Magen geschlagen. Muß sehen, daß ich dem Flinken Difar zuvorkomme.« Schnell verschwand er im Gebüsch.

Der Medicus blinzelte belustigt in die Sonne und lauschte dem Gesang der Vögel. Nie hätte er gedacht, daß es so viele verschiedene Arten von ihnen gäbe. Er kannte nur den Brillenkuckuck und Silberschwalben. Als Mann der Heilkunst hatte man eben wenig Zeit, um der Natur zu lauschen, besonders wenn das Orkgezücht die Gegenden unsicher machte. Kurz vor seiner Abreise aus Menzheim hatte er noch die schwere Kopfwunde eines Bauern versorgen müssen, der bei der Feldarbeit von zwei Orks überrascht worden war. Bei diesem Gedanken fiel ihm wieder ein, daß er jetzt gänzlich ohne heilkräftige Mittel unterwegs war, seit er seine Tasche hatte zurücklassen müssen. Glücklicherweise hielt Peraine so manches Kraut bereit – man mußte es nur finden. Und wenn jemand wußte, wo Peraines Geschenke wuchsen, dann war er es.

Auf allen vieren kroch er über eine Ansammlung blauer Flockenblumen hinweg, um nach Fettem Wegerich zu suchen, den es hier bestimmt gab und der als Tee bei Flinkem Difar besonders gut half. Da hörte er den abgewürgten Schrei Elamars, das Geklapper von schlecht festgezurrten Rüstungsteilen und aufgeregte Stimmen. Er wollte aufspringen, zum Boot laufen, um seine Waffe zu holen, doch da fühlte er sich plötzlich unter unzähligen Leibern begraben.

»Gib acht, daß er nicht zaubert!« warnte eine helle Männerstimme, die zu dem Kerl gehören mußte, der auf seinen Beinen saß und diese mit einer Schlinge zusammenzubinden versuchte. Ein anderer richtete seine ganze Aufmerksamkeit darauf, Knorrhold den Mund zuzuhalten, geriet dabei aber mit seinen Fingern zwischen dessen Zähne, die sich ihm tief ins Fleisch gruben. Doch ein dritter, dick wie ein Faß, setzte sich kurzerhand auf sein Gesicht, so daß dem vergeblich Zappelnden die Luft wegblieb. Die Sinne schwanden ihm, und als letztes vernahm Knorrhold den Siegesschrei der wilden Meute: »Für den König! Für Nostria!«

Habt Ihr kein frischeres Kraut? Dieses hier ist schon so welk wie Laub.« Ungehalten warf die schöne Rothaarige dem Händler das Bündel Zwölfblatt entgegen. »Und wo bleiben die Wunderkerzen, die Ihr angeblich dieser Tage bekommen solltet?«

Der kleine blonde Mann hinter der Theke ordnete verlegen die Säckchen mit Pfeifenkraut. »Aber meine Liebe, Thalusa ist weit, da kann man nie genau sagen, wann die Ware eintrifft. Und was meine Kräuter betrifft, ich versichere Euch ...«

»Jetzt hört mir einmal gut zu, Herr Ordhan Werttheuer.« Die hübsche Frau setzte dem Händler den Zeigefinger auf die Brust und funkelte ihn aus smaragdgrünen Augen böse an. »Eure Ausreden könnt Ihr Euch unter die Stiefelsohle schmieren. Ihr wißt genau, daß ich jeden ersten Windstag im Götternamen nach Orbatal komme. Da kann ich doch wohl verlangen, daß Ihr mir von einem zum anderen Mal alles besorgt.«

Reisa Armehra verschränkte die Arme vor den wohlgeformten Brüsten, wobei die Metallblättchen an den beiden Handgelenken wild klimperten. Ihre grüne Bluse verdeckte die weiße Haut des Ausschnitts nur unvollständig, so daß Ordhans Blicke immer wieder abgelenkt wurden. »Ihr meint wohl, weil ich mit einem bunten Wagen durch die Lande ziehe und noch immer ganz gut ohne Mann zurechtkomme, müßtet Ihr mir weniger Aufmerksamkeit entgegenbringen als den hiesigen Weibern?«

»Aber nicht doch! Das Gegenteil ist der Fall. Eure Schönheit verzaubert mich jedesmal so sehr, daß ich alles vergesse, nachdem Ihr wieder gegangen seid. Ihr habt mir fürwahr einen Trunk gemischt.« Der Händler ergriff Reisas Hand und deutete einen flüchtigen Kuß an.

Für einen kurzen Augenblick entspannten sich Reisas Gesichtszüge, doch kurz darauf hatte sie Ordhan die Hand wieder entzogen. »Nun gut, ich will Euch noch ein letztes Mal verzeihen. Doch hurtig jetzt, packt die anderen Sachen zusammen. Legt den Beutel mit Salz aber nicht wieder zu den Rosinen, wie Ihr es schon einmal getan habt, und vergeßt den Rosenquarz nicht. Den habt Ihr mir ja wenigstens besorgt.«

Als Reisa Ordhans Laden verlassen hatte, stand dieser noch einige Augenblicke lang in der Tür und ließ seine Gedanken in ferne Wunschwelten schweifen, über die wir hier schweigen wollen, um Sitte und Moral des Lesers nicht zu gefährden. Als er endlich die Münzen auf seinem Tisch in die Schatulle zählte, mußte er feststellen, daß zwei Silberstücke fehlten, doch war es schon zu spät, um dem verphexten Weib hinterherzulaufen.

Reisa hatte ihren kleinen Holzwagen über den dichtbevölkerten Marktplatz gelenkt und dabei zahlreiche Männerblicke auf sich gezogen. Bestimmt würde sie heute noch gutes Silber einnehmen. Der Regen der letzten Tage hatte die roten Buchstaben fast gänzlich von dem gelben Kastenwagen weggewaschen. Jetzt mußte sich eben aufgrund ihres Äußeren herumsprechen, daß Madame Armehra wieder einen Blick in die Zukunft gewährte. Unweit der *Wacholderbeere* gab sie ihrem Svelltaler Kaltblut das Zeichen stehenzubleiben. Der Platz vor dem Gasthaus war ausgezeichnet dazu geeignet, Laufkundschaft anzulocken. Nicht selten gönnte man sich hier nach dem anstrengenden Einkauf zwischen den zahlreichen Ständen eine kleine Pause.

Die schmale Holztreppe ins Wageninnere wurde heruntergeklappt, und ein Bündel buntbestickter Tücher vor der mit einem schweren schwarzen Tuch verhängten Tür verhieß dem Ratsuchenden, daß die Wahrsagerin bereit sei. Doch der erste Besucher war kein Mensch, sondern ein schwarzer Rabe, der durch einen Spalt im Vorhang schlüpfte und sich erschöpft auf einer Holzstange niederließ.

»Ah, Chrabos, da bist du ja endlich. Nun, hast du deinen ersten großen Auftrag zu meiner Zufriedenheit erledigt?« Reisa maß den Raben mit prüfendem Blick. Sie war sich nicht sicher, ob es klug gewesen war, dem Drängen eines Rabenvogels nachzugeben, der in jener Zeit der Trauer um ihren Kater ihre Nähe gesucht hatte. Seit zwei Jahren versuchte sie nun, sich auf das Tier einzustimmen, seit sie ihre gemütliche Hütte in der Nähe des Drauwaldes wegen eines zu neugierigen Magus aus Bethana hatte aufgeben müssen.

Ein heftiges Kopfnicken des Raben beantwortete Reisas Frage. »Hast du schon vergessen, daß ich dir das Sprechen beigebracht habe? Da müssen wir wohl noch einmal kräftig üben.« Die Wahrsagerin zog das rote Tuch von der Kristallkugel, legte die Runensteine bereit und mischte die Karten, während sie den Vogel weiterhin im Auge behielt. »Du hast also Raxba dazu gebracht, seinen Häscher zum Drauwald zu locken?« Doch als der Rabe stumm blieb und Reisa ihn mit ernstem Blicke maß, wußte sie genau, daß etwas nicht stimmte. »Sag an, Chrabos, du hast doch nicht etwa Drauwald und Farindelwald verwechselt? Ich habe immer wieder versucht, dir den Unterschied zwischen den beiden Wäldern klarzumachen! Der eine liegt im Süden, dort steht meine Hütte, und dort bin ich auch zu Hause. Der andere befindet sich im Norden Albernias und ist fürwahr kein Platz für eine Hexe und schon gar nicht für einen so unerfahrenen Burschen wie Elamar.« Schuldbewußt senkte der Rabe den Kopf. »Ist er wenigstens noch auf freiem Fuße?«

Der Rabe schlug mit den Flügeln, und lautes Krächzen entkam seinem schwarzen Schnabel, das mit viel Phantasie an ein Nein erinnerte. »Also hat ihn sein Verfolger schon geschnappt!« Doch wieder gab Chrabos einen krächzenden Laut von sich. Erstaunt runzelte Reisa die Stirn. »Du meinst also, er wurde von anderen Leuten gefangengenommen?« Wild nickte der Vogel mit dem kleinen schwarzen Kopf, auf dem ein winziger weißer Punkt saß.

»Dann besteht noch Hoffnung. Ich muß dem jungen Draufgänger heute nacht unbedingt eine Nachricht zukommen lassen, um ihn zum richtigen Wald zu lenken.« Die Wahrsagerin beugte sich über die Kristallkugel und versuchte sich zu konzentrieren, wobei die Praiossprossen auf ihrem Nasenrücken, die sie seit ihrer Kindheit nicht losgeworden war, heftig zuckten. »Wollen wir doch einmal sehen, in welchen Schwierigkeiten der Kleine nun schon wieder steckt.« Doch gerade als der Schleier ihres inneren Auges sich verflüchtigte und das Bild eines Dörfchens am Rande eines Sees freigab, wurde der schwarze Vorhang zurückgeschlagen, und eine aufgeregte Frau stürmte in den Wagen. In den Armen hielt sie, in eine Decke gewickelt, einen blassen Säugling von kaum einem halben Götternamen.

»Oh, bitte, Ihr müßt mir helfen!« jammerte die blutjunge Frau, dann brach sie in Tränen aus. Reisa legte ihr beruhigend die Hände auf die Schultern und suchte den Blick der wild Schluchzenden. Es dauerte nur einige Augenblicke, und das Weinen verebbte. Mit fester Stimme berichtete die junge Frau jetzt von der Krankheit ihres kleinen Sohnes, die von Tag zu Tag schlimmer wurde, und von dem Heiler aus der Stadt, der keinen Rat mehr wußte. Reisa verdrehte verächtlich die grünen Augen.

»Und dabei hat er mir mein ganzes Erspartes abgenommen«, begann die Frau nun wieder zu jammern, und abermals kamen ihr die Tränen. »Ich hab nicht mehr genug Geld für einen zweiten Heiler und …«

»Gebt mir den kleinen Racker! Es muß doch herauszufinden sein, was ihm fehlt.« Reisa nahm der Frau das Kind aus den zitternden Armen und wiegte es an ihrem üppigen Busen. Dabei dachte sie an ihre Tochter, die in Havena bei einer Hebamme lernte, was sie mit großem Stolz erfüllte. Mit einer Hand stützte sie den schweißnassen Rücken des Kleinen, die andere legte sie ihm auf die winzige Brust. Dann schloß sie die Augen und summte eine einfache Melodei.

Lange stand sie so, während die ängstlichen Blicke der Mutter jede Regung des Kindes verfolgten. Dann brach sie das Summen ab und reichte der Frau den Kleinen mit einem Lächeln zurück.

»Es ist halb so schlimm, keine Bange, dein Söhnchen wird bald wieder gesund. Doch sag mir ehrlich, du stillst den Kleinen nicht, habe ich recht?« Das Gesicht der jungen Mutter überzog sich mit samtener Röte, und sie schüttelte den Kopf. »Zu wenig Milch«, nahm Reisa ihr die Antwort nach einem kurzen Blick auf die kleinen Brüste ab. »Und nun fütterst du ihn mit Kuhmilch.« Wieder nickte die Angesprochene nur. »Nun, siehst du, da haben wir doch der Kirsche Kern. Die Milch ist zu dick für den zarten Magen deines Sohnes.« Wie zur Bestätigung verzog der Kleine das Gesicht und begann zu greinen.

Reisa kramte so tief in ihrer großen Truhe, daß es aussah, als werde sie jeden Augenblick hineinfallen und darin verschwinden. Als sie gefunden hatte, was sie suchte, und nachdem sie ihre Brust in die zu locker sitzende Bluse zurückgeschoben hatte, reichte sie der jungen Frau ein Beutelchen mit getrockneten Blättern. »Gib ihm jeden Tag einen Sud hiervon zu trinken. Laß die Milch gut aufkochen, bevor du sie dem Kleinen gibst, und verdünn sie zu einem Drittel mit Wasser. Du wirst sehen, daß sich dann alles zum Guten wendet.«

Und als sie die fragenden Blicke der Frau bemerkte, fügte sie hinzu: »Und was die Bezahlung angeht, so wäre ich für einen Krug frischer Milch sehr dankbar.«

Erleichtert pries die Mutter die Großzügigkeit der weisen Frau und beschwor Travias Segen und Schutz auf sie herab, bevor sie sich endlich anschickte, ihren weinenden Sprößling nach Hause zu bringen.

Nur zwanzig Schritt entfernt von dem Geschehen stand eine hagere graue Gestalt im Schatten eines Häuschens, die flugs einen prall gefüllten Beutel einsteckte. Dabei überprüften die felsgrauen Augen, ob der Handel auch unbemerkt geblieben war. Als der Mann sich wieder seinem Gegenüber zuwandte, ließ er seinen Dolch unruhig von einer Hand in die andere gleiten. »Und Ihr seid sicher, daß Ihr die Mutter wollt? Es gibt da auch eine Tochter, die aber, wie man mir berichtet hat, zur Zeit in Havena weilt.«

»Die Tochter mag ja ganz ansehnlich sein, doch verglichen mit der Mutter verblaßt sie wie die Abenddämmerung. Reisa ist wirklich schön wie die Nacht.« Ordhan Werttheuer ließ seine Blicke sehnsuchtsvoll zum Wagen gleiten. »Ich muß sie haben!« Er ballte die Hände zur Faust und schlug gegen die weiße Hauswand. Der ernüchternde Schmerz brachte den Händler wieder zur Besinnung, seine Stimme war jetzt leiser, doch nicht weniger scharf, als er sich wieder der hageren Gestalt in dem langen Mantel zuwandte. »Und Ihr stellt nicht so viele Fragen, sondern macht Euch an die Arbeit. Die Entlohnung dürfte hoch genug gewesen sein. Und noch etwas …« Ordhan war jetzt ganz nahe an den Zwielichtigen herangetreten, so daß dieser seinen heißen Atem spürte. »Ihr darf kein Haar gekrümmt werden, unter gar keinen Umständen, versteht Ihr?« Forschend starrte er in die kalten Augen, die ihm ein Frösteln über den Rücken jagten. Dann sah er sich kurz um und verschwand durch die dunkle Gasse in die Richtung, in der sich sein Laden befand.

Der graue Schatten aber huschte über den kleinen Platz zum Wagen, an dem die bunten Tücher wieder flatterten. Gerade wollte er das derbe Tuch am Eingang beiseite schieben, um einen vorsichtigen Blick ins Innere zu werfen, da vernahm er schon die Stimme eines kleinen Kindes, eines Mädchens, wie er gleich darauf feststellen konnte, das sich durch den Vorhang schob, die Treppe herunterhüpfte und nun auf der untersten Stufe stehend mit der Fußspitze einen kleinen Kreis zog. »Mein Vater sagt immer, ich darf mit Fremden nicht sprechen. Bist du ein Fremder?« Das grüne Kleidchen flatterte lustig im Wind, und verlegen spielte die Kleine mit den Fingern im roten Wuschelhaar. »Kannst du mir hinunterhelfen?«

Verwirrt starrte der Graue auf das Kind, das ihn mit großen grünen Augen unschuldig anlächelte. Auf so etwas war er nicht gefaßt gewesen, hatte er doch beobachten können, wie die Bäuerin wieder verschwunden war. Er hatte gedacht, die Rothaarige sei nun allein in ihrem Wagen, so daß er sie überwältigen konnte, ohne Aufsehen zu erregen. Schnell ergriff er das Mädchen und half ihm über die Leiter. »Dein Vater hat ganz recht, Kleine. Du solltest schnell zu ihm laufen«, flüsterte er ihr zu und gab ihr einen Klaps auf das Hinterteil, woraufhin das Mädchen kichernd um den Wagen herum verschwand.

Jetzt aber keine Zeit mehr verlieren! dachte der Hagere und verschaffte sich mit einer entschlossenen Geste Einlaß, um seinen Teil des Handels zur Zufriedenheit seines Auftraggebers zu erledigen. Doch was war das? Überrascht starrte er in den leeren Wagen, beobachtet von den dunklen Augen eines schwarzen Federviehs. Aber sie mußte doch hier sein, sie hatte den Wagen schließlich nicht verlassen! Seine Bewegungen erstarrten für einen kurzen Augenblick, und ein schrecklicher Verdacht keimte in ihm auf. Doch vielleicht blieb ja noch Zeit ... Er schnellte herum und wollte gerade wieder hinausklettern, als der Kastenwagen sich mit einem heftigen Ruck in Bewegung setzte. Der Graue verlor das Gleichgewicht; seine Hand verfehlte den hölzernen Haltegriff, und mit einem Salto, der jedem Gaukler zur Ehre gereicht hätte, stürzte er zu Boden, wo er benommen liegenblieb.

Reisa Armehra aber lenkte ihren Wagen in rascher Fahrt durch das Tor in der niederen, von zahlreichen Wacholderbüschen gesäumten Stadtmauer, ohne auch nur einen einzigen Blick zurückzuwerfen. Wieder einmal hatten die Karten recht behalten. Nur gut, daß ich immer noch ausgezeichnete Augen habe, lobte sie sich selbst und lachte hell auf.

Ein Bauer, der des Weges kam, lenkte seinen Ochsenkarren hastig in die benachbarte Wiese, als er den Wagen mit dem tollen Weib auf sich zurasen sah, und setzte seinen Weg erst fort, als sie hinter dem nächsten Hügel wieder verschwunden war. Beim fahrenden Volke wußte man ja nie genau ...

Warum bloß glaubt Ihr, daß ich zaubern kann? Muß ich erst bei den Zwölfen schwören, daß ich ein gewöhnlicher Medicus bin und kein Hexer?« Endlich hatte man den Knebel aus seinem Mund entfernt und ihm die Handfesseln abgenommen, die aus Aberglauben durch Efeuranken verstärkt worden waren, um ihn auf diese Weise am Zaubern zu hindern.

Er saß auf einem Stuhl, die Beine mit denen des Stuhls fest verschnürt. Das Zimmer, in das man ihn gebracht hatte, schien eine Wohnstube zu sein, die nur behelfsmäßig in ein Truppenquartier verwandelt worden war. Töpfe und Pfannen baumelten an Haken von der Decke, und tönerne Gefäße, teils angeschlagen und in bedauernswertem Zustand, säumten die Regale und mußten ihren Platz nun mit Schilden, Schwertern und Sensen teilen. Im Kessel über der Feuerstelle brodelte ein Süppchen vor sich hin, das köstlich roch, vor allem wenn man schon seit geraumer Zeit nichts Anständiges mehr in den Magen bekommen hatte. Von draußen lugten große Kinderaugen durch die offenen Fensterläden, die einen Blick auf den Gefesselten zu erhaschen hofften. Ein ungewaschener Schopf reihte sich an den anderen, es wurden immer mehr, und Knorrhold vermutete, daß es sich hierbei um die Kinder des Dorfes und nicht nur um die des ursprünglichen Hausherrn handelte.

Der in einen zerschlissenen Waffenrock gehüllte Krieger beugte sich ein wenig vor, wobei seine buschigen braunen Augenbrauen sich über der großen Nase vereinigten und die Augen sich zu schmalen Schlitzen verengten. »Ihr wollt mir doch nicht weismachen, daß

Euer gefesselter Freund das Boot ganz allein zum Schweben gebracht hat, zum Donnerwetter noch einmal?«

Knorrhold nickte nur, merkte aber schnell, daß dies nicht die Antwort war, die sein Gegenüber hören wollte. Hätte er doch bloß Elamars Kleider nicht angenommen! Da sie jetzt fast wie Brüder aussahen, war es schwer, den Anführer des kleinen Kriegertrupps zu überzeugen, daß er die Wahrheit sprach.

Von richtigen Kriegern, wie man sie aus Wehrheim, von einer der anderen Kriegerakademien des Mittelreiches oder gar von den stattlichen Rittern aus Weiden kannte, die mit Rüstung und Lanze auf ihren Pferden ein beeindruckendes Bild abgaben, konnte bei der Truppe, die ihn hier gefangenhielt, natürlich keine Rede sein. Knorrhold hatte eher den Eindruck, einen Haufen von Bauern und Landstreicherinnen vor sich zu sehen, die man in schlecht genähte Waffenröcke gesteckt und denen man alte Schwerter, Sensen oder anderes ausgedientes Kriegswerkzeug in die Hand gedrückt hat. Doch gleichgültig, ob Absolvent einer Kriegerakademie oder dahergelaufener Bauernkrieger, er hätte dem bunten Vogel, als der er hier auftrat, selbst nicht geglaubt, wäre er der Hauptmann gewesen.

Elamar saß während des Verhörs in einer Ecke des ansonsten karg ausgestatteten Zimmers, immer noch gefesselt und geknebelt. Doch achteten seine beiden Wachen stets darauf, ihm nicht zu nahe zu kommen, und als Knorrhold die Frage des Hauptmanns bejahte, zogen sie sich still und heimlich noch einen Schritt weiter von ihm zurück. Schließlich hatten sie ihn so fest verschnürt, daß selbst ein orkischer Wüterich nicht hätte entkommen können.

»Versteht Ihr wenigstens etwas von der Wundheilkunde? Habt Ihr schon einmal auf dem Schlachtfeld operiert oder wißt Ihr, wie man ein verletztes Bein abnimmt?« Der Travinlas geheißene Krieger legte sein langes Zweihandschwert ab, die einzige beeindruckende Waffe, die Knorrhold bisher entdeckt hatte, und setzte sich, wobei ihm anzusehen war, daß er sich nach Knorrholds Beteuerung, selbst keinerlei Ahnung von der Kunst des Zauberns zu besitzen, etwas wohler fühlte – wenngleich seine Aufmerksamkeit um keinen Deut nachgelassen hatte.

Der Medicus straffte sich, so gut es seine Fesseln zuließen, so daß der wurmstichige Stuhl unter ihm verdächtig knarzte, und der Stolz kehrte in seine Stimme zurück. »Die Familie Grünstein widmet sich seit sieben Generationen dem perainegefälligen Wirken, und ich möchte betonen, daß unter ihr keinerlei Scharlatane, Zahnbrecher und dergleichen Gesindel zu finden ist. Ohne Übertreibung kann ich sagen, daß …«

»Schon gut, schon gut, spart Euren Atem. Ihr werdet ihn noch brauchen. Große Worte zählen nicht viel, wenn ihnen keine Taten folgen. Ich will Euch Gelegenheit geben, Eure Worte zu beweisen.« Travinlas ließ die Fingerknöchel knacken, stützte sich mit dem Ellenbogen auf dem Knie auf und ließ den Blick in die Ferne wandern. Daß ihm dabei ein wenig Spucke von der Lippe tropfte, die beim Sprechen ihren Weg über sein schlecht rasiertes Kinn suchte, schien ihn nicht weiter zu stören. »Wie Ihr vielleicht wißt, befindet sich Nostria, unser prächtiges Königreich, der Glanz der nördlichen Reiche schlechthin, immer noch im Krieg mit den feigen Hunden aus Andergast, die sich in ihren Wäldern verkriechen und mit Steineichen werfen.« Erst bei diesen Worten fiel dem Medicus das Wappen auf dem Rock des Kriegers auf: eine silberne Salzarele auf blauem Grund, vermutlich das glorreiche Zeichen Nostrias. Über dieses kleine Königreich im Norden Albernias wußte er lediglich, daß es seit eh und je mit dem Andergastschen Nachbarn in Fehde und Krieg lebte und keinen Anlaß für neue Streitigkeiten ausließ, was beiden Seiten im Weidener Lande sowie in den übrigen Provinzen des Mittelreiches eine gehörige Portion Spott eingebracht hatte, der sich in zahlreichen Trink- und scherzhaften Kriegsliedern Bahn brach.

Anscheinend hatten sie bei ihrem Flug mit dem Boot die Grenze nach Nostria überflogen, ohne es zu bemerken, überlegte Knorrhold, und nun waren sie dabei, zwischen die Fronten zu geraten – oder zumindest in ein Scharmützel der Nostrianer mit versprengten Andergastschen Truppen.

»Vor zwei Tagen konnten wir einen feindlichen Spion stellen«, fuhr der Nostrier mit seinem Bericht fort, »doch gerieten wir dabei in einen feigen Hinterhalt.« Travinlas schlug mit der geballten Faust auf den Tisch, und nicht nur Knorrhold zuckte vor Schreck zusammen. »Einige meiner Leute wurden schwer verwundet, doch konnten wir bisher keinen Wundheilkundigen finden. Zum Glück schafften wir es aber noch bis in dieses Dorf. Daß wir heute euer schwebendes Boot gesehen haben, hat Rondra gefügt – kämpft doch die Löwin auf unserer Seite. Und wer ein Boot zum Schweben bringt, der kann bestimmt auch heilen, dachten wir uns.« Noch einmal musterte er seine beiden Gefangenen. »Und Ihr seid sicher, daß Ihr nicht zaubern könnt?«

»Ich nicht«, gab Knorrhold zur Antwort, und ein Einfall bahnte sich seinen Weg durchs Gehirn. »Aber mein Freund hier.« Er deutete mit dem Kopf zu dem verschnürten Bündel in der Ecke hinüber. Der Hexer würde sie beide bestimmt hier herausholen, sobald er die Hände wieder frei hätte und sich eine günstige Gelegenheit böte. »Nur schade, daß ihm der Efeu seine ganzen Kräfte raubt, sonst hätte er Euch ganz sicher geholfen, genauso wie ich natürlich. Wir waren ja gerade unterwegs, um Eurem Land unsere Hilfe anzubieten. Doch durch den Regen der letzten Tage wurden meine heilkräftigen Kräuter gänzlich vernichtet. Und da ich nicht mit leeren Händen vor Eurem König stehen wollte« – verzweifelt überflogen seine Gedanken sämtliche Könige, die ihm gerade in den Sinn kamen –, »gab es nur einen Weg, nämlich schnell noch ein paar frische Kräuter zu suchen. Und da seid Ihr, im wahrsten Sinne des Wortes, auf uns gestoßen.«

Knorrhold konnte nur hoffen, daß der Nostrier ihm diesen Unsinn abkaufte; er wunderte sich selbst über seinen Einfallsreichtum und seine Dreistigkeit. Kurz schien dieser zu überlegen, und der Medicus nützte den Moment, um seinen Worten mit einer abfälligen Bemerkung über Andergastsche Niederträchtigkeit nachzuhelfen. Dies zeigte auch prompt Wirkung, denn schon wenig später gab Travinlas den Befehl, die beiden Gefangenen loszubinden, und nach einigen weiteren bangen Augenblicken bahnten sich der nostrische Krieger, der Medicus und der Hexer, gefolgt von vier nostrischen Soldaten – wenigstens gaben sie vor, solche zu sein –, ihren Weg durch Scharen freilaufender Hühner, Gänse und Schweine, quer über den Dorfplatz zu einem schäbigen Haus, vor dem zwei nostrische Kriegerinnen Wache hielten und dabei gelangweilt einen Fischer beobachteten, der gerade dabei war, mit Alveransruhe sein Netz zu flicken.

»Wie war denn der Fang heute?« erkundigte sich der Hauptmann bei dem grimmig dreinblickenden Mann, wohl um den Speiseplan für den Abend aufzustellen, doch dieser brummte nur ein kurzes »Dem Efferd gefällig«, bevor er den letzten Knoten knüpfte, aufstand und davonging.

»Seine Frau soll mit einem Kind niederkommen und ist schon überfällig«, erklärte Travinlas das unfreundliche Verhalten des Fischers – wohl um sein bißchen Autorität nicht Schaden nehmen zu lassen. Elamar rieb sich die Handgelenke, die noch immer schmerzten. Doch angesichts des Elends, das ihn in der strohgedeckten Hütte erwartete, waren seine Beschwerden plötzlich unbedeutend. Noch nie hatte er solches Leid an einem Ort versammelt gesehen. Gut ein Dutzend junger Männer und Frauen – Bauern oder Krieger, so genau war das nicht zu erkennen, fast noch Kinder und nicht älter als er selbst – lag da, behelfsmäßig auf Strohsäcke und Holzgestelle gebettet, notdürftig verbunden, doch nicht genug, um die schlimmen Wunden verbergen zu können. Für gewöhnlich konnte Elamar jede düstere Situation mit einem flotten Spruch ein wenig aufhellen, doch diesmal blieben ihm die Worte im Halse stecken.

Anders der Medicus. Schnell hatte er sich einen Überblick verschafft, und schon führte er das Kommando über die Soldaten. »Ich brauche heißes Wasser und saubere Binden. Zerschneidet notfalls ein Bettuch, wenn ihr nichts anderes findet. Du da, bring mir eine Säge und Alkohol, viel Alkohol, am besten alles, was da ist. Und ihr beide helft mir, die Kranken umzubetten. Ihr hättet sie ja gleich stapeln können, so eng, wie die liegen. Und öffnet ein Fenster, damit der Totengeruch verschwindet« – er schloß einem Schwarzbärtigen die Augen – »und eine Seele auf die Reise gehen kann. Boron sei ihm gnädig!« fügte er hinzu und senkte kurz die Augen. Dies hatten die Spottlieder verschwiegen. Doch das Wehklagen des hageren Blonden auf der Pritsche gegenüber unterbrach sein Gebet, und Knorrhold wandte sich ihm sogleich zu. »Sein Bein muß abgenommen werden. Nimm ein Messer und leg es frei«, wandte er sich an Elamar, der noch immer wie erstarrt dastand und den Weidener verdutzt und überrascht beobachtete.

Den Mann in der hintersten Ecke des Raumes hatte es besonders schlimm getroffen. Seine Augen waren weit geöffnet, und der Schweiß rann wie ein Sturzbach über seine Stirn. Die rechte Hand war fast ganz vom Arm getrennt, und der Kämpfer hatte viel Blut verloren.

»Das Andergastsche Schwein braucht keine Hilfe. Laß ihn verbluten!« befahl der Hauptmann, und seine Fäuste waren wieder geballt. Knorrhold aber nahm einem verblüfften Soldaten den Dolch aus der Hand und schlitzte den blutgetränkten Ärmel des Verletzten in Streifen.

»Laß ihn krepieren, oder du bist ein toter Mann!« schrie Travinlas ihn an und überschüttete dabei den Soldaten, der vor ihm stand, mit einem wahren Spuckeregen. Er zog sein Schwert und bahnte sich seinen Weg zum Medicus, hinter dem er sich drohend erhob.

In Knorrholds Stimme lag keine Spur von Regung, als er ihm antwortete, ohne sich umzudrehen oder seine Arbeit zu unterbrechen. »Ich helfe allen oder keinem. Töte mich, und deine Leute werden sterben wie dieser Mann dort drüben.«

Aber der Krieger war mit dieser Antwort nicht einverstanden. Er legte dem Medicus eine Hand auf die Schulter, um ihn herumzureißen, während er seinen schweren Zweihänder mit nur einer Hand hielt.

Doch als er in die Augen Knorrhold Grünsteins starrte, der sich seinem Griff blitzgeschwind entwunden hatte und ihm nun, unbeeindruckt von der Zweihandwaffe den Dolch auf die Brust setzte, da wich er einen Schritt zurück. »Ich sagte: alle oder keiner. Habt Ihr nicht verstanden?«

Einige Augenblicke lang standen die beiden da, regungslos und still. Die Leute des Hauptmanns hielten den Atem an, und Elamar hätte den Verwundeten, dem er die Hose vom Leib schnitt, beinahe am Knie verletzt, so überrascht war er vom Auftreten seines Gefährten. Nie hätte er dem Medicus solch kalte Entschlossenheit zugetraut. Seit sie dieses Haus betreten hatten, war Knorrhold nicht wiederzuerkennen, fast als hätte ihn jemand verzaubert. Elamar war sich keiner Schuld bewußt.

Dann steckte der nostrische Krieger das Schwert in die Scheide zurück, drehte sich wortlos um und verließ den Raum. Es war ihm anzusehen, wie schwer es ihn gedemütigt hatte, vor seinen Leuten gemaßregelt zu werden. Knorrholds und Elamars Blicke trafen sich, was den Hexer veranlaßte, die Arbeit an dem Bein fortzusetzen. Auch in die Soldaten kam wieder Bewegung.

»Kannst du dir das einmal ansehen?« rief der Medicus zum Hexer hinüber. Er hatte den Waffenrock des Andergasters entfernt und zwei weitere Wunden entdeckt. »Du hast gestern mein Gesicht geheilt. Kannst du das auch mit dieser Wunde versuchen? Sie liegt nahe am Herzen, und der Mann wird nicht mehr erleben, wie ich ihm die Hand abnehme, wenn wir ihn nicht vorher notdürftig zusammenflicken.«

»Wenn ich ihm helfe, habe ich keine Kraft mehr, um uns von hier wegzubringen. Das Boot kann ich ohnehin nicht mehr zum Fliegen bringen«, gab der Hexer vorsichtig zu bedenken.

»Das kannst du sowieso vergessen! Oder willst du die Verletzten ihrem Schicksal überlassen?« In Knorrholds Stimme lag noch immer eine Firunskälte, die einen Vorgeschmack auf den Weidener Winter gab und Elamar ein Schaudern über den Rücken jagte. Der Hexer schloß die Augen und versuchte sich zu konzentrieren, doch war dies unter den gegebenen Umständen leichter gesagt als getan. Er schüttelte den Kopf, versuchte die blutigen Bilder zu verscheuchen und seinen Gefühlen freien Lauf zu lassen.

Elamar wollte seinen Speichel unmittelbar auf die Wunde auftragen, um die volle Kraft des Zaubers zur Wirkung zu bringen, doch mußte er sich abwenden, um sich nicht zu übergeben, als ihm der Gestank von Schweiß und Blut in die Nase stach. Dann benetzte er die Finger und legte sie auf die Wunde, die sich alsbald schloß. Überrascht darüber, daß der Speichel auch auf diese Art nichts von seiner heilenden Kraft verlor, rief er sich das Bild der Schwester zurück, die ihm diesen Zauber beigebracht hatte. Offenbar hatte sie ihm einen Bären aufgebunden und lieber seine Zunge auf der Haut gespürt als seine Finger ...

Schweißperlen hatten sich auf der Stirn des Hexers gebildet, und seine Hände zitterten, als er schließlich von dem Verwundeten abließ und sich auf den Boden niedersetzte. Er haßte dieses Gefühl der Leere, das ihn jedesmal befiel, wenn Sumus Kraft ihn verlassen hatte. Dann fühlte er sich hilflos, matt und ausgebrannt, und der Schädel brummte ihm, als hätte er damit eine Tür eingeschlagen oder zu lange der Zwergenmusik gelauscht.

»Du hast ihm das Leben gerettet, Tsa seis gedankt!« Knorrhold machte sich bereits an der Schulter eines weiteren Verwundeten zu schaffen. »Zum Ausruhen haben wir jetzt keine Zeit. Statt herumzusitzen solltest du lieber nachsehen, wo das Wasser bleibt.« Mit einem lauten Knacken sprang der Arm des braunhaarigen kleinen Nostriers mit der Narbe über den zweifarbigen Augen wieder in das Gelenk zurück, und als ihm der Schmerz wieder Luft zum Schreien ließ, brüllte er los, was seine Stimmbänder hergaben.

»Na, na, warum denn so zimperlich?« tadelte der Medicus. »Wer Krieg führen möchte, der muß auch etwas aushalten können.« Knorrhold ergriff Elamars Arm. »Du hattest doch noch zwei Fläschchen in deinem Rucksack. Irgendeine heilkräftige Mixtur?«

Ärger stieg in Elamar auf. »Kann ich dir sonst noch etwas von mir anbieten, vielleicht ein Auge, ein Ohr oder meine rechte Hand? Daß du mir einmal geholfen hast, heißt nicht, daß ich dir auf ewig zu Dank verpflichtet bin. Und auch wenn ich dir noch einen Gefallen schulde – denen hier schulde ich bestimmt nichts. Wer sein Vergnügen darin findet, anderen den Schädel einzuschlagen, der muß auch hinnehmen, wenn es ihn selbst erwischt. Ich bin schon einmal einer Meute von

Nostrianern begegnet und habe sie gefragt, warum sie denn im Krieg mit Andergast stünden. Und glaubst du, auch nur einer hätte mir einen wirklich triftigen Grund nennen können? Ich sehe ja noch ein, warum ihr euch mit den Orken prügelt, aber dieser Krieg zwischen den beiden Königreichen dauert nun schon fast zweitausend Jahre! Soviel Dummheit sollte bestraft werden.« Elamar hatte in der Hitze des Gefechts mit der Hand gegen das verletzte Bein des Soldaten gestoßen, und dieser wand sich nun in niederhöllischen Schmerzen.

»Und du willst Ankläger und Richter zugleich sein. Willst du dem Götterfürsten vorschreiben, was gerecht ist und was ungerecht? Willst du der göttlichen Herrin des Krieges befehlen, zur Suppenkelle zu greifen? Der Krieg ist Ihre Sache, er geht dich nichts an! Aber wenn ein Mensch deine Hilfe braucht, dann geht dich das sehr wohl etwas an, bei allen orkischen Höllengötzen. Nicht jedes Leben ist so sorglos wie das deine.«

Elamar stand mit zornrotem Kopf vor dem Medicus und stieß ihn mit der Hand vor die Brust. Die Soldaten hatten innegehalten, und auch das Wehklagen der Verwundeten war verstummt. »Was weißt du schon von meinem Leben, hm, kannst du mir das sagen?« fauchte der Hexer sein Gegenüber an und schlug Knorrhold ein zweites Mal gegen die Brust. »Gar nichts weißt du! Nicht den Funken einer Ahnung hast du von meinem Leben, du selbstgefälliger Pfau, der seit sieben Generationen herumstolziert und sich nicht mit Quacksalbern paart.«

»Du willst dich prügeln? Dann komm her!« Knorrhold winkte den Hexer mit beiden Hände heran und nahm die Haltung eines Faustkämpfers ein, der unruhig hin und her tänzelte. »Komm schon, wenn du dich traust, jetzt, da deine Kraft verbraucht ist und du nur ein gewöhnlicher Mensch bist.«

Der Zorn brannte in Elamar und vermischte sich mit

der ganzen Wut auf sein Leben. Die Welt begann sich um ihn zu drehen. Erst verschwammen die Umrisse, dann vermischten sich auch die Farben. Er versuchte sich zu konzentrieren, versuchte den Schleier vor den Augen fortzuwischen und das Sausen in den Ohren zu überhören, aber es wollte ihm nicht gelingen. Er spürte, wie er das Gleichgewicht verlor, wie sich eine Tür in seinem Innern öffnete, tief drinnen in seiner Seele, fühlte seine Lebenskraft daraus hervortreten, sich sammeln und den Platz einnehmen, den seine arkanen Kräfte sonst ausfüllten, bereit für einen fürchterlichen Schlag, der nicht nur sein Gegenüber, sondern auch ihn selbst das Leben kosten konnte. Und er wußte das.

Ein gellender Schrei entrang sich Elamars Lippen, und es schien gerade dieser Schrei zu sein, der seinem Willen die Stärke verlieh, die Tür in seiner Seele wieder zuzustoßen. Der Hexer hielt beide Arme kreuzweise vor die Brust gepreßt, sein Körper zitterte wie Espenlaub, die Knie wurden ihm schwach. Er sank zu Boden und kauerte sich zu einem kleinen Bündel zusammen. Dann umfing ihn die schwarze Nacht, denn sein Wille hatte den Kampf gewonnen und gab sich nun einer tröstenden Ohnmacht hin.

Er öffnete das güldene Tor und trat hindurch, doch der Raum dahinter war dunkel. Und sosehr er sich auch bemühte, er konnte die Sterne, die Sternbilder, die sie über ihm zeichneten, nicht erkennen, zu grau waren die Wolken, zu dicht der Nebel, der sich ausbreitete. Aus dem Nebenzimmer hörte er eine Folge von Tönen, eine einfache Melodei, die er noch aus seiner Kinderzeit kannte. Er versuchte das Zimmer zu durchqueren, um zu erkunden, woher diese Musik kam, doch er sank bei jedem Schritt tiefer in den sumpfigen Boden. Verzweifelt schlug er um sich, traf dabei den bauchigen blauen Krug, der auf dem Tisch stand, nun aber umfiel und seinen kühlen Inhalt vergoß. Ein Strom von kristallklarem Wasser erfaßte ihn, riß ihn in einer gewaltigen Welle mit sich fort, fort von der Tür, zu der er gelangen wollte, fort von der vertrauten Melodei seiner Kindertage, die sich in einen Schwarm von Schmetterlingen verwandelte und davonschwebte.

Die Wellen auf dem Wasser verebbten langsam, und der Strom verbreiterte sich zum Meer, das sich unter den spiegelnden Sonnenstrahlen erstreckte, ruhig und bewegungslos wie er selbst. Doch da öffnete sich ein Spalt im wolkenlosen Himmelszelt, und eine Schneeflocke fiel herab, wurde größer und größer, bis sie fast den ganzen Himmel ausfüllte, und landete schließlich auf seinem Boot, das so klein war, daß er nicht einmal die Füße ausstrecken konnte. Das wollte er auch gar nicht. Reglos saß er da und beobachtete, wie die Schneeflocke im Sonnenlicht schmolz und sich als Tropfen ins Meer ergoß. Der Tropfen aber bildete Wurzeln, Äste und Blätter aus, die begierig das große Meer in sich aufsaugten und zu riesigen Bäumen heranwuchsen, knorrigen alten Bäumen, die ihre Äste nach ihm ausstreckten und ihn zu rufen schienen. Ängstlich wollte er vor den Astarmen zurückweichen, stieß dabei aber an die Mauer eines Tempels. Und als er aufblickte, sah er auch, wessen Tempel es war. Ein Greif saß im runden Fenster über dem Hauptportal und schien ihn aus schwarzen Augen zu mustern. Die Flügel des goldenen Tors öffneten sich, und er erwartete schon, den Götterfürsten selbst hervortreten zu sehen. Doch alles, was er sah, war ein Rabe, ein Ifirnsrabe, der in kreisenden Bahnen auf den Wald zuflog, und ein Mann in dunkelroter Robe, der dem Vogel folgte. Als sie endlich den ersten Baum erreicht hatten, ließ sich der Vogel auf einem Ast nieder, und der Baumriese verwandelte sich. Seine grünen Blätter färbten sich braun, dann rot, seine knorrige Rinde glättete sich zu einem makellosen weißen Körper, dem nackten Körper einer Frau.

Sie streckte die Hand nach ihm aus und winkte ihn zu sich heran, doch er wehrte sich. Er fürchtete, die Gestalt in dem roten Gewand könne sich umdrehen und ihn entdecken. Doch dann vernahm er wieder die vertraute Melodei, die aus dem Mund dieser Frau zu kommen schien, und er gab den Kampf auf und ließ sich einfach treiben, bis er den Baum erreicht hatte. Doch als er sich umdrehte, um zu sehen, wo die blutrote Gestalt geblieben war, erschrak er, denn sie war nur noch wenige Schritt entfernt. Gerade wollte sie nach ihm greifen, da ließ sie von ihm ab, um der Kröte neben sich einen Tritt zu versetzen. Doch wo der Stiefel das feiste Tier berührte, da zersplitterte die Haut zu Tausenden kleiner Dornen, die sich zu einer Hecke vereinigten und den Mann in der Robe einschlossen. Und als der Kreis vollendet war, öffnete sich die Erde und nahm die fremde Gestalt in sich auf. Der Rote aber wehrte sich nicht, sondern lächelte und hob die blutigen Hände gen Himmel, der sich öffnete und einen kühlen, reinigenden Sommerregen herabsandte. Wie aber erschrak Elamar, als er das Gesicht des Roten sah. Es war sein Gesicht – er selbst war es, der von dem Spalt verschluckt wurde. Und als die Erde sich wieder geschlossen hatte und die Dornen wilde Rosen trugen, fiel er, schneller und immer schneller, bis ihn die Dunkelheit des Raumes wieder umfing und er das Tor hinter sich zuzog. In seinem Kopf aber klang noch die Stimme der Baumfrau: »Trau … trau … trau …« und verhallte ungehört im Nichts.

Elamar blinzelte in das helle Licht, in dem sich langsam Konturen bildeten, sich vereinten und ein wohlvertrautes Gesicht zeigten, das besorgt auf ihn herniederblickte. Der Medicus hatte Elamars Hose entfernt und seine Beine mit kalten Tüchern umwickelt, doch die Leibesmitte war unbedeckt.

Vorsichtig setzte Elamar zu sprechen an, und seine Stimme klang dünn und rauh. »Da ruhe ich mich für einen kurzen Moment aus, und du mußt die Lage sofort ausnutzen.«

Knorrhold reichte ihm eine Decke und lächelte erleichtert. »Damit wären wir wohl quitt, oder? Geht es dir wieder gut? Was war denn los? Ich wollte mir schon ernsthafte Sorgen machen. Noch eine Stunde länger, und ich hätte mich an einem weiteren Fläschchen aus deiner Sammlung vergriffen ...«

»Warte!« Elamar wollte sich erheben, hielt sich dann aber den schmerzenden Kopf, in dem es dröhnte, als würde ein ganzes Orchester von Lautenspielern seine Instrumente stimmen, während nebenan die Paukenspieler übten, und fiel auf das Strohkissen zurück. »Wie lange war ich denn bewußtlos?«

»Drei Stunden, du Tiefschläfer. Und ich durfte die ganze Arbeit allein verrichten.« Knorrhold hielt die blutige Hand des Andergasters hoch und musterte aufmerksam die zerklüftete Schnittstelle. Elamar würgte es, doch sein leerer Magen wollte außer ein paar Tropfen grünlicher Galle nichts hergeben. Erschöpft schloß er die Augen, zog die Decke bis zum Kinn und dachte an die guten Zeiten vergangener Tage. Doch bald merkte er, daß solche Zeiten in seinem Leben viel zu selten gewesen waren, und so beschloß er mit einem lauten Seufzer, lieber ins Hier und Heute zurückzukehren und dem Medicus zu helfen, der erneut die Säge in der Hand hielt, um sich an dem Bein eines weiteren Schwerverletzten zu schaffen zu machen.

Parinor fluchte. Er hielt das Greifenamulett in der Linken, und mit der Rechten führte er sein Pferd am Zügel, lenkte es in die Richtung, die der weiße Rabe ihm wies. Doch genau dann verblaßte die Helligkeit des goldenen Scheins, den sein Anhänger ausstrahlte.

»Federvieh der Niederhöllen, was soll das?« schrie er den Raben wütend an, der hoch über ihm seine Kreise zog.

Seit kurzzeitig einmal ein zweiter Rabe aufgetaucht war, stimmten der Weg, der ihm vom Amulett gewiesen wurde, und der des Raben nicht mehr überein. Verdammt! Was sollte er jetzt tun, wem sollte er folgen? Seinem Amulett, das ihn bis an diesen riesigen See geführt hatte und nach Nordosten wies, oder dem Vogel, der seinen Flug plötzlich wieder gen Praios fortsetzen wollte, also wieder nach Süden, von wo er ja gerade gekommen war? Bisher waren doch beide Wege dieselben gewesen! Warum wollte das Biest jetzt in eine andere Richtung? Parinor war davon überzeugt gewesen, daß der Vogel seinen Meister wiederfände, doch meldeten sich jetzt Zweifel an. Konnte der Rabe ein anderes Ziel haben? Versuchte er ihn zu narren, oder war der Vogel einfach zu dumm?

Entschlossen stieg er wieder auf sein Pferd. Warum sich Gedanken über den Weg eines Hexentiers machen! Das konnte warten. Zuerst galt es, den Hexer selbst wiederzufinden. Und wenn man sich nicht mehr auf ein dem Praios geweihtes Kleinod verlassen konnte, worauf dann?

Während der Rabe sich gen Praios wendete, dann aber wieder zurückkehrte, da er gemerkt zu haben schien, daß ihm der Reiter nicht folgte, machte sich dieser daran, den See auf dem schnellsten Wege zu umrunden.

Zwar hatte er gelernt, den höheren Geweihten – und darunter vor allem seinem Lehrer Hakan Praifuhr – keine Fragen zu stellen und ihrem Befehl blind Folge zu leisten, doch suchten ihn einige Gedanken jetzt immer häufiger heim. Warum war der Inquisitor so erpicht darauf, gerade diesen Hexer in die Finger zu bekommen? Und warum bediente er sich bei seiner Hatz nicht der Inquisition? Warum mußte er, Parinor, dem Inquisitor stets zum Dienst verpflichtet sein und solche Aufgaben wie diese erledigen, anstatt sich durch die Lektüre der Heiligen Schriften und das Schreiben von

Predigten auf die Weihe vorzubereiten? Welches Geheimnis mochte sich hinter all dem verbergen? Daß es sich um ein dunkles Geheimnis handeln mußte, so weit wagte der Novize nicht zu denken. Nie hätte er es gewagt, Hakan Praifuhr eigens danach zu fragen, doch hoffte er sehr, daß er einst zu jenen gehören würde, die die Fäden des Schicksals in den Händen hielten. Dieser Tag wird kommen, spornte Parinor sich an, und seine Fersen gruben sich tief in die Flanken des Pferdes, das mit lautem Wiehern lossprengte, hinein in die sumpfigen Wiesen. Dem Raben, der krächzend immer größere Kreise zog und ihm schließlich zu folgen schien, schenkte er keine Beachtung mehr.

Der Novize preßte das Amulett fest an die Brust, spürte seiner Wärme nach, die er durch das Gewand hindurch fühlte. Das Leuchten schien bis zum Herz vorzudringen, und ein Gefühl der Zuversicht durchströmte seine Seele, das er lange vermißt und dessen Erinnerung ihn doch stets begleitet hatte.

»Dir geht es immer noch nicht gut, oder?« Knorrhold musterte den Hexer, während er sich in einer Schüssel Wasser zum letzten Mal die Hände wusch. Er hatte getan, was er mit derart kläglichen Mitteln für die Verwundeten tun konnte. Jetzt war es an Peraine, Ihre heilende Hand über ihnen auszubreiten, und an Boron, diejenigen heimzurufen, deren Zeit auf Dere zu Ende war.

»Warum fragst du?« Elamar starrte schon seit einer kleinen Weile unverwandt auf den Andergaster Krieger, der sich in einem unruhigen Schlaf hin und her warf.

»Nun, ich habe dich noch nie so wortkarg erlebt. Seit du von deiner Ohnmacht aufgewacht bist, hast du kein Wort gesprochen. Bist du immer noch böse auf mich? Es tut mir leid, wenn ich dich verletzt habe, aber ich wußte ja nicht …«

»Das ist es nicht«, fiel ihm der Hexer ins Wort. »Was mich beschäftigt, sind die Bilder, die ich gesehen habe, als mich Borons Arme umschlangen. Je länger ich darüber nachdenke, desto fester bin ich davon überzeugt, daß mir jemand eine Botschaft übermitteln wollte. Die Bilder waren zu klar für einen einfachen Traum. Da war eine Frau, die mir irgendwie bekannt vorkam. Sie sang eine Melodie, die ich schon einmal gehört habe, aber ich kann mich nicht mehr erinnern, wo das war. Und ich habe Raxba gesehen, der auf einen großen Wald zuflog. Der Kerl im roten Gewand, der mich in Windanach überwältigt hat, ist ihm gefolgt. Die alten Bäume streckten ihre Arme nach mir aus, und die Frau wollte mir sagen, ich solle mich irgend etwas trauen, aber ich habe nicht verstanden, was es war. Trau, trau …« Elamar hielt plötzlich inne und sprang mit einem Satz auf die Beine. Er suchte den Nostrier, der sich trotz seiner Kopfverletzung freundlich mit ihm unterhalten hatte, als er ihm den Verband angelegt hatte.

»Danlaf, du kennst dich doch aus in dieser Gegend. Wie sehen die Wälder hier aus? Knorrige Bäume, ausgedehnte Forste?« Elamar mußte seine Frage wiederholen, bevor Danlaf mit seinem dicken Verband alles verstanden hatte und ihm gähnend antwortete.

»Ja, es gibt hier wirklich einen großen Wald, und knorrige Bäume wachsen dort auch. Er liegt nordöstlich von hier. Man nennt ihn den Farindelwald. Doch laß dich warnen: Der Wald ist verzaubert …« Mit unheilverkündender Miene starrte Danlaf ihn an, und es schien fast so, als suche er mit diesem Blick alle Schrecknisse heraufzubeschwören, die er über den Wald gehört hatte.

Elamar schüttelte den Kopf. Farindelwald? Nein, dorthin brächten ihn keine zehn Tralloper. Vor dem Farindelwald hatte ihn seine Mutter immer gewarnt. Sicher, es gab auch noch andere Wälder, die verzaubert waren, aber keiner davon war so bösartig wie der Farindelwald. Konnte es möglich sein, daß der nahe Wald ihn gerufen hatte?

Elamar schreckte aus seinen Gedanken hoch, als die Tür plötzlich aufgestoßen wurde und der Hauptmann und zwei seiner Leute die Krankenabteilung betraten. »Wie es aussieht, seid Ihr fertig.« Er ließ den Blick über die Verwundeten gleiten, um dann bei dem Andergaster zu verweilen. »Bei ihm war deine Arbeit umsonst. Morgen wird er seiner gerechten Strafe zugeführt: Tod durch den Strick. Ein so kurzer, schmerzloser Tod ist mehr als er verdient. Und Euch beiden habe ich ein Zimmer vorbereiten lassen. Man wird Euch dorthin geleiten.« Seine beiden Begleiter, eine pockennarbige

Kämpferin und ein hagerer Soldat, traten einen Schritt auf den Medicus zu.

Hinter dem Rücken des Hauptmanns deutete Elamar mit weit aufgerissenen Augen ein Kopfschütteln an. Und der Medicus verstand. Offenbar war der Hexer wieder einmal von einer Eingebung heimgesucht worden.

»Ihr irrt Euch, Krieger. Ich bin noch nicht fertig. Einige Verbände müssen gewechselt werden, und außerdem warte ich noch immer auf frisches Wasser. Habt Ihr Eure Leute so schlecht im Griff, daß sie nicht einmal die einfachsten Anweisungen befolgen können?« forderte Knorrhold den Hauptmann forsch heraus und zerriß ein Stück Stoff, das er gerade zur Hand hatte. Die Wirkung blieb nicht aus: Der Nostrier schäumte. Nur mit Mühe konnte er sich beherrschen und die Hand vom Schwertknauf zurückziehen.

»Habt Ihr nicht gehört?« brüllte er seine beiden Begleiter an, die schon Einwand erheben wollten, da sie gar nichts von dem geforderten Wasser gewußt hatten, es angesichts der finsteren Laune, die ihren Vorgesetzten befallen hatte, aber vorzogen, hinauszueilen, um erneut mit Eimern zum See zu marschieren. Travinlas warf dem Medicus einen Blick zu, in dem dreizehn namenlose Tode zu lesen standen, machte auf dem Absatz seiner Stiefel kehrt und verschwand ebenfalls aus der Tür.

»Ich muß unbedingt hier fort«, zischte Elamar dem Medicus zu. »Ich weiß jetzt, was die Frau mir sagen wollte, und ich kenne den Ort, an den sie mich rief. Nicht *trau dich,* nicht etwas wagen sollte ich – schon gar nicht in den Farindelwald gehen! Ich habe ihre Worte falsch verstanden. Sie meinte *Drau,* den Drauwald. Meine Mutter hat eine Freundin, eine Schwester, die am Rande des Drauwalds wohnt und seine geheimen Plätze kennt. Ich glaube, nein, ich bin mir sicher, daß sie es war, die mich gerufen hat. Vielleicht ist meine Mutter ja bei ihr. Und da der Häscher meine Spur verloren hat, kann ich sie aufsuchen, ja ich muß sie einfach aufsuchen! Vielleicht hat dann dies alles endlich ein Ende!« flüsterte der Hexer erregt weiter, auch wenn Knorrhold nicht genau wußte, was Elamar damit meinte. »Der Nebenraum hat doch ein Fenster, das auf die Rückseite des Hauses hinausführt, und wenn ich schnell genug bin …« Er überlegte kurz. »Was ist mir dir? Du hast getan, was du konntest. Die Soldaten verdanken dir ihr Leben, doch nun müssen die Wunden von allein heilen. Und der Donnerstimmenhauptmann ist nicht gerade gut auf dich zu sprechen. Willst du nicht mitkommen? Einen schöneren Wald hast du noch nicht gesehen. Und wenn wir Glück haben, können wir sogar ein paar Blütenfeen beobachten.«

Nur zu gern hätte Knorrhold einfach ja gesagt, schon allein deshalb, um solche Feenwesen, von denen die Märchen der alten Frauen erzählten, einmal mit eigenen Augen zu schauen, doch es gab da noch eine Sache, die ihm Kopfzerbrechen bereitete. »Die Frau des Fischers wird bald gebären. Ich kann sie unmöglich allein mit all diesen Holzköpfen ihrem Schicksal überlassen.« Verzagt starrte er auf die schmutzigen Stoffetzen in seinen Händen. Die ganze Kraft und Energie der letzten Stunden war aus seinem Körper gewichen, und eine bleierne Schwere lastete auf ihm.

»Nein, das kannst du nicht!« Elamar legte Knorrhold eine Hand auf die Schulter. »Aber ich kann nicht hierbleiben und auf dich warten, ich brächte dich nur in Gefahr, falls der Inquisitor mich weiterhin sucht und hier findet.«

Ein lautes Stöhnen kündigte das Erwachen des Andergasters an. Die Wirkung des Alkohols hatte nicht lange genug angehalten, und die schmerzhafte Wirklichkeit pochte nun im Stumpf des Armes und holte den Verletzten schließlich ein. »Und was wird mit ihm?« Knorrhold wies mit dem Kinn auf das wunde Bündel, das ehemals ein wenn auch nicht stolzer, so doch junger und kräftiger Krieger gewesen war.

Verständnislos starrte Elamar den Medicus an. »Du meinst doch nicht, daß ich ihn mitnehmen soll?« stieß er die Frage hervor, deren Antwort bereits in Knorrholds Augen zu lesen stand.

»Du schuldest mir immerhin noch mindestens einen Gefallen.« Er nahm Elamars Kopf in beide Hände. »Aber ich will nicht, daß du es deshalb tust. Tu es, weil es das einzig Richtige ist! Siehst du nicht, wie kostbar das Leben ist? Dieser Mann hat seine rechte Hand verloren, er kann nie wieder ein Schwert führen. Warum soll er morgen sein Leben verlieren, das Tsa ihm doch schenkte und ein Mensch nicht nehmen soll?«

Knorrhold war dem Hexer nun ganz nahe, und um keine allzu persönlichen Gefühle aufkommen zu lassen, gab er Elamar einen Klaps auf die Schulter, setzte sich auf den Tisch und fügte schnell hinzu: »Außerdem will ich die ganze Arbeit nicht umsonst gemacht haben. Also, was ist jetzt?«

»Glaubst du denn, er wird die Flucht überleben?«

Knorrhold zuckte die Schultern. »Wenn er hierbleibt, wird er auf alle Fälle sterben.«

»Und wenn sie merken, daß wir fort sind, was werden sie dann mit dir anstellen? Die lassen dich doch nie mehr gehen, zumal sie dringend einen fähigen Heiler in ihren Reihen brauchen. Und wenn nicht, dann wirst du möglicherweise an seiner Statt hingerichtet und …«

»Und vielleicht lernt ein Ork die Kuslikana tanzen. Nimm endlich deine Füße in die Hände und verschwinde!« raunte Knorrhold dem Hexer mit gespielter Heiterkeit zu. Der sollte nicht merken, wie es wirklich in ihm aussah. Knorrhold vergewisserte sich, daß niemand etwas von ihrem Plan mitbekommen hatte, und bedeutete dem Andergaster, der kaum bei Bewußtsein war, sich ruhig zu verhalten. Mit vereinten Kräften schafften es die beiden, den Verwundeten auf die Beine zu stellen und in das Nebenzimmer zu schleifen, bevor einer der nostrischen Verwundeten sich umblicken, das Vorhaben bemerken und Alarm schlagen konnte.

Doch dann näherten sich von draußen Schritte, die Tür wurde aufgestoßen, und zwei Soldaten traten in die Krankenstube, um das geforderte Wasser zu bringen. Knorrhold, Elamar und der Andergaster blieben auf der Schwelle zum Nebenraum wie versteinert stehen, doch dann drehte sich der Medicus mit einem schnellen Ruck um, und geistesgegenwärtig schnauzte er die beiden an: »Was soll ich da hinten mit dem Wasser? Hier brauche ich es! Und warum steht die Tür schon wieder offen?« Auf diese Ermahnung ließ er eine wahre Flut von Beschimpfungen folgen, die selbst einem Ork die Schamesröte ins Gesicht getrieben hätten. Die Nostrier bemühten sich, so schnell und lautlos wie möglich wieder zu verschwinden, nachdem sie die Eimer bis zu den drei Männern geschleppt hatten, die immer noch zwischen Tür und Angel standen. Auf den erstaunten Blick Elamars zuckte der Medicus nur die Schultern. »Ich mußte einmal einen Thorwaler pflegen, da lernt man so allerhand über die Schimpfkunst.«

Kurz darauf kauerten der Andergaster und Elamar schon unter dem Fenster, und als alles ruhig blieb, brachten sie die wenigen Schritte bis zum nahen Wäldchen hinter sich, wobei sich der Verwundete schwer auf Elamars Schulter stützte. Der Hexer drehte sich noch einmal um, und sein Blick traf den Knorrholds, seines ersten Weggefährten seit langer Zeit. Der Medicus blieb reglos stehen, bis die beiden zwischen den hohen Bäumen und dem niedrigen Strauchwerk verschwunden waren.

Aufgeregte Stimmen rissen ihn schließlich aus seinen Gedanken. Schnell eilte er in die Krankenstube zurück, atmete einmal tief durch und trat den beiden Kriegerinnen entgegen, die sich bereits bei den Verwundeten nach ihm erkundigt hatten. »Da seid Ihr ja! Ihr sollt sofort zum Fischer Aruk kommen. Bei seiner Frau ises soweit.« Mit einem Kopfnicken deutete die Kriegerin in die leere Ecke. »Wo ist denn der Gefangene?«

»Nebenan«, antwortete ihr der Medicus betont beiläufig. »Mein Helfer wäscht ihn gerade. Wenn er schon morgen vor die Göttin treten soll, dann wenigstens sauber.« Als Knorrhold bemerkte, daß die Nostrierin voll Mißtrauen stehenblieb und ihm nicht folgte, drehte er sich mit ärgerlichem Gesicht zu ihr um. »Wollt Ihr hier Wurzeln schlagen, um den nächsten Winter als Baum zuzubringen, oder können wir jetzt endlich gehen? Ungeborene sind ungeduldiger als der Bannstrahl, die läßt man nicht warten. Ich brauche heißes Wasser.«

Knorrhold trat ans Bett der jungen Frau, deren schweißbedeckter dünner Körper erneut von einer Wehe ergriffen wurde. Ihre zitternden Hände bekamen den Arm des Medicus zu fassen und krallten sich mit einer Kraft daran fest, die er der schmächtigen Frau nicht zugetraut hätte. Überrascht biß der Medicus die Zähne zusammen und mußte warten, bis die Wehe wieder vorüber war, ehe er seinen Arm endlich befreien konnte.

»Sagt, Aruk, habt Ihr hier irgendwo Ilmenblatt im Dorf?« Der bleicher werdende Vater nickte nur knapp, dann eilte er hinaus, froh darüber, endlich verschwinden zu können.

»Badizwischi, da bin ich schon, frischer Wind unter den Achseln und das Liebesgeflüster der Möwen auf den Lippen!« Knorrhold Grünstein vernahm plötzlich die leise Stimme neben sich, und er mußte sich nicht erst umdrehen, um sie zu erkennen. Der kleine Kobold saß auf dem Schrank und grinste dem erschreckten Medicus aus seinem faltigen Gesicht frech entgegen. »Du erinnerst dich also an dein Versprechen, mich und meinen Nachwuchs betreffend?« wollte es der Wicht noch einmal ganz genau wissen, und es war ihm anzusehen, daß er sich an dem Gesichtsausdruck des Heilers, in dem sich ein wahres Gewitter von Gefühlen abzeichnete, weidete und labte wie eine Blütenfee am Nektar einer Rose. Der Kobold zog eine Augenbraue hoch, schob sich eine Kirsche in den Mund und winkte dem Medicus dann auch noch freudestrahlend zu.

Verflixte Orkengalle! Wie war das möglich? Wie konnte er mich hier finden? Knorrholds Gedanken wirbelten wild durcheinander, vermischten sich mit der bleiernen Müdigkeit seines Körpers, doch die nächste Wehe kündigte sich an und riß ihn aus seiner Starre. Die Frau schrie auf.

»Schreit nur, das hilft.« Knorrhold legte seine Hände auf den Bauch der Gebärenden, um die Lage des Kindes zu ertasten. Dann eilte er zur Tür und brüllte los, als säße ihm ein Ork-Schamane im Nacken. »Wo bleibt das Wasser?« Er drehte sich um, riß die Fensterläden auf und sah, wie ein paar Soldaten die Hütte mit den Verwundeten betreten wollten. »Was ist das für eine Saubande! Ich brauche Wasser, Tücher ... Habe ich mich vorher nicht klar genug ausgedrückt, ihr nichtsnutzigen Dummköpfe?« Dieses Mal mußte er sich nicht verstellen, um seine Wut glaubhaft zu machen. Der nächste Schrei der Frau rief Knorrhold an das Bett zurück, und darum sah er auch nicht, wie der Reiter um die Ecke des Hauses bog, in dem sich die Verletzten befanden, vor den Soldaten anhielt und das Wort an sie richtete.

Wahrscheinlich würden weder das Wasser noch die Tücher rechtzeitig eintreffen, denn es schien fast so, als wolle der neue Derebürger seine Verspätung nun wettmachen. Knorrhold konnte bereits den Kopf des Kindes erkennen. Auch der Kobold schaute aufmerksam vom Schrank aus zu. Es klopfte an der Tür. Knorrhold riß die Tür auf, packte den verdutzten Fischer, der davor stand, an der Hand und zog ihn ins Zimmer. »Vergiß das Ilmenblatt. Dein Nachwuchs ist ungeduldig. Und du wirst ihn in Empfang nehmen.« Kreidebleich starrte Aruk auf seine Frau, die sich in diesem Augenblick die Seele aus dem Leib schrie, während der Kopf des Kindes erschien. Knorrhold ergriff die großen Hände des Fischers und legte sie um das zarte Köpfchen.

»Ihr müßt ziehen, sobald ich es Euch sage.« Fischer Aruk hatte bereits vier Kinder, doch war dies das erste Mal, daß er seinem Nachwuchs auf die Welt helfen mußte.

»Jetzt!« rief der Medicus, und sein Rufen vermischte sich mit dem Wehgeschrei der Mutter und den wüstesten Beschimpfungen des Kobolds, der erst jetzt bemerkte, daß ihn der Medicus überlistet hatte – denn nicht ein einziges Mal berührte dieser das Neugeborene, wies sogar den Vater an, die Nabelschnur durchzutrennen und einen Fischerknoten zu knüpfen.

Der Kobold schäumte vor Wut, seine Haut hatte sich purpurfarben gefärbt. »Das wirst du noch bereuen. Kein Mensch hält mich zum Narren«, preßte er zwischen violetten Lippen hervor. Und mit einem Laut, der an das Gezwitscher eines ganzen Vogelschwarms erinnerte, machte der Kobold einen Satz vom Schrank auf den Fenstersims. Und lauter, als man es dem kleinen Kerl zugetraut hätte, klangen seine Verse über den Dorfplatz:

»Wer ist fort, wer ist weg?
Der Andergaster Hühnerdreck.
Wer ist weg, wer ist fort?
Der Hexer weilt an andrem Ort.«

Dann verschwand der Wichtelmann mit einem lauten Knall. Blauer Rauch stieg auf und erfüllte das Zimmer mit einem Hauch von Meeresbrise. Fast wartete man darauf, eine Möwe schreien zu hören, doch das einzige Geräusch, das an Knorrholds Ohr drang, war das Weinen des Neugeborenen, das in den Händen seines Vaters lag und wild mit den Beinchen strampelte. Reglos stand Knorrhold da und starrte aus dem Fenster. Seine Schuhe schienen mit Blei gefüllt zu sein, und auch die Arme versagten ihren Dienst. Die Aufregung der letzten Stunden fiel von ihm ab und machte einer großen Gelassenheit Platz. Er hatte getan, was er tun konnte. Was nun geschah, lag nicht mehr in seiner Hand. Warum hatte er nicht früher bemerkt, wie müde er eigentlich war? Und hungrig obendrein.

Die Tür wurde aufgestoßen, Travinlas, zwei Soldaten und der Mann in Rot, der Knorrhold nur allzugut in Erinnerung geblieben war, stürzten herein. Der knöcherne Finger des Inquisitors richtete sich auf den Medicus. »Das ist er. Im Namen der Heiligen Inquisition, nehmt diesen Mann fest!«

Nein, so durfte es nicht zu Ende gehen! Niemand mit Namen Grünstein hatte bisher den Weg in die Inquisitionstürme antreten müssen, und er wollte nicht der erste sein. Fieberhaft dachte er nach, während er seine Taschen nach irgend etwas durchsuchte, das ihm aus dieser mißlichen Lage heraushelfen konnte.

»Bleibt, wo Ihr seid!« fauchte Knorrhold Grünstein den Hauptmann an. »Wenn dieser Mann ein Inquisitor ist, dann hat er Euch doch bestimmt seinen Ring gezeigt.« Er zog die linke Augenbraue hoch und ließ seinen fragenden Blick auf dem Hauptmann ruhen, der unschlüssig zwischen den beiden Männern stand. Alle Augen wanderten nun zu der kahlköpfigen Gestalt; selbst der Fischer und seine Frau hatten das freudige Ereignis für einen Augenblick vergessen und starrten die Fremden an.

»Er hat dem Andergaster zur Flucht verholfen«, setzte Parinor zum Gegenschlag an, und die Blicke der Umstehenden richteten sich wieder auf den Medicus.

»Stellt Ihr etwa die Entscheidung eines … Inquisitors in Frage?« fragte Knorrhold mit lauerndem Unterton in der Stimme, fingerte an seinem Gürtel herum und zog triumphierend den Greifenring aus der Geheimtasche. Er hielt ihn hoch in die Luft, so daß alle Anwesenden ihn sehen konnten.

»Er hat ihn gestohlen!« versuchte Parinor sich zu verteidigen und vergaß dabei in seiner Fassungslosigkeit ganz, daß er ja das Greifenamulett noch um den Hals trug und es nur unter der Kutte hervorzuholen brauchte, um seine Glaubwürdigkeit wiederherzustellen.

»Einen Inquisitor bestehlen?« entgegnete Knorrhold mit gespielter Verwunderung. »Nur dem schlauen Phex selbst könnte so etwas gelingen. Nehmt ihn fest und sperrt den Schwindler ein!« Und als der Hauptmann keine Anstalten machte, sich zu bewegen, unfähig, unter diesen Umständen eine Entscheidung zu treffen, da setzte Knorrhold in dem Befehlston nach, den der Nostrier und seine Leute schon zur Genüge kennengelernt hatten. »Was zaudert Ihr noch, wenn das Auge des Götterfürsten auf Euch niederschaut?«

Dann ging alles sehr schnell. Auf einen Wink des Hauptmanns hin wurde Parinor gepackt, gefesselt und geknebelt, und selbst heftigster Widerstand konnte nicht verhindern, daß er über den Hof geschleppt und in eine Scheune geworfen wurde, aus deren Dachluke sich schnatternd ein paar Enten in Sicherheit brachten.

»Darf ich eine Frage an Euch richten?« erkundigte sich Travinlas überaus vorsichtig bei dem hohen Herrn, der den goldenen Ring an seinem Hemd polierte, sich an den Finger steckte und dann wohlwollend nickte. Ein Hauch von Furcht und schlechtem Gewissen, das ihn ob der vergangenen Ereignisse plagte, zeigte sich in seiner Stimme. »Warum – warum habt Ihr Euch nicht schon früher zu erkennen gegeben?«

Knorrhold Grünstein, der neben dem Hauptmann hermarschierte, über den Dorfplatz hinweg zu Parinors Pferd, blieb unvermittelt stehen. »Damit der Hexer herausfindet, wer ich wirklich bin, und meine Mission scheitert?« rief er empört aus und schüttelte den Kopf. »Nein, nein, mein Lieber! Zu lange schon bin ich dieser Ausgeburt des Namenlosen auf der Spur, um mich ihm zu erkennen zu geben. Wir waren gerade auf dem Weg zu einem geheimen Treffpunkt der Hexenbrut, als Ihr die Pläne der Inquisition durchkreuzt habt.« Knorrhold richtete den Blick auf den Ring und legte eine kunstvolle Pause ein, um seinen Worten Wirkung zu verleihen. Dann schaute er dem Hauptmann, der bleich in seinem zerschlissenen Waffenrock dastand, tief in die Augen. »Um mir das Vertrauen des Hexers auch weiterhin zu sichern, mußte ich ihm zur Flucht verhelfen. Das versteht Ihr doch jetzt wohl?«

Der Krieger nickte. »Aber was ist mit dem Andergaster? Warum habt Ihr auch ihn entkommen lassen, ihn gar geheilt?« Die Ereignisse hatten sich so zugespitzt, daß er sich über den merkwürdigen Umstand, daß ein Inquisitor soviel von der Heilkunst verstand, nicht im geringsten wunderte.

Knorrhold Grünstein hatte wieder eine Augenbraue in gespieltem Erstaunen hochgezogen und die Rechte in theatralischer Geste zum Himmel emporgereckt. »Wollt Ihr Euch anmaßen, die heilige Ordnung des Götterfürsten in Frage zu stellen?« Der Medicus vermied es, den Gott der Gerechtigkeit beim Namen zu nennen – vielleicht fiele der göttliche Zorn für die Lügerei dann geringer aus. »Der Verräter wird seiner gerechten Strafe nicht entgehen, doch muß er vorher verurteilt und verhört werden, wie es das Gesetz vorschreibt.«

Mit gestrengem Blick reichte Knorrhold Grünstein dem Nostrier den Ring zum Kuß, und dieser kam der Aufforderung ohne Zögern nach. Dann schickte der Medicus ein Stoßgebet zu Rahja, die Göttin möge das Tier nicht merken lassen, daß er vom Reiten keine Ahnung hatte, und von Pferden – zumal Stuten – noch weniger. Doch die Götter waren auf seiner Seite, denn der Braune setzte sich ohne sein Zutun in Bewegung, und Knorrhold schaffte es tatsächlich, sich mit hoch erhobenem Haupt auf dem Rücken des Tieres zu halten und in den nahen Wald in Richtung Süden zu verschwinden.

Nur mit Mühe schaffte es Elamar, den stämmigen Andergaster bis zum Boot zu schleppen, das die nostrischen Soldaten aus Aberglauben nicht angerührt hatten. Schwer atmend ließ er sich nieder, hielt für einen Augenblick die Luft an, um in die Stille zu lauschen, und wischte sich dann mit dem blutverschmierten Ärmel den Schweiß von der Stirn.

Hübsch war er ja anzusehen, dieser blonde Naturbursche aus dem benachbarten Königreich. Sein Haar war kurz geschnitten, und die kantigen Züge verliehen ihm eine Härte, die so gar nicht recht zu seinem noch sehr jungen Leben passen wollte. Auch wenn der Waffenrock zerrissen, das Leinenhemd, dem ein Ärmel fehlte, vom getrockneten Blut fast schwarz und nicht minder beschädigt war und der frische Stumpf des Armes einen grausigen Anblick bot, so fand Elamar doch Gefallen an seinem neuen Begleiter, der seinen Schmerzen nachgegeben hatte, sobald sie das Boot erreicht hatten, und in eine gnädige Ohnmacht gefallen war. Er kannte nicht einmal seinen Namen, wie er sich erst jetzt gewahr wurde.

Zum Glück hat man mir meinen Rucksack gelassen, dachte Elamar und griff nach der Decke, in die er den Andergaster wickelte. Sein Stab war zwar verloren, aber einen hölzernen Stecken fände er leicht in jedem Wäldchen. Viel wichtiger war, was nun geschehen sollte. Gut, sie waren aus dem Dorf entkommen, aber wohin nun? Das Boot konnte er nicht noch einmal zum Fliegen bringen, und er besaß keine Ruder. Wozu auch, wäre doch auf der anderen Seite des Sees das Problem noch lange nicht überwunden. Aber immerhin hätten sie dann einen kleinen Vorsprung vor ihren Verfolgern, die sicher bald bemerken würden, daß zwei ihrer Gefangenen entflohen waren. Was diese verrückten Nostrianer wohl mit Grünstein anstellen würden? Elamar machte sich Sorgen um den Medicus, obwohl er sich eingestehen mußte, daß dieser doch viel besser auf sich aufpassen konnte als er selbst. Und dabei hatte er ihm vor zwei Tagen noch geraten, er solle auf sein Gefühl vertrauen! Nähme er sich diesen Rat heute selbst zu Herzen, dann müßte er den Andergaster zurücklassen und versuchen, sich allein durchzuschlagen. Bisher war er damit doch sehr gut zurechtgekommen, obwohl es ausgerechnet in den letzten Tagen weitaus angenehmer gewesen war, mit jemandem ... Verdammt! Dieser Knorrhold brachte seine Gefühlswelt so durcheinander, daß er nicht mehr klar denken konnte. Wie lange war es schon her, daß er sich um einen anderen Menschen gesorgt hatte? Und wie lange hatte er sein Geheimnis vor jedem verbergen müssen? Vielleicht sollte er doch nach Aranien reisen, sobald dieses Abenteuer überstanden war. Dort standen die Töchter und Söhne Satuarias höher im Ansehen als irgendwo sonst im Land; an Verfolgung gar war nicht zu denken. Doch zuvor hatte er noch etwas zu erledigen. Und zwar nicht allein, beschloß er mit einem Blick auf die wohlgestaltete, kraftvolle Brust des schlafenden Burschen. Es war schon eigenartig, daß er dem männlichen Körper immer schon mehr hatte abgewinnen können als dem weiblichen. Doch warum sich über Rahjas Fügungen Gedanken machen, wenn man sie genausogut einfach genießen konnte?

Entschlossen griff er in seinen Reisebeutel, holte eines seiner beiden verbliebenen Fläschchen hervor und entkorkte es. Mit einer ungehaltenen Geste versuchte er, seine wilde Mähne zu bändigen, bevor er den Trank mit einem großen Schluck durch die Kehle fließen ließ. Er schmeckte bitter, doch der Geschmack verschwand so schnell, wie er auf die Zunge gekommen war. Wohlige Wärme breitete sich in Elamar aus, berührte nicht nur den Körper, sondern füllte auch die Leere in seinem Innersten, schenkte ihm neues Selbstvertrauen und Zuversicht.

Er suchte nach einem langen Stecken und stieß das Boot dann entschlossen vom Ufer ab, aufrecht stehend, ohne sich zu setzen, und der Wind zauste seine Haare, zerrte an seinem weiten Hemd. Wenn nicht fliegen, dann eben staken! Und während es langsam dämmerte, lenkte er das kleine Boot mit kräftigen Stößen nach Süden, hinein ins Dunkel der aufsteigenden Nacht, und Phex schickte seine Schätze, um ihm den Weg zu weisen.

Reisa Armehra schob einen Ast beiseite und trat auf die Lichtung hinaus, die die Kuppe des bewaldeten kleinen Hügels freigab. In ihrer Mitte reckte eine alte Blutulme ihre tiefroten Äste und Zweige in den Sternenhimmel, an denen braungelbe Blätter im Schein des Madamals golden glänzten. Der seltene Baum stand inmitten eines Dreiecks, dessen Ecken von fast hüfthohen Felsbrocken gebildet wurden, die, riesigen Eckzähnen gleich, aus dem Boden ragten.

Es gab keinen Zweifel, dies war die Stelle, die sie suchte. Lange war es her, daß sie den verborgenen Platz im Herzen des Drauwaldes das letztemal betreten hatte, doch die Wirkung, die er auf sie ausübte, war noch die gleiche wie vor zwanzig Götterläufen. Hier schien das Leben Sumus stärker zu pulsieren als irgendwo sonst, hier spürte sie die Anwesenheit der Erdmutter, glaubte gar, ihrem Herzschlag lauschen zu können und ihren Atem auf der Haut zu spüren.

Reisa legte den Besen beiseite, streifte die Schuhe ab und entledigte sich auch ihrer restlichen Kleidung. Ihre Schmuckstücke ließ sie achtlos zu Boden fallen. Langsam näherte sie sich dem Dreieck, sog die feuchte Luft tief in die Lungen ein, spürte die Erregung, die sie mit jedem Atemzug stärker ergriff. Ihre Bewegungen schienen immer geschmeidiger zu werden, je näher sie der Mitte der Lichtung kam. Schließlich konnte sie nicht mehr widerstehen, ließ die Hände über ihren nackten weißen Körper gleiten, liebkoste die dunklen Knospen ihrer Weiblichkeit. Mit einem leisen Aufschrei warf sie den Kopf in den Nacken, fühlte die schmeichelnde Berührung ihrer Haare, die ihr über den Rücken fielen, warf ihre Lockenpracht wieder nach vorn, wo sie Bauch und Brust in Entzücken versetzte. Noch waren ihre Schenkel fest, die Brüste üppig, doch nicht hängend und der Bauch straff. Sie wußte, daß sie mit ihrem Körper jeden Mann bekäme, den sie begehrte. Selbst wenn sie irgendwann einmal fünfzig Götterläufe zählen mochte, würde sich daran nichts ändern. Sogar die eine oder andere Frau verfiel ihrer Schönheit. Anderen Weibern jedoch war sie ein Dorn im Auge, vor allem dann, wenn ihre in Travia Angetrauten ihre Augen nicht von der Dame Armehra abwenden konnten.

Sie hatte nun den Baum erreicht und befühlte mit den Fingerspitzen die rauhe, feste Rinde. Mit beiden Händen klammerte sie sich an einen der unteren Äste, warf den Kopf mit einem Stöhnen in den Nacken und streckte dem Stamm ihren Leib entgegen, so als erwarte sie, daß sich ihr der Baum im nächsten Augenblick zuwenden werde. Langsam spreizte sie die Beine, so daß der Stamm nun zwischen ihren weißen Schenkeln lag, doch ohne sie zu berühren. Immer schneller wurde ihr keuchender Atem mit jeder Bewegung der Hüften, die sie dem Höhepunkt näher brachte. Ein kehliger Laut entrang sich ihren Lippen, als sie in ihrer Erregung den Stamm streifte und sich die rauhe Rinde in das weiche Fleisch ihrer Schenkel bohrte. Sie sank auf den Boden und grub die Hände ins Erdreich. Der Schmerz vermischte sich mit rahjagefälliger Leidenschaft; ihr Körper bäumte sich auf und hob sie den Gefilden Alverans entgegen.

Dann sank sie schwer atmend zu Boden, noch immer zitternd und ein wenig fröstelnd, und ihre Sinne ließen ab vom Körper und kehrten in die Umgebung zurück, nahmen erst jetzt den Schatten wahr, der sich langsam aus den umstehenden Bäumen löste.

»Lange her, daß du das letzte Mal hier warst«, begrüßte sie eine krächzende Stimme, die Reisa sofort wiedererkannte. Schon bei ihrem letzten Besuch hatte die Stimme so alt und gebrechlich geklungen wie ihre Besitzerin. Nach all den Jahren hatte sich der Eindruck noch verstärkt, ging die alte Kaia noch gebückter, war ihre Haut noch runzliger und ihr Blick noch trüber geworden; das eine Auge gar ganz weiß.

Ohne Scham setzte sich die nackte Hexe auf. »Satuaria mit dir, Kaia. Ich freue mich, daß Boron dich noch nicht zu sich genommen hat.« Reisa befühlte den Oberschenkel, benetzte die Finger mit Speichel und verteilte diesen mit geschlossenen Augen auf der schmerzenden Stelle. Nur wenige Augenblicke später war die weiße Haut wieder von makelloser Schönheit.

»Wenn ich einst gehen muß, dann nicht zu Boron, du junges, unwissendes Ding. Sumu selbst wird es sein, die mich in sich aufnimmt. Eins mit der Welt und ihrer Lebenskraft werde ich sein. Doch noch ist meine Zeit nicht gekommen.« Fest auf ihren Stock gestützt, machte sie sich auf den langen Weg zum kleineren der drei Ecksteine. Reisa bewunderte immer wieder, mit welch eisernem Willen Kaia am Leben festhielt.

Mit einem Seufzer setzte sich die Alte auf dem Stein nieder, und das Knacken ihrer Gelenke ließ befürchten, das sie sich nie wieder davon erheben werde. Die trüben Augen suchten Reisa und blieben auf ihr ruhen.

Reisa beugte sich zu ihren Kleidern hinunter und zog einen kleinen, rosafarbenen Stein aus einer Tasche. Sie überlegte, ob sie sich wieder anziehen sollte, ließ es dann aber sein, da sie wußte, daß die alte Kaia sich an dem Anblick ihres jungen Körpers erfreute – und im Vergleich zu Kaias einhundertzweiundvierzig Götterläufen war ihr Körper noch jung wie der eines Kleinkindes im Gegensatz zu seiner Großmutter.

»Ich habe ein Geschenk für dich, Kaia.« Reisa drückte der Alten den Rosenquarz zwischen die knochigen, verkrüppelten Finger. »Es ist der Stein der Satuaria. Er ist voll von der Kraft Sumus.«

Als die Alte den kalten Stein mit beiden Hände befühlte, atmete sie so tief ein, wie es ihr verbrauchter Körper zuließ, in rasselnden, stoßweisen Zügen. Die trüben Augen klärten sich ein wenig, und mit leisem Stöhnen preßte sie die Luft wieder aus dem zahnlosen Mund hervor.

Reisa schauderte ein wenig bei dem Gedanken, daß ihr eigener Körper einst die gleichen Anzeichen des Verfalls zeigen werde. Sie beschloß, es nicht so weit kommen zu lassen.

»Was willst du?« Mit diesen Worten brach Kaia nach einer Weile das Schweigen. »Ich ahne zwar, was dich zu mir führt, doch sollst du es mir mit deiner klaren, dunklen Stimme sagen.«

»Erinnerst du dich noch an die schwarze Eleyia? Wir waren unzertrennlich wie Schwestern.« Reisa hielt inne und wartete auf ein Zeichen des Erinnerns in Kaias Augen.

»Mein Körper mag zwar alt sein, aber mein Geist ist noch immer jung«, tadelte die alte Frau sie und bedeutete ihr mit einem Fingerzeig fortzufahren.

»Dann erinnerst du dich auch daran, daß sie einen Geißler verführt und ihm ein Kind abgetrotzt hat, einen Jungen. Er heißt Elamar und ist mit der Gabe gesegnet.« Reisa ließ sich vor Kaia nieder und zog sich die Bluse über die Schultern, da sie im kühlen Wind fröstelte.

»Am Anfang habe ich mich um das Kind gekümmert, dann wollte Eleyia wieder für den Kleinen sorgen. Kurz nach jener Nacht hat der Geißler den Orden verlassen und sich an einen Praiostempel gewandt, um dort die Ausbildung und Weihen zum Priester zu erhalten. Mittlerweile hat er es gar zum Inquisitor gebracht, ist jedoch um vieles gefährlicher als andere Inquisitoren, die nur auf der Suche nach der Wahrheit sind oder die Weisungen ihrer Kirche ausführen. Rache ist es, die sein Denken und Handeln leitet. Seitdem war Eleyia vor seinen Schergen auf der Flucht. Vor nunmehr zwei Götterläufen fiel sie ihm schließlich in die Hände, und er ersäufte sie in Havena.« Reisa konnte nicht verhindern, daß ihr wieder die Tränen in die Augen stiegen. »Ein Gottesurteil haben sie es genannt.« Die Hexe spie die Worte verächtlich aus. Dann hielt sie inne, damit Zorn und Trauer sie nicht überwältigten. Erst nach geraumer Weile fuhr sie fort und kam ohne weitere Umwege auf den Grund zu sprechen, der sie hierhergeführt hatte.

»Elamar weiß noch nichts vom Tod seiner Mutter. So rastlos, wie er seine Kindheit verbracht hat, zieht er auch heute noch umher. Er ist ein guter Junge, ein bißchen leichtsinnig und weltfremd vielleicht. Ich habe seinen Weg stets verfolgt und ihm das eine oder andere Mal aus kleineren Schwierigkeiten herausgeholfen, ohne daß er es gemerkt hat. Doch jetzt weiß ich nicht mehr, was ich tun soll. Der Inquisitor hat von seinem Sohn erfahren und läßt ihn nun verfolgen.«

»Verfolger kann man verschwinden lassen«, warf Kaia ein, doch Reisa schüttelte so wild den Kopf, daß die roten Locken sie wie Flammen umspielten. »Das ist nicht so einfach. Du mußt noch etwas wissen: Elamar hat einen Zwillingsbruder. Eleyia gab den zweiten Jungen, obwohl ich ihr davon abgeraten habe, in die Obhut des Praiostempels. Damit wollte sie Praios gnädig stimmen, denn sie ahnte, daß sie den Götterfürsten erzürnt hatte. Ein Junge sollte ihr gehören, der andere seinem Vater.« Hilflos blickte Reisa zum Himmel, wo sich dunkle Wolken vor das Madamal schoben. »Wie grausam doch das Schicksal ist. Nun, nach mehr als zwanzig Jahren, wird Elamar von seinem eigenen Bruder gejagt. Er wird ihn der Inquisition, ja schlimmer noch seinem Vater ausliefern, dem sicheren Tod. Natürlich wissen beide nicht, wer ihr Vater ist und welches Spiel er mit ihnen spielt.«

»Wo sind die zwei jetzt?« wollte Kaia wissen.

»Beide sind, so alles gutgeht, auf dem Weg hierher, zum Drauwald. Ich hoffte, an Sumus Quell mit deiner Hilfe rechnen zu können. Ich hoffte, du mögest ihnen ihrer beider Seelen zeigen, mögest Sumus Pforten öffnen, auf daß ihre Seelenwunden heilen und sich wieder zu einer Seele vereinen.«

Kaia versuchte zu lachen, doch der Versuch endete in einem schlimmen Hustenanfall. »Meine Liebe, ich kann es mir nicht leisten, auch nur einen Funken der Gabe zu verschwenden. Sie allein hält mich am Leben. Sieh mich doch an.« Mit zittrigen Fingern öffnete sie das Band, das ihr Gewand zusammenhielt. Der Anblick des knochigen Körpers, über den sich eine von blauen, grünen und braunen Flecken gezeichnete Haut spannte, die an einigen Stellen bereits so dünn war, daß die bleichen Knochen darunter hervorschimmerten, sagte mehr als lange Erklärungen, die Kaias spröde Stimmbänder nur unnötig beansprucht hätten. »Hier ist der Ort, an dem Sumu sich meiner annehmen wird, wenn die Zeit gekommen ist. Hier will ich warten, bis die Mutter mich will.« Die vielen Worte hatten sie erschöpft, und die Alte schloß die Augen, um die Kraft des Steins in sich aufzusaugen, den ihre knöchernen Finger fest umklammert hielten.

»Ich weiß.« Reisa wollte ihr tröstend die Hand auf den Arm legen, ließ dann aber davon ab, weil sie befürchtete, daß die Berührung mehr Unbehagen verursachen als ihr helfen könnte. »Doch wo sind deine beiden jüngeren Schwestern?« Reisa deutete auf die beiden anderen Ecksteine.

»Sie sind aufgebrochen, um den Schatten zu suchen, der seit einiger Zeit über dem Land ruht und von Jahr zu Jahr seine Schwingen weiter ausbreitet.« Das weiße Auge tränte, und Kaia versuchte vergebens, die trübe Flüssigkeit aus ihrem Gesicht zu wischen.

»Welcher Schatten?« Kaias Worte hatten sie zugleich erschreckt und neugierig gemacht, denn auch sie hatte bei ihren letzten Vorhersagen Dinge gesehen, die sie nicht recht zu deuten wußte.

»Du wirst ihn erkennen, wenn die Zeit dafür gekommen ist.« Kaia schloß die Augen; die wenigen grauen Haarsträhnen wurden vom auffrischenden Wind ergriffen und durcheinandergewirbelt. »Für dich aber ist es nun an der Zeit zu gehen, wenn du deinen Schützlingen noch beistehen willst. Allein werden sie Sumus Quell nicht finden, zu unerfahren ist ihr Geist, zu verschlossen sind ihre Herzen.«

Reisa wußte, daß Kaia recht hatte. Ohne ein weiteres Wort stand sie auf, um ihre restlichen Sachen aufzusammeln. »Satuaria mit dir, Kaia!« Reisa verließ die Lichtung mit der Angst, ihre Urgroßmutter heute wohl zum letzten Mal gesehen zu haben, und Trauer mischte sich in ihrem Herzen mit der Sorge um die beiden Söhne Eleyias. Ohne sich anzukleiden, kletterte sie auf den schmalen Stiel ihres Besens und verschwand in der dunklen Efferdnacht.

Kannst du nicht mit den Flügeln schlagen oder einfach krächzen, anstatt mir dauernd in die Hand zu picken, um mich auf den richtigen Weg zu lenken? Das tut allmählich weh«, schimpfte Knorrhold den weißen Raben aus, der auf dem Hals des Pferdes saß und ihn mit seinem Schnabel jeweils in die linke oder in die rechte Hand pickte. »Ab und zu muß ich nun einmal kurz vom Weg abweichen, um einen Weiler oder ein verdächtiges Wäldchen zu umgehen.« Aber wem erkläre ich das? Einem Raben! Das muß man sich einmal vorstellen! Ich sitze auf einem gestohlenen Pferd, habe wahrscheinlich nicht nur die Inquisition im Nacken, sondern auch eine Schar tumber nostrischer Krieger und lasse mir von einem Raben – einem Hexentier obendrein – zeigen, wo es langgeht. Wenn mein Vater mich jetzt sähe! Wahrscheinlich liefe sein Kopf rot an, die Luft bliebe ihm im Halse stecken, und vom Schlag getroffen träte er den Weg in Borons Arme an.

Knorrhold Grünstein lachte bei dem Gedanken so laut auf, daß Raxba mit seinen weißen Schwingen flatterte und ihn aus den schwarzen Knopfaugen mit zur Seite geneigtem Kopf fragend anblickte. Doch Knorrholds Lachen brachte keine Heiterkeit zum Ausdruck, sondern zeugte eher von der Erkenntnis, in einer hoffnungslosen Lage gefangen zu sein.

Jetzt war er schon fast einen ganzen Tag lang unterwegs, um den verdammten Hexer wiederzufinden. Wie er von einem Holzfäller erfahren hatte, gab es tatsächlich einen Drauwald, auch wenn dieser wohl ein ganzes Stück weiter im Süden Albernias lag. Ob er ihn bis morgen erreichen konnte, wußte er nicht. Als er gestern abend gesehen hatte, daß das Boot verschwunden war, gab es keine Zweifel mehr, welchen Weg der verrückte Kerl eingeschlagen hatte. Er folgte einem Hirngespinst, einem Fiebertraum, und zog ihn, den einstmals angesehenen Medicus aus Menzheim, mit ins Verderben. Ihrer beider Schicksale hatten sich miteinander verwoben, als er dem Roten, wie er den vermeintlichen Inquisitor in Gedanken nannte, die Stirn geboten hatte. Und nun steckte er in diesen unwürdigen Kleidern, die zu allem Überfluß auch noch mit Blut bespritzt waren, und unterhielt sich mit einem Hexentier, das nicht mehr von seiner Seite weichen wollte und sich hartnäckig weigerte, seine Flügel zu gebrauchen. Warum mußte er sich für die Übernachtung auch gerade den Baum aussuchen, auf dem Raxba sich ausruhte? Phex muß seit ein paar Tagen eine wahre Freude an mir haben, so wie ich vom Glück verfolgt werde, dachte er bitter und fächelte sogleich mit der Hand vor der Stirn herum, um die lästerlichen Gedanken zu vertreiben, auf daß sie Alveran nie erreichten und den Gott des Glücks nicht herausforderten. Es reichte vollkommen, wenn er den Götterfürsten selbst gegen sich aufgebracht hatte, indem er die Pläne eines Seiner Diener durchkreuzte, und das gleich zweimal. Und dabei hatte er sich auch noch des Namens Praios' bedient, wenngleich er selbst ihn nicht auszusprechen gewagt hatte. Eigentlich wunderte er sich, daß er noch von keinem göttlichen Blitz niedergestreckt worden war. Die stürmische Rondra hätte wohl weit weniger Geduld mit ihm gehabt, hätte er auch Sie beleidigt.

Sein Magen war leer wie der Kopf eines Orken, und wenn er auch kein Freund von Beeren und Nüssen war, so hätte er doch seinen kleinen Zeh für eine Handvoll davon gegeben. Und in den Satteltaschen hatte er neben einer Schleuder, mit der er nicht umzugehen wußte, einem engmaschigen Netz, einem leeren Fläschchen und einem Stück Lakritze nichts gefunden, das seinen Hunger hätte stillen können. Bis zum nächsten Hügel würde er es noch vor Einbruch der Nacht schaffen, dann aber mußte er ein Lager finden. Und wenn sich auch der Himmel über ihm auftäte und es Hunde und Katzen regnete, keine hundert Orks brächten ihn heute mehr dazu, noch einmal auf den Gaul zu steigen. Er spürte jeden einzelnen Knochen im Leib, besonders an seiner hintersten Stelle. Man mußte erst selbst einmal auf einem solchen Wesen gesessen und die Strapazen ertragen haben, um die Weisheit der Zwerge ermessen zu können, die das Reiten mieden wie der Dämon den Tempel. Wahrscheinlich würde es nicht bei einer Rötung bleiben, sondern sein Allerwertester würde anschwellen wie …

»Potzpaus und Zischel! Glaubst du nicht, wir sollten uns noch einmal unterhalten, um die Feinheiten unserer Vereinbarung auszuarbeiten?« unterbrach ein wohlbekanntes, zwitscherndes Stimmchen seine Gedankengänge. Knorrhold mußte sich nicht erst umsehen, um zu wissen, wer da hinter ihm auf dem Pferd stand und ihm auf die Schulter tippte. Mit einer schnellen Bewegung griff er nach hinten, bekam ein Beinchen zu fassen und zog den überraschten Wichtel nach vorn, ließ ihn kopfüber baumeln und eine Schimpfsalve über sich ergehen, bei der sich ein Mensch bestimmt die Zunge gebrochen hätte. Raxba versuchte, das eine oder andere Mal nach dem wild zappelnden Männlein zu hacken, suchte dann aber sein Heil in der Flucht, als er nur knapp einem wütenden Faustschlag ausgewichen war.

»Mich einfach zu verpetzen war gar nicht nett von dir!« tadelte Knorrhold das Kerlchen mit erhobenem Zeigefinger, so wie man mit ungezogenen Kindern spricht. Und obwohl der Medicus beobachten mußte, wie Kragen und Ärmel seines Hemdes sich langsam weiteten, der Knoten des Gürtels sich löste und sämtliche Kleidungsstücke zu rutschen begannen, so daß er sicher nackt dagestanden hätte, hätte er nicht auf einem Gaul gesessen, lockerte er den Griff um das dürre Beinchen doch um keinen Fingerbreit. Statt dessen stieg er ab, woraufhin ihm auch das letzte Stück Stoff vom Körper fiel, und setzte sich nackt auf den feuchten Moorboden. Dann schüttelte er den Kopf und schlug den Tonfall eines enttäuschten Erwachsenen an. »Kannst du mir sagen, wie sich unser Verhältnis bessern soll, wenn du nichts als Unsinn im Kopf hast?« Der Medicus wartete ab, bis der nächste Schwall von Beschimpfungen verraucht war, dann fuhr er mit ruhiger, fast herausfordernd selbstsicherer Stimme fort: »Ich erinnere mich an keine Vereinbarung, der zufolge du mir dauernd das Leben schwer machen kannst. Und ich erinnere mich auch nicht daran, daß ich mich dazu bereit erklärt hätte, mein Versprechen innerhalb von ein paar Tagen zu erfüllen. Wenn du etwas haben willst, dann mußt du abwarten können!«

»Ich werde dir zeigen, was ich kann, zwasch friep!« schrie der mittlerweile wieder violett verfärbte Wichtel und fuchtelte mit seiner kleinen Faust vor Knorrholds Nase herum, lachte schnaubend auf und verdrehte die Augen zum blauen Haarschopf.

Nur wenige Wimpernschläge später fühlte der Medicus, wie er die Herrschaft über seine Glieder verlor, wie seine Muskeln sich dehnten, seine Hand mitsamt dem Kobold in den Schlamm fiel. Doch es gelang ihm mit eisernem Willen, seine Finger immer noch wie versteinert um das Koboldbein zu klammern – oder besser zu schlingen, da sie, wie auch der restliche Körper, durch den koboldischen Zauber gut und gern auf die dreifache Länge gestreckt worden waren. Und was der blauhaarige Wicht auch versuchte, wie viele Knoten er auch in die über drei Schritt langen Beine und die fast ebenso langen Arme zu knüpfen suchte, er schaffte es nicht, sich aus dem Griff der eineinhalb Spann langen Finger zu befreien.

Beide, Kobold und Medicus, waren mittlerweile von oben bis unten mit feuchter Erde, Grashalmen und Moos bedeckt, und hätte ein Dritter den Kampf des kaum vier Spann großen Wichtels mit der sich am Boden windenden Bohnenstange beobachten können, er wäre an den Kampf eines vielarmigen Oktopoden mit einer Salzarale erinnert worden. Und so dauerte es fast eine halbe Stunde, bis die Wirkung des Zaubers verflogen war, der Körper des Weideners wieder seine ursprüngliche Form annehmen konnte und die beiden Streithähne erschöpft und verdreckt im nassen Moos liegenblieben.

Hustend und nach Luft ringend, begann der Medicus zu kichern, konnte sich bald aber nicht mehr beherrschen, und sein schallendes Gelächter dürften selbst die Götter in Alveran noch vernommen haben. Und der kleine Wicht wäre kein richtiger Kobold gewesen, hätte er sich dieser ausgelassenen Heiterkeit entziehen können. So stimmte er in das Lachen des nackten Menschlings mit ein, und erst als die Nacht hereingebrochen war, trennten sich die beiden ungleichen Verhandlungspartner, um ihrer Wege zu gehen, jeder auf seine ihm eigene Weise, doch beide mit der Gewißheit, daß sich ihre Pfade irgendwann einmal wieder kreuzen würden.

»Möge der Zorn des Fürsten auf dich hernieder fahren, sein Blick dir die Seele aus dem Leib saugen, und soll sie brennen dann für ein Äon in göttlicher Verdammnis! Mögest du ungekannte Qualen erleiden, die nie enden, auf daß du dürstest nach den brennenden Wassern, dich verzehrst nach den eiskalten Feuern und dem fließenden Eis. Dann sollst du noch einmal tausend

Tode sterben, und die Schmerzen werden sich zehnmal verzehnfachen!« Als dem wutentbrannten Praiosnovizen nach dem Knebel auch noch die Fesseln an Händen und Beinen abgenommen worden waren, stürzte er sich auf den erstbesten Nostrier, der ihm über den Weg lief, trieb ihm das Knie in die Magengrube, setzte einen Kinnhaken nach und schickte ihn auf die strohbedeckten Bretter.

Dann hatte er den Hauptmann am Kragen, der von seinen Leuten auf das Praiosamulett aufmerksam gemacht worden war, das der Gefangene um den Hals trug, und mit bleicher Gesichtsfarbe und verzagter Stimme befohlen hatte, den Praiosdiener loszubinden. Zu einer Entschuldigung war er nicht mehr gekommen, denn Parinor, der einen ganzen Tag lang mit seiner Wut im Stall geschmort hatte und von den Hühnern mit allerlei stinkendem Unrat bedeckt worden war, schäumte nun über vor göttlichem Zorn. Voller Wut stürzte er sich auf den nächsten nostrischen Krieger, der rücklings zu Boden ging und nicht einmal mehr Zeit genug hatte, seinen Sturz abzufangen. Vergeblich versuchte jener, sein Gesicht vor den Faustschlägen zu schützen, die auf ihn niederprasselten wie die Regentropfen auf Sumus Leib.

Doch so schnell der Wutentbrannte über ihm gewesen war, so schnell hatte er sich seinen Weg durch die Strohhaufen nach draußen gebahnt, nicht ohne Schweine und Hühner, die ihm in den Weg gerieten, mit derben Fußtritten zu bedenken und der Wache vor der Stalltür einen Arm zu brechen.

Parinor versuchte sich zu beruhigen, wieder einen klaren Gedanken zu fassen, doch vergebens – er war vor Zorn geladen wie eine Armbrust vor dem Schuß. So fiel er ein weiteres Mal über den Hauptmann her, der mittlerweile in der Stalltür aufgetaucht war, um seinen Fehler zu erklären. Immer wieder stieß er dessen Schädel gegen den Türrahmen, und keiner der Soldaten wagte es, in den Kampf einzugreifen. Als er sich dieses Mal über dem Gestürzten aufrichtete, da bewegte sich der Nostrier nicht mehr, und sein Blut bedeckte den zerrissenen Waffenrock und färbte das Holz des Türrahmens rot.

Erst als Parinor auf einem nostrischen Pferd in die kühle Efferdnacht sprengte und das kleine Fischerdorf hinter sich ließ, fühlte er seine Sinne zurückkehren, lösten sich die Farben vor den Augen in scharfe Bilder auf und verstummte das Sausen in den Ohren.

Das fast zur Scheibe gerundete Madamal spendete ihm gerade genug Licht, damit er dem moorigen Pfad folgen konnte, und als er das Greifenamulett heiß auf seiner Haut spürte, wußte er, daß er wieder auf dem richtigen Weg war. Zweimal war ihm dieser verfluchte Kerl schon in die Quere gekommen, doch dieses Mal würde er ihn zerquetschen wie eine Laus! Niemals hätte er gedacht, daß er jemanden noch mehr hassen könnte als seine Mutter, die ihn nicht gewollt und ihn der Willkür des Inquisitors überlassen hatte, der seine Novizenschaft im Tempel in neue Bahnen gelenkt, der ihn gedemütigt und seine Weihe verhindert hatte. Doch diesen hochaufgeschossenen Kerl mit den verschlagenen Augen, dessen Namen er nicht einmal kannte, haßte er noch mehr, mehr als alles andere auf der Welt, sogar mehr als sein bisheriges Leben.

Und dann begann Parinor die Litanei der Demut zu singen, auf daß er seinen Schmerz in die Nacht hinausschreien konnte, und vielleicht würde der Götterfürst seinem Klagelied lauschen und Seinen kleinen Diener bemerken. Zwar entging dem Auge Praios nicht das geringste, doch fragte der Novize sich immer öfter, wie der Gerechte zulassen konnte, daß einem Seiner Diener – und das war er doch, auch wenn er die Weihe noch nicht erhalten hatte – so übel mitgespielt wurde. Und während er sang, wurde seine Seele leicht, schien sich von seinem Körper zu lösen und in anderen Sphären zu weilen, und weder das Rufen der Eule noch der kurze Regenschauer konnten sie zur Rückkehr bewegen.

Die kühle Nacht wich einem neuen Morgen, doch der Nebel der letzten beiden Tage würde sich auch heute nicht auflösen. Die alten Bäume des Drauwaldes erschienen Elamar wie alte Freunde aus einer längst vergessenen Welt. Wie ein Vorhang aus knorrigen Zweigen, bunten Blättern und Efeuranken standen sie da und gemahnten ihn an seine Kindertage. Sie luden den Wanderer ein, auf den weit verzweigten Wegen zu wandeln und die hölzernen Hallen zu besuchen, die ihre Blätter und Äste schufen. An einen der zahlreichen Pfade, die ihm damals geläufig gewesen waren, versuchte der Hexer sich zu erinnern, doch fiel es ihm schwer, an jene frohen und sorglosen Tage zurückzudenken. Jedenfalls war es ihm gestern nicht gelungen, die Hütte der Schwester zu entdecken, und auch der Ruf, den er in den Wald gesandt hatte, war unbeantwortet geblieben. Ihr Nachtlager hatten sie daraufhin am Waldrand aufgeschlagen, wo der Drauwald an die Heide grenzte.

Elamar gähnte herzhaft, streifte die Decke ab und stocherte mit einem Stecken in der Glut ihres Lagerfeuers herum. Nun war er doch noch einmal eingeschlafen, nur für eine knappe Stunde, wie er vermutete, aber die kurze Ruhe hatte seinem Körper gutgetan.

Der Andergaster, der die ersten Stunden der Nacht wach gelegen hatte, schlief noch tief und fest. Und selbst nach zwei Tagen hatte Elamar es nicht geschafft, den Burschen zum Reden zu bringen. Er wußte weder, was der Blonde vorhatte, ob er nach Andergast zurückkehren oder ihn weiter begleiten wollte, noch kannte er seinen Namen. Die Wunde an seinem Arm schien jedenfalls schnell zu verheilen, denn die Ohnmachtsanfälle der ersten Nacht und das leise Stöhnen am darauffolgenden Tag waren gestern ausgeblieben, und jetzt schlief er tief und ruhig. Elamar hatte jede Nacht einen kleinen Teil seiner allmählich zurückkehrenden Kraft dazu genutzt, den Heilungsverlauf zu beschleunigen, so daß weder Wundbrand noch Fieber seinen Begleiter einholen konnten und sich langsam neue Haut bildete. Auch die Verbände zu wechseln, wie Grünstein es ihm aufgetragen hatte, hatte er nicht vergessen.

Einem plötzlichen Verlangen folgend, kroch Elamar unter die Decke des kräftigen Burschen und kuschelte sich an seine linke Seite, umspielte mit den Fingerspitzen die Brustwarzen, suchte die kleine Narbe unter dem Herzen, ließ die Hand dann tiefer gleiten und wartete auf eine Regung. Es dauerte nicht lange, bis sich der Andergaster unter den Liebkosungen des Satuariasohnes wohlig rekelte, die Augen aber immer noch geschlossen hielt und offenbar in angenehmen Traumwelten wandelte.

Dann lag er plötzlich ganz still und schlug die Augen auf. »Was fällt dir ein?« rief der Andergaster erstaunt und wollte sich aus Elamars Umarmung lösen, doch fiel es dem Hexer nicht schwer, den noch immer sehr geschwächten Krieger ins Moos zurückzudrücken und die weitere Flut schwerverständlicher Worte mit einem Kuß zu ersticken. Andergasti war ohnehin kein Dialekt, der die Ohren verwöhnte, rechtfertigte Elamar sein Handeln in Gedanken. Und zu seinem Erstaunen dauerte es nur einige Augenblicke, bis der Widerstand verebbte, sein Kuß erwidert wurde und sich die fremde Zunge ihren Weg in seinen Mund bahnte.

Welch herrliches Gefühl nach all der Zeit! Wie lange hatte er warten müssen, bis er endlich wieder so empfinden durfte. Von einem kleinen Gastspiel bei der schwarzhaarigen Wirtstochter aus Kyndoch einmal abgesehen, hatte schon lange niemand mehr das Lager mit ihm geteilt. Und Elamar beschloß, jeden einzelnen der kostbaren Augenblicke zu genießen.

Auch der Andergaster ließ sich das zärtliche Streicheln und Liebkosen gern gefallen und lag still, zufrieden und fast reglos da. Seine schüchterne Zurückhaltung schürte das Verlangen des Hexers um so mehr.

»Wie heißt du eigentlich?« wollte Elamar wissen, als Rahjas Hauch sie wieder freigab, und strich zärtlich durch das blonde Haar seines Gefährten.

»Heiße Josska«, entgegnete dieser, wurde aber vom Knurren seines Magens unterbrochen. »Haben wir noch etwas Eßbares da? Hab Hunger.«

»Wenn du damit meinst, ob wir noch Proviant haben, dann muß ich dich leider enttäuschen. Das Stück Fleisch, das ich im letzten Dorf ergattern konnte, ist bereits aufgegessen. Hier, nimm die Erdbeeren, die ich gestern abend noch gesammelt habe«, sagte Elamar und hielt ihm eine Handvoll Beeren hin. Im gleichen Augenblick hätte er sich ohrfeigen können für diese Unbedachtheit. Wie grob von ihm, den Begleiter durch diese alltägliche Geste an das Fehlen seiner Hand zu erinnern! Und so kam es, wie es kommen mußte: Wie gewohnt wollte Josska mit der Rechten zugreifen, doch die Früchte purzelten ins Leere. Diese kleine Geste bewirkte, daß das zarte Band der Vertrautheit zwischen den beiden jungen Männern jäh zerriß. Der Glanz verschwand aus Josskas glasklaren blauen Augen, und seine Miene verfinsterte sich zusehends.

»Mach dir nichts daraus. Du wirst dich daran gewöhnen. Schau mich an. Ich mache alles mit links«, versuchte Elamar ihn aufzuheitern, doch der Andergaster wandte sich zur Seite und verfiel wieder in das gewohnte dumpfe Schweigen, das den Hexer allmählich erzürnte.

»Es kann doch nicht so schlimm sein, wenn man für einige Zeit kein Schwert mehr halten kann! Immerhin bist du noch am Leben!« Elamar hatte sich erhoben und stand nun breitbeinig über dem Liegenden, um ihm tief in die Augen sehen zu können. »Und wenn dir das Kämpfen so wichtig ist, dann wirst du nach einiger Zeit und Übung auch lernen, mit der Linken zu fechten.«

»Was weißt du schon?« brummte der Krieger und wollte sich wieder umdrehen, doch Elamar kniete sich kurzentschlossen auf Josskas Oberschenkel und hielt ihn mit beiden Händen an den Schultern fest.

»Es geht nicht da drum«, verteidigte sich Josska, und in seinen Augen stand zu lesen, daß ihm noch ein weiterer Holzstamm auf der Seele liegen mußte.

»Dann laß uns einen Handel abschließen«, schlug Elamar vor. »Du erzählst mir jetzt in anständigem Garethi, was dich wirklich bedrückt, und ich verspreche, dich in Ruhe deinem Selbstmitleid zu überlassen, sobald du damit fertig bist.« Mit einer energischen Geste wischte sich Elamar eine schwarze Strähne aus der Stirn, rutschte zur Seite und legte sich ins Moos. Eine Heidenelke mußte als Ersatz für ein anständiges Frühstück herhalten.

»Nun gut!« Der Andergaster richtete sich auf, lehnte sich mit dem Rücken an einen verwitterten Baumstamm und atmete tief durch. »Aber du darfst nicht lachen.« Er richtete einen fragenden Blick auf Elamar, der kurz nickte und neugierig die Ohren spitzte.

»Es ist eigentlich so, daß ich nicht so sehr deshalb traurig bin, weil ich nicht mehr kämpfen kann. Es ist nur ...« Josska suchte nach den richtigen Worten und sog die frische Luft noch einmal tief in die Lungen. »Ich wollte einmal Laute spielen«, preßte er schließlich hervor und hielt die Luft an, um sich Elamars Spötteleien zu stellen, die er in den vergangenen zwei Tagen schon zur Genüge kennengelernt hatte.

»Du wolltest als Musicus durch die Lande ziehen, du, ein gestandener Krieger?« fragte Elamar ungläubig.

Doch als Josska nur stumm nickte und sich anschickte, wieder in dumpfes Brüten zu verfallen, da zuckte der Hexer nur kurz mit den Schultern. »Und was ist nun so schlimm daran? Gut, das Lautespielen gestaltet sich mit einer Hand ein wenig schwierig, aber was hält dich vom Singen ab?« Elamar klatschte zweimal auffordernd in die Hände. »Auf, auf, laß etwas hören! Ich werde prüfen, ob deine Stimme zum Barden taugt.«

»Jetzt? Und hier?«

»Wenn du ein Barde sein willst, dann ist jetzt doch der richtige Zeitpunkt gekommen, damit anzufangen. Findest du nicht auch?«

Der Andergaster schien noch etwas unsicher, doch nach weiteren aufmunternden Worten Elamars stand er auf, hielt sich mit seiner gesunden Hand am Baumstamm fest, atmete tief durch und begann zu singen. Zuerst klang es noch etwas zögernd und schwerfällig, so als würde eine Tür nach etlichen Götterläufen zum ersten Mal wieder geöffnet. Doch dann schien Hesindes Odem ihn zu streifen, und mit kräftiger, doch schmeichelnder Stimme sang er die Worte eines Liedes, das Elamar bisher noch nicht gekannt hatte:

»Chun Garje war ein guter Mann,
Und dunkel glänzten Aug und Haar,
War groß und stark, maß fast zehn Spann,
Doch jeden Glückes war er bar.

In Khunchom wars, wo es geschah,
Gar fern von seinem trauten Heim,
Als er ein kleines Krüglein sah,
Das zu erstehn, er fand gar fein.

Zwei Silbertaler gab er mehr,
So wie es immer sollte sein.
Dem Händler doch gefiel dies sehr,
Lud ihn zu einem Trunke ein.

Und auch die Tochter kam gerannt
Und fand Gefallen an dem Mann
Und sprach: ›Schon bald sind wir verwandt.‹
Eh ers versah, stand er im Bann

Von Stimmen vieler alter Leut.
Und Augen wie die schwarze Nacht
›Will deine Frau sein, ja, noch heut.‹
Und schon ward er gar streng bewacht.

Und keine Flucht war möglich mehr,
Und alle Kraft half da nicht an.
Denn er gefiel dem Mädchen sehr,
Und viele Brüder wachten dann.

So war er denn gebunden schnell,
Und Herz und Kopf war'n jäh geteilt.
Bald ward es draußen wieder hell
von Glück und auch von Traurigkeit.

Und heute zieht er durch die Welt,
Die Flucht ihm dennoch bald gelang.
Und blickt hinauf zum Himmelszelt
Und denkt an sie, lauscht dem Gesang.

Trinkt viel vom guten alten Brannt
Und scheut Gefahr und Kämpfe nicht.
Kann nie vergessen ihre Hand,
Geteiltes Herz, nicht Nacht, nicht Licht.«

Als die letzten Worte verklungen waren, saß Elamar reglos da, und es dauerte eine kleine Weile, bis ihn die Töne aus ihrem Bann entließen, dann aber klatschte er begeistert in die Hände. »Sag an, warum bist du bloß in den Krieg gezogen? Das will mir nicht in den Sinn. Bei dieser Stimme!« Josska setzte sich wieder und starrte gedankenverloren in die Ferne. »Tja, der verdammte Krieg, der fragt nicht danach, ob du Barde werden willst oder nicht«, brummelte er, und das, was seine Augen in der Ferne der Zeit entdeckten, schien ihm nicht zu gefallen.

»Warst du schon einmal in Khunchom? Soll eine schöne Stadt sein. Paläste voller Edelsteine!« versuchte Elamar ihn abzulenken.

Josska schüttelte den Kopf. »Und du?«

»Noch nicht. Aber dank deines Liedes kenne ich nun mein nächstes Ziel. Vorausgesetzt natürlich, ich bringe die Geschichte hier zu einem guten Ende. Willst du nicht mit mir kommen? Übrigens, die Geschichtenerzähler sollen dort ausgezeichnet sein. Da kannst du sicher noch etwas dazulernen.«

Josska wollte gerade antworten, als fernes Hufgetrappel einen Reiter ankündigte, der die herbstliche Heidelandschaft durchpflügte. Als schwarzer Schatten zeichnete der rasch Näherkommende sich vor der aufgehenden Sonne ab.

Elamar spürte genau, daß sich nun sein Schicksal entscheiden würde, auch wenn er die Gestalt auf dem Pferd noch nicht erkennen konnte. Nun würde sich zeigen, ob er jemals Gelegenheit dazu bekäme, das märchenhafte Khunchom mit eigenen Augen zu sehen. Sicher war es kein Zufall gewesen, daß er am gestrigen Tag den Weg, den er suchte, noch nicht gefunden hatte.

Als der Reiter sie entdeckt hatte und auf sie zusprengte, gab Elamar dem Andergaster das Zeichen, sich zurückzuziehen, denn zum einen war dies ein Kampf, der nur ihn, Elamar, etwas anging, und zum anderen könnte sein Begleiter ihm ohne Waffenhand nicht beistehen. Er griff nach dem Knüppel, mit dem er sich tags zuvor bewaffnet hatte, und strich sich die widerspenstigen Haare zurück. Fast erleichtert, daß der Augenblick der Entscheidung gekommen war, erwartete er seinen Gegner, der im schnellen Galopp näher kam. Der lauter werdende Hufschlag des Pferdes glich einem fernen Donnern, das ein Gewitter ankündigt. Rondra schien Ihrem Bruder Phex die Würfel aus der Hand genommen zu haben.

Nun erkannte Elamar das rote Gewand des Reiters, das ihn wild flatternd wie eine Flamme im Wind umspielte. Die Gestalt hielt einen Knüppel in Händen, genau wie er, doch hatte sein Gegner den Vorteil, vom Rücken seines schwarzen Pferdes aus angreifen zu können. Der Hexer erinnerte sich noch gut an den Stockhieb, der ihn bei ihrer ersten Begegnung zu Boden geschickt hatte. Dieses Mal wäre er klüger.

Als Elamar das siegessichere Grinsen auf dem Gesicht seines Widersachers entdeckte, als ihm die kurzen schwarzen Haarstoppeln auffielen, die den beim letzten Zusammentreffen noch haarlosen Schädel bedeckten, und sie nur noch wenige Schritt voneinander entfernt waren, stieß er dem Reiter in schneller Bewegung Zeige- und Mittelfinger der linken Hand entgegen.

Parinor ließ die Zügel los, schlug sich beide Hände vor die Augen, um sie vor dem gleißenden Licht zu schützen, das seine Sinne nicht zu durchdringen vermochten. Hatte er den Hexer unterschätzt? Er fühlte eine Hand, die ihn am Ärmel zerrte, verlor den Halt und stürzte zu Boden. Ein jäher Schmerz fuhr ihm durch die linke Schulter und raubte ihm den Atem. Im gleichen Augenblick zerriß der Schleier aus Licht vor seinen Augen, und er starrte in die dunklen Augen des Hexers, der sich über ihn gebeugt hatte und zum Schlag ausholte.

Nun hatte Elamar gleiche Bedingungen geschaffen. Er packte den am Boden Liegenden, um im nächsten Augenblick mit dem Knüppel zuzuschlagen. Er war ihm so nahe, daß er den fauligen Atem im Gesicht spürte. Gerade als er zuschlagen wollte, öffnete sein Gegner die Augen, und Elamar war einen Wimpernschlag lang zumute, als habe er sein eigenes Spiegelbild erblickt. Ein noch nie gekanntes Gefühl verwirrte ihn. Er zögerte für den Bruchteil eines Atemzuges, doch dieser genügte, um dem vor ihm Liegenden die Gelegenheit zu geben, das Knie in Elamars Magengrube zu rammen. Kaum daß der dumpfe Schmerz sich in seinem Körper ausbreitete, verwünschte Elamar seine Hirngespinste mit zornigsten Flüchen.

Warum der Hexer gezögert hatte, konnte Parinor nicht sagen, doch eines hatte er in den Jahren unter Hakan Praifuhrs Kommando gelernt: Man mußte die Schwäche des Gegners erkennen und durfte nicht davor zurückschrecken, diese auch auszunutzen. Es gelang ihm, den Hexer zu Boden zu zwingen und mit einem gezielten Schlag auf dessen Handgelenk dafür zu sorgen, daß er seinen Knüppel verlor. Ein Kinnhaken folgte.

Als die Faust sein Gesicht traf, versuchte Elamar sich verzweifelt auf die Gabe zu konzentrieren, doch der Blendzauber hatte seine arkane Kraft schon wieder erschöpft. Er hätte mehr Zeit gebraucht, um sich zu erholen, und seine Kraft nicht mitleidig an den Andergaster verschwenden dürfen. Ein zweiter Schlag verfehlte das Kinn und traf mit voller Wucht die Nase. Welche Schmerzen! Elamar wehrte sich dagegen, das Bewußtsein zu verlieren, besann sich ganz darauf, den süßen Armen Borons zu widerstehen. Dies gab seiner Wut die Gelegenheit, die Oberhand zu gewinnen und an der Tür zu seiner Lebenskraft zu zerren. Und noch ehe er etwas dagegen tun konnte, wurde sie vollends aufgestoßen und gab den Weg frei.

Die Nase war ein sehr schmerzempfindliches Körperteil, das hatte der Inquisitor Parinor oft genug gelehrt. Und offensichtlich entsprach es der Wahrheit. Der Hexer verdrehte die Augen, so daß nur noch das Weiße sichtbar war. Parinor wollte gerade einen dritten Hieb nachsetzen, als sich der Oberkörper des Hexers so stark aufbäumte, daß er den Halt verlor und nach hinten stürzte. Und noch im Fallen traf Parinor der unsichtbare Schlag. Er schien sein Gehirn förmlich zu zerfressen, als ob jemand eine Fackel darin entzündet hätte. Wie sehr er sich auch bemühte, die Hände schützend vor die Stirn zu pressen, es war vergeblich. Tränen traten ihm in die Augen, als die Schmerzen jeden klaren Gedanken abtöteten. Er dankte Boron, als dieser ihn von den Qualen erlöste und er das Bewußtsein verlor, auch wenn er wußte, daß er damit verloren hatte und dem Hexer ein für allemal unterlag.

Elamar spürte noch, wie sich der Zauber von seinen Lippen löste, doch konnte er es nicht mehr verhindern. Gespeist von seiner Lebenskraft, brach der Spruch sich Bahn. Vielleicht wäre es der letzte Zauber seines Lebens, denn niemand konnte sagen, wieviel Lebenskraft er ihn kostete, doch kam er nicht mehr dazu, sich darüber Sorgen zu machen, da ihn die Schwingen der schwarzen Nacht umfingen.

»Psst, sei doch leise!« Knorrhold gab Raxba einen Klaps auf den weißen Kopf, den dieser mit heftigen Stößen seines Schnabels beantwortete. Eine Augenbinde aus Stoff verhinderte indes, daß der Rabe sein Ziel traf.

In der Ferne hatte der Weidener einen Reiter entdeckt, und obwohl die Gestalt auf dem Pferd selbst nicht zu erkennen gewesen war, hatte ihm sein Gefühl dazu geraten, dieser zu folgen. Doch gerade als es darauf ankam, hatte die verdammte Mähre bemerkt, daß er als Medicus vom Reiten keinerlei Kenntnisse besaß, und ihn abgeworfen. So war er natürlich zu spät gekommen und konnte Elamar nicht mehr beistehen. Was genau vorgefallen war, wußte er zwar immer noch nicht, doch hatte er sich lange genug verborgen gehalten, um das Geschehen mit pochendem Herzen beobachten zu können.

Es war nicht einfach gewesen, der fremden Frau

durch das dichte Gehölz zu folgen. Unzählige Zweige hatten seine Haut zerkratzt, nadelscharfe Dornen den ein oder anderen Faden aus dem geliehenen Hemd gezogen. Immer wieder hatte er sich in feingewobenen Spinnennetzen verfangen, so daß er sich jetzt fühlte, als ob Hunderte dieser Tiere in seinen Haaren nisteten, und er fuhr sich mit den Fingern immer wieder durch die Strähnen, peinlich darauf bedacht, sich von dem Ungeziefer zu befreien.

Knorrhold verstand einfach nicht, warum der Andergaster und die Rothaarige sich mit vereinten Kräften daran machten, Elamar und den Kerl im roten Gewand durch diesen erschöpfenden Wirrwarr aus Bäumen zu schleppen. Anfangs hatte er noch versucht, sich den Weg einzuprägen, den ein oder anderen markanten Baum im Gedächtnis zu behalten, doch leider waren hier alle Bäume markant. Wie er sich überdies eingestehen mußte, war er kein großer Kenner von Bäumen und bei weitem kein Überlebenskünstler, kein Jäger, kein Kind des Waldes, das sich in der freien Natur auskannte und sich hier zurechtfinden konnte. Und das spärliche Licht, das durch die herbstlich gefärbte dichte Blätterdecke den Boden erreichte, verwirrte ihn noch mehr mit seinem Spiel, reichte gerade aus, damit er nicht über jede Wurzel stolperte.

Das Schuhwerk abzulegen, um sich leiser fortbewegen zu können, war ebenfalls ein orkisch dummer Einfall gewesen, das hatte er bald zu spüren bekommen und es rasch wieder angezogen. Doch die beiden vor ihm hatten ihn bislang nicht bemerkt – sie selbst verursachten zuviel Lärm dabei, ihre Opfer davonzuschleppen. Ob die zwei noch lebten? Um den Kerl mit dem Greifenamulett, dem er den Ring entwendet hatte, machte er sich wenig Sorgen, dafür um so mehr um Elamar. Er war einen zu langen Weg gegangen, um jetzt zu entdecken, daß alles vergebens gewesen war. Doch wenn er ihn erst einmal eingeholt hatte, vermochte er ihm vielleicht zu helfen. Schließlich war er, obwohl eher ein Kind der Stadt und unbeholfen in den Dingen des Waldes, doch Medicus und Heilkundiger, und noch dazu kein schlechter, wie er sich zur Aufmunterung ins Gedächtnis rief.

Die Kraft des Andergasters war zu bewundern. Mit einer Hand mühte er sich ab, den Roten durch die zahlreichen Vorhänge aus grünem und schwarzem Efeu zu zerren. Dabei versuchte er anscheinend noch, seine Begleiterin zu beeindrucken. Ob sie den Krieger verhext hatte?

Das war die nächstliegende Erklärung! Sie hatte rotes Haar, war auffällig, wie ein bunter Vogel gekleidet, hatte dem Andergaster einen Trunk gemischt und die beiden anderen vergiftet. Sie war eine Hexe – wie einer Geschichte seiner Amme entsprungen.

Doch warum sollte eine Tochter Satuarias einen ihrer Brüder zu Boron schicken? Hatte Elamar seine Schwestern verraten? Nein, das konnte er sich nicht vorstellen. Auf der anderen Seite: Warum hatte Elamar so überstürzt aus Windanach aufbrechen wollen? Hatte er sich seinen Verfolger selbst auf den Plan gerufen, dann aber doch ein schlechtes Gewissen bekommen und versucht, ihm zu entkommen?

Zu viele Gedanken kreisten in Knorrholds Kopf, während er sich seinen Weg durch das Labyrinth aus Jungbäumen und alten Baumriesen bahnte. Der Stamm vor ihm hatte die gleiche Farbe wie der kleine Tisch in seinem Arbeitszimmer in Menzheim. Doch der schwarze Efeu, der den halben Stamm umschloß, erinnerte eher an einen Wächter in schwarzer Rüstung. Knorrhold vermeinte fast, in dem wirren Spiel des dunklen Blätterkleides ein Augenpaar wahrzunehmen, das ihn mißtrauisch verfolgte.

Schnell drehte er sich um, hastete ein paar Schritt in eine andere Richtung, und da er nicht auf den Boden unter seinen Füßen achtete, verfing sich sein Stiefel in einer Wurzel, die nur auf ihn gewartet zu haben schien. Raxba grub die Krallen in Knorrholds Arm, während er flügelschlagend das Gleichgewicht zu wahren versuchte.

Mühsam rappelte der Medicus sich wieder auf, klopfte sich die trockenen Tannennadeln vom Hemd und streifte die halb vermoderten Blätter von der Hose. Als er sich nach der Hexe und dem Andergaster umsah, konnte er sie nicht mehr entdecken. Leichte Panik kroch in ihm hoch, und er ging einige schnelle Schritte in die Richtung, in der er die beiden vermutete. Er lauschte ins Dämmerlicht hinein, konnte aber weder ein Schlurfen noch ein Knacken vernehmen. Das einzige Geräusch, das ihm ans Ohr drang, war der Ruf einer Eule. Da das Blätterdach ohnehin nur einzelne Sonnenstrahlen durchließ, verwunderte es den Medicus nicht, daß die Vögel der Nacht hier auch tagsüber unterwegs waren. Zwar wußte er nicht viel über Eulen, doch genug, um sich vor ihnen in acht zu nehmen. Sicher versuchte der hinterlistige Jäger, ihn mit seinem Rufen anzulocken, um ihn dann mit seinem starren Blick zu bannen, so daß er sich nicht mehr wehren konnte, wenn der Vogel sich auf ihn stürzte.

Er mußte Elamar wiederfinden, und zwar so schnell wie möglich. Der Hexer konnte ihm über diese Zaubertiere bestimmt mehr erzählen. Doch wie sehr sich Knorrhold auch bemühte, er konnte in dem dichten Unterholz einfach keinen Durchgang entdecken, der es ihm gestattet hätte, die Richtung einzuschlagen, in der er die Gesuchten vermutete. Er mußte das verschlungene Geäst irgendwie umgehen.

Da Knorrhold zu seiner Linken den Schrei der Eule hörte, entschied er, sich auf der rechten Seite einen Durchlaß zu suchen. Vorbei an riesigen Schwarztannen kämpfte er sich entschlossen durch die kratzigen Zweige, die oft bis zum Boden reichten.

Als ein Zipfel von Raxbas Augenbinde sich im Geäst

verfing, löste sich das Stückchen Stoff, das dem Raben die Sicht genommen hatte, und schneller, als der Medicus reagieren konnte, trat der Vogel die Flucht nach vorn an und entschlüpfte durch eine kleine Lücke im dichten Unterholz.

Obwohl Knorrhold wußte, daß es ihm niemals gelänge, dem Raben in dem Dickicht zu folgen, steckte er den Kopf durch die Lücke. Zumindest wollte er sehen, ob es dort, wo der Vogel verschwunden war, auch für ihn ein Durchkommen gab.

In diesem Augenblick berührte kaltes Naß seine Nase, und um ein Haar hätte der Medicus laut aufgeschrien. Er war sich plötzlich sicher, daß nun sein letztes Stündlein schlug und die kalten Finger des Todes nach ihm griffen. Sein Herz raste, und verzweifelt schlug er nach dem fremden Grauen. Doch nach einem Augenblick des Schreckens wußte er, was seine Hände da berührten: Schnee! Es war wirklich Schnee! Und dabei war es doch erst Efferd, und auch die Temperaturen wollten nicht zu seinen Empfindungen passen. Das Bild, welches sich seinen müden Augen darbot, war jedoch von unvergleichlicher Schönheit.

Inmitten einer schneebedeckten Lichtung, die im Schein des Praioslichtes funkelte, als hätte ein reicher tulamidischer Sultan einen Beutel mit Diamanten verloren, erhob sich ein Stein, aus dem unaufhörlich Wasser strömte, welches ihn umspielte wie ein silberner Schleier aus Licht. Um diesen Stein, der einen halben Schritt hoch sein mochte, hatte sich ein kleiner Kreis aus Wasser gebildet, auf dem kleinste Eiskristalle wunderschöne Blüten formten, die im Spiel der Wellen vergingen und neu entstanden.

Elamar war neben dem Ring aus Wasser niedergesunken. Sein Körper schien von wilden Krämpfen geschüttelt zu werden, doch konnte Knorrhold nicht sagen, aus welchem Grund, da er den Hexer nur von hinten sah.

Ihm gegenüber, getrennt durch den sprudelnden Stein, saß sein Verfolger im weißen Schnee, reglos und wie erstarrt, die Augen fest auf die Blumen aus Eis gerichtet, doch ohne daß sein Blick sie erreichte. Die rothaarige Frau sprach ihn mit Namen an, Parinor, wie Knorrhold nur vermuten konnte, und legte ihm eine Hand auf die Schulter, doch der Angesprochene zuckte erschrocken zusammen, kroch auf allen vieren von ihr fort, bis er den Rand der Lichtung erreichte, wo er sich gegen den Stamm einer alten Steineiche preßte und in angespannter Haltung verharrte, verängstigt wie ein wildes Tier, das man in die Enge getrieben hatte.

Der Andergaster hatte sich in eine Decke gehüllt, hielt die Augen fest geschlossen, und sein Mund formte unhörbare Worte.

Auch Knorrhold fühlte jetzt den leichten Wind, der die Kühle zu ihm herübertrug. Mit beiden Händen bemühte er sich, den Spalt im Unterholz zu erweitern, kroch ein Stück vorwärts, das Kinn fest auf die Brust gepreßt, um das Gesicht vor den tückischen Zweigen zu schützen.

Schließlich hatte er es geschafft und konnte sich wieder aufrichten. Die Rothaarige war aufgesprungen und starrte ihn verwirrt aus ihren grünen Augen an. Elamar folgte ihrem Blick und drehte sich langsam um. Knorrhold erschrak, als er das Gesicht des Hexers erblickte, das von zahllosen Tränenbächen überflutet wurde. Und obwohl sein Gefährte weinte, drang kein Ton aus seiner Kehle, kein Schluchzen durchbrach die grausame Stille. Wortlos schritt Elamar auf ihn zu, schlang die Arme um den Medicus, der nur hilflos dastand, unfähig, sich zu rühren. Viel hatte er von seinem gestrengen Vater gelernt, doch er hatte niemals die Fähigkeit erworben, mit Gefühlen umzugehen. Er spürte Elamars Zittern, spürte seine heißen Tränen auf der Haut, und die Traurigkeit des Freundes ergriff von ihm Besitz, drang ihm ins Herz und trieb ihm Tränen in die Augen.

Und so nahm Knorrhold das schluchzende Bündel in die Arme und stimmte in das Weinen mit ein, auch wenn er die Bilder nicht gesehen hatte, von denen ihm Elamar später einmal in einer klaren, schlaflosen Vollmondnacht erzählen sollte – von der kristallenen Wiege mit den beiden Brüdern und der Brücke aus Eiskristallen, dem Gesicht seiner Mutter, das im Strudel des gleichfalls kristallenen Meeres versank.

Er hätte nicht sagen können, wie lange sie so dastanden, und er konnte sich auch nicht erklären, was rund um sie herum geschehen war, doch als sie sich voneinander lösten, war der Schnee geschmolzen und die Kälte einer milden Frühlingsbrise gewichen. Vergißmeinnichtblüten, die sich über die ganze Lichtung ausgebreitet hatten, verströmten wie ein blaues Meer Wellen von Duft.

Die fremde Frau hatte die Arme zum Himmel erhoben und offenbar schon vor geraumer Zeit eine einfache Melodei angestimmt, doch Knorrhold Grünstein hatte jedes Gefühl für Ort und Zeit verloren, eingefangen in einem wunderschönen Traum, der die Wirklichkeit streifte, den er festzuhalten trachtete und dabei doch genau wußte, daß es ihm nicht gelänge.

Eine tiefe Männerstimme fiel nun in den lieblichen Gesang der Frau ein, vereinigte sich mit ihrer Stimme zu einer schauerlich-schönen Klangfülle, einer wunderbaren Harmonie aus Tönen, die die Tränen trocknete und die Trauer vertrieb.

Und während Knorrhold wie verzaubert dastand, unfähig, sich aus dem Bann der Melodie zu befreien, waren Parinor und Elamar wie unter Zwang aufeinander zugegangen und hatten die rechte Hand dem anderen jeweils auf Herz gelegt. Ranken aus grünem Blätterwerk entschlüpften Sumus Leib und kletterten an den beiden hoch, bis sie die auf den Herzen ruhenden Hände erreichten. Gelbe Blüten sprossen aus unzähligen Knospen, die die Ranken hervorzauberten, und ein helles Licht, gelb und grün, entwich den Körpern, vereinigte sich in ihrer Mitte und wuchs heran, bis es den Hexer und den Praiosschüler, die beiden Brüder, die an diesem Tag ihre Mutter verloren, sich selbst aber wiedergefunden hatten, ganz und gar einhüllte.

Und als sich der Tag dem Ende zu neigte und sich schlafen legte, da hatten sich zwei Seelen zu einer Seele vereint, gebunden durch die heilende Kraft Sumus, der Erdmutter, die sich ihrer vielen Geschöpfe zu jeder Stunde annahm. Doch nur wer ihr lauschte und sein Herz öffnete, konnte ihre Kraft erfahren, durfte sich an der Quelle des Lebens selbst laben.

Wieviel Aufregendes dem Medicus auf seinen späteren Reisen durch Aventurien auch noch begegnen sollte, nie würde er diesen Tag vergessen, nie den Zauber dieses Augenblicks, und niemand vermochte die Sehnsucht seines Herzens nach dieser Harmonie, nach Sumus Frieden, jemals wieder zu stillen.

Firun war ins Land gezogen und hatte ein weißes Tuch aus feinem Schnee über die Stadt ausgebreitet, über die engen, schmutzigen Gassen des Orkendorfes, die leeren Lagerhäuser der Häfen wie auch die Häuser der wohlhabenden Bürger Havenas und die Villen seiner Edlen. Der Beleman hatte aufgefrischt und trieb seit einigen Tagen die Wasser des Meeres der Sieben Winde tief in den Großen Fluß hinein. Die versunkenen Stadtteile Havenas, deren Ruinen in den Sommermonaten weit aus den Fluten ragten und als Unterstadt durch schaurige Seemannsgeschichten geisterten, waren fast ganz in den steigenden Wassern verschwunden, und die wenigen Mauern, die aus dem Wasser ragten, hüllten sich in weiße Mäntel.

Daß dem albernischen Landesherrn Cuanu ui Bennain beim Garether Reichstag die Delphinenkrone überreicht worden war und Reichsbehüter Brin von Gareth das Fürstentum Albernia somit zum Königreich erhoben hatte, lag zwar schon einen halben Götternamen zurück, doch noch immer war dieses Ereignis das wichtigste Gesprächsthema in allen Gasthäusern der Hauptstadt. Bei so manchem arbeitslosen Seemann, der seine verbliebene Heuer in den Tavernen und Schenken durchbrachte, hätte Knorrhold Grünstein nicht zu sagen vermocht, ob der Rausch noch immer oder schon wieder den Geist vernebelte.

Der Medicus fragte sich, ob die Trinkfestigkeit der Albernier der der Thorwaler in irgendeiner Weise nachstand, doch konnte er sich das kaum vorstellen. Die beiden schwer angetrunkenen Fischer am Nebentisch hatten bestimmt schon an die vierzehn Gläser Premer Feuer geleert – jeder wohlgemerkt – und hielten sich trotzdem noch auf ihren Stühlen. Knorrhold hatte während der letzten beiden Stunden, die er im *Goldbutt* mit Warten verbracht hatte, seine ganz eigenen Vermutungen angestellt. Jetzt wollte er seinem Verdacht auf den Grund gehen. Er winkte dem glatzköpfigen Wirt und bestellte sich ebenfalls ein Glas Feuer. Wenn er sich noch recht an die Worte seines Thorwalschen Patienten aus vergangenen Tagen erinnerte, dann konnte man ganz leicht feststellen, ob es sich hier wirklich um echtes Feuer handelte. Wie ihm Ljif Hjalgarsson erklärt hatte, gab es außerhalb Thorwals nur ein einziges echtes Feuer, nämlich den Rotbrannt der Familie Hjalske. Und selbiger wiederum brannte, wie schon der Name andeutete, mit hellroter Flamme …

Knorrhold löschte enttäuscht das Stäbchen, das er an der Kerze entzündet hatte, und winkte den Wirt noch einmal zu sich heran.

»Mein lieber Mann, ich bin zwar kein Thorwaler Seebär, doch dieses Gesöff könnt Ihr anderen Gästen andrehen. Wenn ich Feuer bestelle, dann will ich auch echtes.« Es erfüllte Knorrhold mit Genugtuung, daß auch der Nebentisch seinen Worten lauschte und man verunsichert mit den Fingern in der klaren Brühe rührte.

»Wollt Ihr mir unterstellen, ich würde meine Gäste betrügen?« wollte der Glatzkopf mit zusammengekniffenen Augen wissen.

»Nicht nur das! Ich kann es sogar beweisen …« Weiter kam der Medicus nicht, da ihn die Faust im Gesicht am Sprechen hinderte. Von der Wucht des Schlages überrascht, verlor er den Halt, versuchte sich irgendwo festzuklammern und bekam den ohnehin nicht mehr ganz standfesten Fischer vom Nebentisch zu fassen, den er mit sich zu Boden riß.

Bevor sich dieser von seinem Schreck erholt hatte, war der Medicus schon wieder auf den Beinen und hastete dem Wirt hinterher, der sich einfach umgedreht und seine Arbeit wieder aufgenommen hatte, schnappte nach dem Häuflein Frischfisch, das auf dem Tresen der Begutachtung harrte, und verpaßte dem Beleibten einen ordentlichen Schlag. Doch die glitschige Salzarele entglitt seiner Hand, sauste durch die halbe Taverne und landete im Nacken eines anderen Fischers, der in diesem Augenblick fast seine Pfeife verschluckt hätte.

Dann war das Chaos nicht mehr aufzuhalten: Unzählige Hände packten zu oder ballten sich zur Faust, Köpfe teilten Stöße aus und steckten Schläge ein, Fußtritte wurden verteilt und trafen auf harte Schienbeine. Das Fischernetz, das sich unter der Decke spannte, wurde heruntergerissen und sorgte dafür, daß aus dem Durcheinander an Menschen, Stühlen, Hokkern und Krügen ein unentwirrbares Knäuel wurde, dem niemand entkam.

Als die Tür sich öffnete, bemerkte zunächst keiner den Neuankömmling, der, in einen dicken Wollmantel gehüllt, das Treiben mit ernster Miene beobachtete. Doch der Fremde brachte den kalten Abendwind herein, der die hitzigen Gemüter schnell abkühlte. Unter dem Mantel kam eine rote Robe zum Vorschein, auf deren Vorderseite mit Fäden aus Gold das Bild der Praiosscheibe gestickt war, und am golden Gürtel baumelte ein Sonnenzepter, das den Schwarzhaarigen als Priester des Götterfürsten auswies.

Als der Geweihte mit der Rechten die Waffe ergriff und mit lauter Stimme den Zorn Praios' vom Himmel herabbeschwor, kehrte für einen Augenblick Stille ein. Die Raufbolde erstarrten in der Bewegung, so als hätte Satinav selbst den Strom der Zeit angehalten. Dann setzte leises Gemurmel ein, man suchte Arme und

Beine zusammen und zog sich so unauffällig wie möglich an die verbliebenen Tische und Bänke zurück, bestellte ein Bier und begutachtete die Wunden, die man davongetragen hatte. Der Wirt kühlte sich die roten Ohren gar mit einem Rest Salzarele.

Knorrhold rappelte sich auf, klopfte sich den Staub von den Kleidern und warf dem Wirt, nachdem er sich vergewissert hatte, daß dieser keinen ernsten Schaden genommen hatte, wortlos ein Säckchen mit Silberstücken auf den Tresen.

»So habt Ihr es schließlich doch geschafft, die Weihen zu erhalten«, begrüßte er Parinor und reichte ihm die Hand zum Gruß. »Laßt uns gehen. Vielleicht finden wir eine Taverne, wo man nicht so schnell mit den Fäusten ist«, fuhr er fort, und als er schon fast aus der Tür war, fügte er mit lauter Stimme hinzu: »... und echtes Feuer ausschenkt.«

»Wo ist mein Bruder?« erkundigte sich Parinor wortkarg, als er dem Medicus, der sein blaues Auge im Wind kühlte, über den leeren Fischmarkt zum Efferdplatz folgte. Der lange Weg am Tempel des Meeresgottes vorbei zum Tsatempel, der inmitten zahlreicher Ruinen stand, die noch aus der Zeit des großen Bebens stammten, war an diesem Winterabend menschenleer.

»Der konnte leider nicht kommen. Er verabschiedet sich von Reisa und Josska. Die beiden machen sich heute auf den Weg in wärmere Gefilde, nach Khunchom, soviel ich weiß.« Und als Knorrhold bemerkte, daß Parinor stehengeblieben war, packte er den Geweihten am Ärmel und fügte hinzu: »Keine Angst, er hat ihr nichts von deiner Ankunft und euren Plänen erzählt. Und wenn sie es nicht in den Sternen gelesen hat ...«

Als die beiden den Tempel auf der kleinen Anhöhe erreicht hatten, zitterte Knorrhold vor Kälte. Der Praiosgeweihte war nicht viel wärmer angezogen, doch er schien nicht im geringsten zu frieren. Der Medicus bewunderte diese Selbstbeherrschung.

Das Tempelgebäude war über und über mit hölzernen Ranken bedeckt, die im Sommer sicher Hunderte von Blüten trugen. Knorrhold nahm sich fest vor, den Tempel dann noch einmal zu besuchen.

Die junge Tsageweihte in ihrer bunten Tracht schien höchst überrascht, als sie den Geweihten des Praios erblickte. Schnell wollte sie nach der Tempelvorsteherin schicken lassen, doch Parinor bedeutete ihr mit einer Geste und einem gezwungenen Lächeln, daß dies nicht nötig sei.

Parinor fühlte sich sichtlich unwohl, blieb unentschlossen am Eingang stehen und befühlte sein Sonnenzepter. Noch nie zuvor hatte er einen Tempel der Jungen Göttin betreten. Außerdem konnte er einer so regellosen Glaubensgemeinschaft, die selbst das Amt des Tempelobersten zwischen den Geweihten wandern ließ wie einen Immanpokal, keine große Zuneigung entgegenbringen; doch mußte er zugeben, daß sie zu seinem Bruder paßte wie keine andere: ohne Ordnung und Ziel, ungebunden und der Freiheit hinterdreinjagend, zerrissen zwischen den tausendfachen Möglichkeiten des Seins und der Zukunft. Noch dazu waren die Tsa-Geweihten während der Herrschaftszeit der Priesterkaiser genauso verfolgt worden wie die Kinder Satuarias. Eine solch schicksalhafte Geschichte schmiedete zusammen und verband, was zuvor wenig voneinander wußte.

Die großen, ovalen Fenster bestanden aus buntem Glas, das den weißen Innenraum bei Sonnenschein bestimmt in wunderschöne Farben tauchte, die sich immer wieder zu neuen Bildern vermischen würden, doch konnte Knorrhold diese Pracht jetzt nur erahnen, wenn er die riesige Muschel betrachtete, die den Mittelpunkt der Halle bildete und deren Inneres aus Perlmutt in allen Farben des Regenbogen schimmerte.

Zahlreiche kleinere Muscheln waren um die Kostbarkeit gruppiert, doch fanden sich nur wenige Münzen darin.

Kein Wunder, dachte Knorrhold. Bei solch einem Wetter machte sich kaum jemand die Mühe, den langen Weg zum Tsatempel anzutreten. Bestimmt wünschten sich in diesem Winter nicht wenige Havener Bürger, daß es auch in ihrer Stadt einen Firuntempel gäbe, um den strengen Gott des Winters mit dem einen oder anderen Gebet milde zu stimmen. Der Medicus griff nach seinem Beutel, holte eine Handvoll Silberstücke hervor und warf in jede Schale eine Münze. Vielleicht konnte die junge Göttin ja ein gutes Wort bei Ihrem Bruder einlegen. Außerdem bat er die Göttin in stiller Zwiesprache, Sie möge dem Hexer und seinem Bruder doch ihre dummen Einfälle austreiben; alte Geschichten waren vorbei, es war besser, sie ruhen zu lassen. Ein neuer Abschnitt hatte im Leben der beiden begonnen, doch die Vergangenheit hatte sie wieder eingeholt. Laß es nicht zu, daß das Alte das Neue zerstört, bat er, als er bei der letzten Muschelschale angekommen war, und das Klimpern der Münze vermischte sich mit dem Brausen des Windes, der durch die geöffnete Tür blies und das Fackellicht zum Flackern brachte.

Elamar schloß seinen Bruder sofort in die Arme, und seine Stimme hallte laut durch den Tempelraum. »Komm, laß dich anschauen. Du hast dich recht verändert, bist kaum mehr wiederzuerkennen. Wenn ich da an unsere Reise nach Abilacht denke! Da konnte man dich kaum von einem Wegelagerer unterscheiden.«

Der Hexer lachte, schloß den zurückhaltenden Praiosgeweihten noch einmal in die Arme und führte ihn dann wie ein kleines Kind an der Hand zu der kleinen Sitzbank aus weißem Marmor. »Ich habe ganz genau gespürt, daß du schon in der Stadt warst, eher als ich vermutet hatte.«

»Weiß Reisa Armehra über unser Treffen Bescheid?« Parinor hatte seine Hände wieder befreien können und bemühte sich nun, eine würdige Haltung einzunehmen. Er fühlte sich unter den offenen Blicken der Tsageweihten, die ihn unverhohlen musterte, noch immer nicht sonderlich wohl.

»Aber wo denkst du hin!« Elamar strich sich eine widerspenstige Strähne aus der Stirn, suchte dann in den Taschen seiner bunt bestickten Lederhose und warf aus einiger Entfernung ein Silberstück in eine der Opferschalen. »Ich habe ihr erzählt, ich wolle dich in Sibur besuchen, um deiner Weihe beizuwohnen. Sie weiß ja nicht, daß du sie schon vor einem Götternamen empfangen hast.«

»Und woher weißt du das so genau?« wunderte sich Parinor, der der Münze mit dem Blick gefolgt war.

»Du glaubst doch nicht, daß es mir entgeht, wenn du derart aufgewühlt bist. Anscheinend hast du vergessen, daß wir uns eine Seele teilen, auch wenn du selbst nicht so recht daran glauben willst. Und wenn die eine Hälfte Bewegendes erlebt, dann empfindet das in gewisser Weise auch die andere Hälfte.« Elamar streichelte sanft über Parinors Brustkorb, und der Praiosgeweihte hoffte inständig, Knorrholds Gespräch möge die Priesterin der Göttin stark genug beschäftigen, daß ihr diese intimen Berührungen entgingen. Es kostete ihn viel Mühe, seinen versteinerten Gesichtsausdruck aufrechtzuerhalten.

»War es übrigens schwierig, einen kleinen Praiostempel zu finden, der keine Fragen stellte?« erkundigte sich Elamar in bester Plauderlaune.

»Können wir das Gespräch nicht an einem anderen Ort fortsetzen?«

»Wenn es unbedingt sein muß. Ich wollte dir nur einmal zeigen, wo ich mich wohl fühle. Außerdem wollte ich dir einen jungen Geweihten vorstellen, doch offensichtlich hat er heute keinen Tempeldienst.

Schade, denn wenn du auch nur annähernd so empfindest wie ich, dann hätte er dir bestimmt gefallen.« Elamar schmunzelte schelmisch, stand auf und wechselte einige Worte mit der Tsageweihten, dann kehrte er mit Knorrhold zurück, der bei dem Gedanken an den bevorstehenden Marsch schon wieder fröstelte. »Und darüber hinaus ist dies wohl der letzte Ort, an dem man uns – und vor allem dich – vermuten würde.« Dem konnte Parinor nicht widersprechen. Trotzdem war er froh, als sie den Tempel der Jungen Göttin wieder verließen.

»Bei dieser Kälte wundert es mich, daß Bären hier so selten sind«, warf Knorrhold in Gedanken an seine Heimat ein.

»Wir sind hier an der Küste, das Land ringsumher ist morastig und die Winter für gewöhnlich milde. Was will man hier mit Bären, mein Guter?« Elamar befühlte das blaue Auge im Gesicht des Medicus, und sein Tonfall rutschte immer mehr in den eines tadelnden Vaters ab. »So wie es aussieht, hast du dich schon wieder geprügelt. Kannst du deinen Hitzkopf nicht einfach mal im kalten Schnee abkühlen? Immer gleich prügeln, so etwas Einfallsloses! Wirst du denn niemals erwachsen?«

»Diesmal war es aber nicht meine Schuld«, verteidigte sich Knorrhold sogleich, bemerkte dann aber, daß Elamar ihn nur auf den Arm nahm, zog den Kragen etwas höher und stapfte brummelnd weiter. In Gedanken dankte er den Göttern, daß der Weg zur Herberge *Am Fischmarkt* nicht sehr weit war. Elamar hatte ihm erzählt, daß das Haus während der Sommermonate kaum bewohnbar sei, da der Gestank von Fisch unerträglich werde. Selbst bei geschlossenem Fenster könne man es nicht aushalten. Die Geweihten des Efferd, die das ganze Jahr über hier wohnten, waren wirklich nicht zu beneiden. Der eine der drei hatte Knorrhold erzählt, daß er gerade wegen des ›Duftes‹ hier wohne, doch wollte er ihm das nicht so recht glauben. Bestimmt war der Kerl nur gehfaul und zu träge, eine Unterkunft zu wählen, die nicht so nahe am Efferdtempel lag. Als geborener Weidener waren Knorrhold die Diener des Gottes der Meere eher fremd.

Als der Medicus und die beiden Brüder die gemütlich warme Stube betraten, in der sich die Bewohner der Herberge zu den Mahlzeiten trafen, war diese schon fast menschenleer. Die Fischer, die sich hier im Sommer oft zu einem kleinen Plausch und einem Pfeifchen einfanden, blieben um diese Jahreszeit aus, und von den Geweihten hatte nur der schwarzhaarige, hagere Elfwyn noch nicht in seine Kammer gefunden. Knorrhold konnte nicht sagen warum, aber er mochte den Kerl nicht. Vielleicht lag es daran, daß er noch unberechenbarer war, als es Geweihte des Gottes für gewöhnlich sowieso schon waren, daß er noch schneller zornig wurde, dann wieder stundenlang ruhig, ja fast schon leblos aufs Meer hinausstarrte und man nie wußte, was er gerade dachte, wenn er jemanden viel zu lange anschaute.

»Ich glaube, ich gehe heute gleich nach oben. Wir haben morgen einen anstrengenden Tag vor uns.« Knorrhold gähnte übertrieben heftig und war dann schnell über die einfache Leiter verschwunden, die ins obere Stockwerk führte, dorthin, wo die einfachen Gästezimmer lagen.

»Bist du noch hungrig? Der Herbergsvater weiß aus den großen Rotschnecken, die man hier den ganzen Sommer über sammelt, ausgezeichnete Gerichte zuzubereiten. Er hat das wohl im Süden gelernt.« Und als der Praiosgeweihte nicht die gewünschte Bestürzung zeigte, fügte er in gespielter Fassungslosigkeit hinzu: »Wußtest du, daß die Dinger sich in eingelegtem Zustand bis weit in den Winter hinein halten?«

Mit einem Satz war Elamar über die Theke gehüpft,

schnappte sich zwei Krüge, füllte sie am Faß mit Bier und zog ein paar Münzen aus seinem Beutel, die er in einen Tonkrug fallen ließ. »Selbstbedienung«, fügte er erklärend hinzu, als Parinor ihn verwundert musterte, »Väterchen geht früh zu Bett.«

Als sie sich setzten, verabschiedete sich der Efferdgeweihte mit knappem Gruß. Jetzt waren sie allein und konnten ihre Pläne besprechen. Elamar malte in farbigen Bildern aus, wie sie dem Inquisitor – manchmal nannte er ihn auch Bannstrahler oder Geißler, das Wort Vater vermied er aber geflissentlich – am kommenden Tag auflauern, ihn überwältigen und dann zur Verantwortung ziehen wollten. Daß Parinor während der ganzen Zeit nur stumm nickte und den Blick in die Ferne schweifen ließ, fiel dem Hexer in seiner Begeisterung gar nicht auf.

»Daß dein Brief an Praiosson Greiffas, den Tempelvorsteher und Behüter des Rechts …«

»Wahrer der Ordnung«, verbesserte Parinor, und das waren seine ersten Worte seit gut einer halben Stunde.

»Ja, ja, was soll's! Na, daß einem Brief ohne Absender niemand Glauben schenken würde, habe ich dir doch gleich gesagt.« Elamar nahm eine Handvoll Nüsse, schob sie in den Mund und sprach dann kauend weiter. »Doch wenn wir den großen Inquisitor nun entführen würden und es so aussähe, als lasse die Gemeinschaft der Töchter und Söhne Satuarias einen mit ihr im Bunde Stehenden nicht im Stich, sondern nähme ihn im Gegenteil endlich in ihre Reihen auf, da zu befürchten stünde, daß man seine wahre Natur herausfände …« Der Hexer verschluckte sich, hustete kräftig und schaute den Praiosgeweihten aus tränenden Augen fragend an. »Glaubst du nicht, das dürfte reichen, um auch den Beschützer des Glaubens …«

»Es heißt Wahrer der Ordnung«, fiel ihm Parinor wieder ins Wort, ohne jedoch Gehör zu finden.

»… zu überzeugen, daß es bei dem Kerl nicht mit rechten Dingen zugeht und er die Richtlinien ihres Glaubens auf seine ganz und gar eigene, krankhafte Weise auslegt?«

Der Praiosgeweihte zuckte nur mit den Schultern, was bei Elamar wieder einen Redeschwall auslöste. »Bei den vielzüngigen Schlangen von Selem! Seit du geweiht wurdest, bist du noch einsilbiger, als du es zuvor schon warst. Bei Rahjas üppigen Brüsten, wo hast du deine Heißblütigkeit gelassen, deine Leidenschaft? Wie willst du flammende Predigten halten, wenn du die Lippen nicht auseinanderbringst …« Ohne seine Unmutsbekundungen beendet zu haben, stand der Hexer auf, griff nach der Kerze und verschwand kopfschüttelnd im oberen Stockwerk. Kurz darauf schaute sein Kopf noch einmal aus der Luke hervor. »Ich werde uns noch die Karten legen. Bis morgen dann!«

Parinor, der noch eine ganze Weile wie versteinert im Dunkeln sitzen blieb, zitierte einige Verse aus heiligen Büchern, hielt stumme Zwiesprache mit dem Götterfürsten und traf schließlich eine Entscheidung.

»Sieh an, sieh an. Der Wurm kommt also heimgekrochen, und in Verkleidung obendrein.« Hakan Praifuhr machte keinerlei Anstalten, sich von seinem Stuhl zu erheben, geschweige denn das Verfassen des Schriftstücks, das vor ihm lag, zu unterbrechen. Mit schwungvollen Zeichen setzte er seinen Namen unter die Zeilen, legte die weiße Feder beiseite und griff in den kleinen Beutel, um etwas Löschsand auf die nasse Tinte zu streuen. »Da kann der zweite Wurm doch nicht weit sein. Oder sollte der eine den anderen bereits zertreten haben? Welch unterhaltsamer Gedanke …«

»Bei Praios, schweig!« stieß Parinor hervor, dann versagte ihm die Stimme, und Tränen traten ihm in die Augen. Er versuchte sie hinunterzuschlucken, die grausamen Bilder zu verdrängen, die in ihm aufstiegen, ohne daß sie aufzuhalten gewesen wären, ganz so, als hätten sie während der vergangenen Wochen nur auf diesen Augenblick gewartet, da er dem Mörder seiner Mutter entgegentrat.

»Was wagt es der Spatz, dem Greifen zu befehlen?« donnerte die Stimme des Inquisitors los, als dieser bemerkte, wie es um die Gemütslage seines Gegenübers stand. Wenn er seit dem Empfang der Weihen eines gelernt hat, dann war es eben jenes: die Gefühle anderer Menschen zu lesen und für sich nutzbar zu machen.

»Soll Praios entscheiden, wer von uns beiden der Spatz und wer der Greif ist!« entgegnete Parinor, jetzt wieder gefaßter, so als habe ihm die schmetternde Stimme seines ehemaligen Lehrers, die er so viele Jahre lang hatte ertragen müssen, den Zweck seines Besuches ins Gedächtnis zurückgerufen. Mit einem gutgezielten Schlag seines Sonnenzepters fegte er einen Stuhl beiseite, der ihm im Weg stand, und wartete dann auf eine Regung des Mannes in der golden Robe. Doch sein Vater tat ihm nicht den Gefallen, unüberlegt auf die Herausforderung einzugehen. Weder stand er auf, noch zeigte sich in seinem Gesicht eine Gefühlsregung.

»Ungeschickter Tölpel! Du glaubst doch nicht, daß der Lärm unbemerkt geblieben ist. Die Novizen im Tempelraum ...«

»... haben sich schlafen gelegt, wie ich es ihnen geheißen habe«, fiel ihm der Geweihte ins Wort, straffte seine Haltung und fügte mit leisen Worten, die den lauernden Unterton besser zur Geltung brachten, und nicht ohne ein wenig Stolz hinzu: »Und der Wahrer der Ordnung befindet sich auf dem Weg nach Gareth – zu einer Audienz mit dem Wahrer der Ordnung Bosparans und Cyclopeas ... Wie du siehst, bin ich nicht ganz unvorbereitet hierher zurückgekommen.« Parinor wählte absichtlich das vertraute Du, doch nicht, weil es sein Vater war, der noch immer reglos hinter seinem Schreibtisch saß, sondern um seinem ehemaligen Lehrer zu zeigen, daß er ihm ebenbürtig war. Die Schnüre der Marionette waren zerschnitten, die Puppe tanzte nicht mehr.

»Gut zu sehen, daß meine langjährigen Bemühungen nicht ganz vergebens waren.« Die dünnen Lippen verzogen sich zu einem verzerrten Lächeln. »Doch glaubst du wirklich, du könntest es mit mir aufnehmen? Wie du bestimmt noch weißt, war ich ein Geißler, bevor ich die Weihen erhielt. Meiner jahrelangen Erfahrung bist du nicht gewachsen.« Blitzschnell griff der Inquisitor nach dem zwölfflammigen Zepter, das bisher neben dem Tintenfaß gelegen hatte, und es kostete Parinor einige Mühe, den überraschenden Schlag zu parieren. Die stählernen Blätter der Streitkolben verhakten sich ineinander wie die Strahlen zweier Sonnen: beides Symbole des Götterfürsten und doch erfüllt von zweierlei Licht.

Knorrhold beobachtete den schlafenden Elamar schon eine ganze Weile, während er seinen Reisebeutel für den kommenden Tag vorbereitete. Der Hexer warf sich unruhig hin und her, stöhnte mehrere Male auf und verzog das Gesicht zu einer grotesken Grimasse aus Schmerz, Stolz und Entschlossenheit. Die Hände des Schlafenden vergruben sich in die Strohmatratze oder zerrten an der Decke, und von Zeit zu Zeit durchlief ein Zittern seinen Körper.

Der Medicus hatte in den letzten Wochen schon mehrere Alpträume seines Gefährten miterlebt, doch keiner war so schlimm gewesen wie dieser. Mit einem nassen Tuch versuchte er, die schweißnasse Stirn Elamars zu kühlen; das war alles, was er im Augenblick für ihn tun konnte. Bereits mehrfach hatte er erkennen müssen, daß er seinen Freund in diesem Zustand nicht erreichen konnte. Jeder Versuch, ihn zu wecken, war vergebens, jedes Kraut, das er kannte, versagte.

Elamars Lippen formten Worte, doch Knorrhold konnte ihren Sinn nicht entschlüsseln. Der Hexer hatte zwar versucht, ihm das Lippenlesen beizubringen, doch er war für solcherlei Dinge – mehr Spielerei als ehrbare Kunst – einfach nicht geeignet.

Mit einem lauten Aufschrei riß der Hexer die Augen auf. Sein Körper zitterte wie Espenlaub, sein Atem ging stoßweise. »Er hat es getan, er hat es ganz allein getan!« preßte Elamar hervor, und noch ehe der Weidener fragen konnte, was er damit meinte, stürmte der Hexer hinaus, riß die Tür zum Gang auf, stolperte noch einmal zurück, ergriff seinen Wanderstab und war dann mit einem gewaltigen Satz in der Gaststube.

Knorrhold haßte es, wenn er das tat. Immer durfte er ihm hinterherhetzen. Er wußte zwar nicht, was der verrückte Kerl jetzt wieder im Schilde führte, doch war sich der Medicus fast sicher, daß er seinen endlich wieder gutgefüllten Reisebeutel brauchen würde. Der Kautabak wurde eiligst ausgespuckt, und daß er dabei den Spucknapf um einen halben Spann verfehlte, kümmerte ihn wenig.

Noch steckte er nur mit einem Ärmel im Mantel, doch hatte der Hexer einen solchen Vorsprung vorgelegt, daß er es sich nicht leisten konnte, noch mehr Zeit zu verlieren. Dank des frischen Schnees gelang es Knorrhold, der Spur durch die dunkle Nacht zu folgen, vorbei an Häusern mit geschlossenen Läden und weißen Mützen, quer über menschenleere Plätze bis hin zum Tempel des Götterfürsten.

Vor dem beeindruckenden Gebäude, das auf den Medicus kalt und abweisend wirkte, vermischten sich die Fußspuren Elamars mit denen zahlreicher anderer. Er erkannte im Licht der Sturmlaterne auch, daß vor nicht allzu langer Zeit ein Wagen hier gehalten haben mußte.

Die schwere, mattglänzende Tür ins Tempelinnere stand offen. Knorrhold stieg vorsichtig die Stufen empor, und ein flaues Gefühl breitete sich in seiner Magengrube aus. Er wollte gerade den Kopf durch den Türspalt schieben, als eine Gestalt daraus hervorsprang und ihn fast über den Haufen rannte. Vor Schreck ließ er die Laterne fallen, griff nach seinem Streitkolben und hielt ihn zum Schlag erhoben, als er im letzten Augenblick den widerspenstigen schwarzen Haarschopf Elamars erkannte.

»Bei Waldemars Grimm! Erklärst du mir vielleicht, was dieser Auftritt nun wieder soll? Warum hetzt du halbnackt durch die Straßen?«

Anstatt einer Antwort reichte ihm Elamar einen Bogen Pergament, den er in einem Nebenraum des Tempels entwendet hatte, und starrte verloren in die Finsternis. Knorrhold überflog die Zeilen, rollte das Blatt zusammen und steckte es ein.

»Die Geißler sind in Havena! Und sie haben deinen Bruder in Gewahrsam genommen. Nun gut – vielmehr nicht gut«, sprach der Medicus seine Gedanken aus. »Denkst du, sie wußten, in welcher Herberge wir uns verkrochen haben? Glaubst du, daß man uns hierher gefolgt ist? Der Brief zeigt ganz eindeutig, daß der Inquisitor und die Geißler über jeden eurer Schritte im Bilde waren, selbst Reisa und Josska haben sie beobachtet. Mich erwähnt er jedoch mit keiner Silbe.« Über letzteres hätte der Medicus im Grunde froh sein können, kannte er als Weidener das erbarmungslose Vorgehen des Ordens doch besser als der Hexer selbst. Schließlich lag die Ordensburg der Geißler nicht allzuweit von der darpatisch-weidenschen Grenze und somit seiner Heimatstadt Menzheim entfernt. Doch kränkte es ihn auf der anderen Seite auch ein wenig, daß man ihm so wenig Beachtung schenkte.

Hallende Schritte näherten sich der Tempeltür. »Wir sollten von hier verschwinden.«

Hinter der nächsten Hausecke fand Knorrhold Zeit, die Laterne zu löschen. Im Dunkeln waren sie sicherer.

»Was sollen wir jetzt tun? Teilen wir uns auf?«

Elamar schüttelte den Kopf. »Reisa ist eine erfahrene Frau, die kriegt so schnell keiner zu fassen. Und Josska hat sich in den letzten Wochen auch prächtig erholt. Die beiden sind bestimmt bereits in Orbatal. Reisa kennt sich in der Gegend aus, sie ist hier zu Hause, kennt die Schleichwege, die sie sicher in den Süden führen.« Nach einem Blick um die Ecke ließ er sich entmutigt in den Schnee fallen. »Warum hat er nicht auf mich gewartet?«

»Nun, er ist eben wie du.«

Elamar wußte, daß Knorrhold recht hatte. Er rieb sich das Gesicht mit Schnee ein, bis er nichts mehr spürte. Das Flüstern Knorrholds drang nicht mehr bis zu ihm durch.

»Und vergiß nicht, er ist ein Geweihter des Praios! Da kannst du nicht erwarten, daß er umherschleicht wie ein Phexscher Mondschatten.« Knorrhold rüttelte den Hexer an der Schulter. »He, hörst du mir eigentlich zu? Hast du eine Ahnung, wohin sie ihn gebracht haben?«

Elamar schüttelte den Kopf.

»Dann sollten wir versuchen, den Spuren des Wagens zu folgen, solange der Wind sie nicht verweht hat.«

»Spuren? Warum sagst du das nicht gleich? Die habe ich ja vollkommen vergessen.« Elamar sprang auf und war im nächsten Augenblick schon wieder auf und davon.

Den Tempel umgehend, verfolgten sie die Fährte bis zum Garether Tor, wo die Kutsche vor der Wachstube wartete. Elamar konnte sich ein Schmunzeln nicht verkneifen. »Sieh an, sieh an! Die ach so mächtigen Bannstrahler haben zur Phexenszeit wohl Schwierigkeiten, das Stadttor zu passieren.« Die Lebensgeister waren zurückgekehrt, genauso wie das Gefühl in den Wangen, die sich so rosig verfärbt hatten wie bei einem schüchternen Mädchen.

»Ein Kerl sitzt auf dem Kutschbock, eine Frau steht vorn bei den Pferden, und ein bis zwei weitere Geißler dürften sich in der Wachstube aufhalten«, stellte der Medicus fest. »Sieht ziemlich stabil aus, dieser Gefängniswagen. Vergitterte Fenster, mit Eisenbändern und Eisenplatten verstärkte Wände, zwei Ersatzräder …«

»Gut beobachtet. Genau diese beiden Räder sind unsere Rettung.« Knorrhold wußte nicht genau, was der Hexer damit meinte, doch noch bevor er nachfragen konnte, war Elamar flink wie ein Wiesel hinter die Kutsche geschlichen, hatte die Radspeichen als Leiter benutzt und war, sein Gewicht ganz vorsichtig verteilend, auf das Dach der Kutsche geklettert, wo er sich hinter einer Kiste verbarg.

Knorrhold war unentschlossen. Was sollte er tun? Die Tür der Wachstube hatte sich bereits einen Spaltbreit geöffnet, und wild diskutierende Stimmen durchdrangen die Nacht. Auf dem Dach war nicht mehr genug Platz für ihn. Doch wenn er sich auf das kleine Trittbrett stellte und sich an den Speichen festhielt …

Ein aufgebrachter Efferd-Geweihter verließ die Wachstube entschlossenen Schrittes, verschaffte seiner Wut in einem lauten Aufschrei Luft und ließ keinen Schneehaufen ungeschoren am Wegesrand liegen. Er hielt genau auf Knorrhold zu und warf den zornroten Kopf, der so gar nicht zu seinem blaugrünen Gewand passen wollte, noch einmal mit einem Schrei in den Nacken. Den im Schatten Verborgenen bemerkte er in seiner Wut nicht.

Dem Medicus blieb keine Zeit, sich über die Anwesenheit eines Efferd-Geweihten zu solcher Stunde und dessen Verhalten zu wundern. Er mußte handeln, und zwar jetzt gleich! »O Phex, nächtlicher Schleicher, ich weiß, ich habe dir nie viele Taler geopfert. Doch wenn du mir jetzt beistehst …« Drei Schritt aus dem Schatten des Hauses, sieben bis zur Kutsche, einer zu den Rädern, hinauf – geschafft!

Zwei Männer traten aus der Stube, der eine ein Wachmann, der wohl seinen Dienst am Tor versah, der andere …

Knorrhold versuchte sich so gut wie möglich unter seinem Mantel zu verbergen. Er hörte eine Stimme, die er in den letzten Wochen bei zahlreichen Praiosdiensten im Tempel zur Genüge genossen hatte. Die flammende Rede wider die schändliche Hexerei hallte ihm immer noch in den Ohren. Der Medicus wußte zwar nicht, ob es für einen Inquisitor üblich war, so häufig auf die Kanzel zu klettern, um zu predigen, aber seit er Hakan Praifuhr studierte, hatte sich dessen Stimme mit jedem Praiosdienst immer mehr in seinem Gedächtnis festgesetzt. Glücklicherweise schien sie sich jetzt wieder zu entfernen. Der Riegel des Haupttores wurde geöffnet. Die Frau stieg wieder auf den Kutschbock, was den Wagen ein wenig ins Schwanken brachte. Dann ein heftiger Ruck: Sie fuhren! Wo war die Stimme? Sie blieb zurück. Phex, hab Dank!

Da zupfte plötzlich eine Hand an seinem Mantel. Knorrholds Blick flog zum Tor zurück, das sich langsam schloß. Leises Atmen.

»Gut gemacht«, flüsterte Elamars Stimme von oben. Dann: »Abwarten bis weiter weg.«

Abwarten! Das sagt er so einfach, dachte der Medicus, als er versuchte, mit seinen klammen Fingern an dem eisenbeschlagenen Rad Halt zu finden. Du hast es ja bequem da oben, fügte er im stillen hinzu, dann begann er die Stöße des Wagens zu zählen, der auf dem Knüppeldamm nach Osten raste.

Sie hatten sich von der Stadt am Großen Fluß schon

ein ganzes Stück entfernt, als Elamars Stimme das eintönige Knirschen der Räder wie ein Donnerschlag durchbrach. »Und was du jetzt wirklich brauchst, ist die Liebe einer Frau.« Dann geriet der Wagen kurz aus der Bahn, und Knorrholds Hände rutschten von den Eisenrädern ab.

Verzweifelt versuchte der Medicus irgendwo anders Halt zu finden. Mit letzter Kraft schaffte er es, sich auf das Dach hochzuziehen, um zu erforschen, was da vorn vor sich ging. Der Kutscher und seine Beifahrerin stürzten vom Bock in den weichen Schnee neben dem Knüppeldamm. Benommen blieb die Frau liegen, doch der schwarzhaarige Hüne stürzte sich auf sie wie ein ausgehungerter Wolf auf ein Kalb, das sich zu weit von seiner Herde entfernt hat. Der goldbestickte Mantel riß in Fetzen, und der Mann vergrub den Kopf zwischen den Brüsten der Geißlerin. Dann verschluckte sie die Dunkelheit.

Was war das nun wieder gewesen? Knorrhold starrte noch eine Weile in die Richtung, wo er die beiden Bannstrahler aus den Augen verloren hatte. Von einem Zauber, der den Geist beeinflußte und die Levthansgier weckte, hatte ihm Elamar noch nichts erzählt. Ehrfüchtig nickend wandte er sich wieder dem Hexer zu, der unterdessen bemüht war, Kutsche und Pferde in den Griff zu bekommen. Die Lederriemen entglitten einige Male seinen klammen Händen, doch kurz bevor der Wagen vom Damm schlingerte, hatte er es geschafft. Nun lag das Gefährt in seinen Händen.

»Du mußt von Sinnen sein!« schrie Knorrhold dem Hexer gegen den heftigen Fahrtwind zu und erntete ein übermütiges Lachen. Mühsam kletterte er über eine der festgezurrten Kisten und machte es sich neben Elamar bequem, so gut dies in der Kälte und trotz der holprigen Fahrt möglich war. Der Kragen seines Mantels war einfach nicht hoch genug, um den schneidenden Wind abzuhalten. Irgendwie schien es ihm, als sänken die Temperaturen mit jedem Schlagloch, das sie hinter sich ließen.

Eine Weile fuhren sie schweigend dahin, dann verließ die Kutsche den Damm, um einem schmalen Pfad zu folgen. Während der Medicus nun den Windschatten Elamars nutzte, um in seinem Rucksack nach den beiden Fläschchen zu suchen, die der Apotheker angeblich unmittelbar aus der Magierakademie zu Olport, hoch im Norden, bezogen hatte – auch wenn sich Knorrhold die Kombination aus thorwalscher Rauhbeinigkeit und filigraner Magiekunst kaum vorzustellen vermochte –, murmelte der Sohn Satuarias geistesabwesend in seinen nicht vorhandenen Bart hinein.

Hoffentlich fror der Geweihte in dem zugigen Kasten nicht allzu sehr. Vielleicht sollten sie ja stehenbleiben und versuchen, Parinor aus dem Wagen zu befreien, überlegte der Medicus weiter, denn er konnte sich nicht vorstellen, daß die Geißler, die Parinor gefangengenommen hatten, sonderlich viel Wert darauf legten, daß er die Fahrt nach Auraleth, zur Hauptburg des Ordens, unbeschadet überstand. Auf wärmende Decken mußte er bestimmt verzichten, und seine Hände waren wohl gefesselt, so daß es ihm sicherlich schwerfiele, sie schützend in der Kleidung zu verbergen.

Auf der anderen Seite wäre es möglichen Häschern bestimmt ein leichtes gewesen, den Spuren des Wagens zu folgen. Darum kam es jetzt darauf an, einen möglichst großen Abstand zu der Stadt zu gewinnen, bevor sich der Bannstrahlritter von dem Zauber und seinen demütigenden Folgewirkungen erholt hatte und die verbliebenen Geißler in Havena benachrichtigen konnte.

»Ist es noch weit?« wandte sich Knorrhold an seinen Gefährten und hauchte in die Hände, erhielt aber keine Antwort. Er spielte mit dem Gedanken, einen der beiden teuren Tränke auszuprobieren, die ihn vor der

Kälte schützen sollten. Was mußte man wohl anstellen, um dem Eisbärenblut, aus dem sie gebraut waren, eine solche Wirkung abzutrotzen? Die Suhwens, das liebenswerte alte Apothekerpaar, hatten nur drei Elixiere dieser Art besessen, und für zwei davon hatten seine in den letzten Wochen angesparten Taler gereicht. Er entschied sich aber doch dafür, sie für Parinor aufzuheben. Schließlich mochte es sein, daß der Geweihte unter Erfrierungen zu leiden hatte, wenn sie endlich ihr Ziel erreicht hätten. Und da man ihm versichert hatte, daß der Trunk auch in schwersten Fällen seine Wirkung nicht verfehlte, konnte er sie nicht einfach für sich selbst verschwenden.

Knorrhold wunderte sich darüber, daß er so zimperlich geworden war. Obwohl der Winter für die Albernischen Lande, die ob der Nähe des Meeres selten unter dem strengen Atem Firuns zu leiden hatten, in diesem Jahr ungewöhnlich hart ausfiel, so waren die Winter in Weiden doch stets um einiges kälter gewesen. In seiner Heimat lag der Schnee in den meisten Jahren schritthoch und lastete schwer auf Dächern und Bäumen, die nicht selten unter dem Gewicht der Schneemassen zusammenbrachen. Und wenn Tsa Ihren Bruder nicht davon überzeugen konnte, daß das Leben endlich wieder zu seinem Recht kommen müsse, und der grimme Gott Seinen Mantel einfach nicht von dem Land nehmen wollte, dann schrumpften die Holzstapel vor den Häusern schon bald bedrohlich, und so manche arme Familie verließ ihr Heim, um in den wärmenden Stuben von Nachbarn oder Freunden das Ende der Firunszeit abzuwarten.

Auch für einen Medicus wie ihn hielten die kalten Wintermonate nichts Gutes bereit, hieß es doch, durch Schnee und Eis von Weiler zu Weiler zu stapfen, um die Kranken, die nicht selbst zu ihm kommen konnten, zu besuchen und ihnen mit getrockneten Kräutern zu helfen, die weit weniger wirksam waren als frische.

Das war die Zeit, da Boron mit Hilfe Seines Bruders Firun reiche Ernte hielt und etliche der Alten und Schwachen zu sich rief – vielleicht sogar auf Geheiß Seiner Schwester Tsa, die nur jenen den Frühling zu schauen gewährte, die jung und stark waren, kraftvoll genug für einen Neubeginn.

In solcherlei Überlegungen über das Wesen der Götter vertieft, vergaß der Medicus ganz und gar, wie kalt es wirklich auf dem Kutschbock war. Und da ihn der Hexer nicht unterbrach, der genauso wie Knorrhold selbst in Gedanken versunken war – was den Wagen manchmal verdächtig ins Schlingern brachte –, bemerkten sie gar nicht, wie lange sie ihr Weg ins Dunkel hineinführte.

Irgendwann aber tauchte die Hütte, das vorläufige Ziel ihrer Fahrt, dann doch am Wegesrand auf, und plötzlich kehrte das Leben in die steifen Glieder der Reisenden zurück. Ein dicker Schornstein zierte das Dach des kleinen Holzhauses, doch weder Rauchschwaden noch Laternenschein erweckten Hoffnung auf ein wärmendes Feuer. Die bemalten Fensterläden waren geschlossen, der Unterstand neben dem Garten bot gerade Platz genug für die beiden Pferde.

Elamar kramte den kleinen Schlüssel hervor, den er an einem Lederband um den Hals trug, holte zwei Decken aus Reisas alter Hütte und versorgte die Pferde. Noch immer war er nicht ansprechbar, so sehr beschäftigte ihn anscheinend wieder irgendein Problem, doch war er sichtlich enttäuscht darüber, daß er seine Hexenschwester hier nicht antraf.

Unterdessen machte sich der Medicus am Schloß der Kutsche zu schaffen. Er hatte mehrere Male an die Tür geklopft, doch keine Antwort erhalten, was ihn zu der Vermutung veranlaßte, daß der Gefangene entweder geknebelt oder einem Schlaftrunk zum Opfer gefallen war. Als er die Geduld verlor, schob er alle Bedenken beiseite, griff nach dem Streitkolben, auf den er sich bei solchen Aufgaben stets verlassen konnte, und schon nach wenigen Schläge zerbarst das Schloß.

Mit einem Ruck riß er die Tür auf, noch immer darauf gefaßt, den Schlag eines weiteren Geißlers parieren zu müssen. Glücklicherweise enthielt der Wagen aber nichts als einen Gefangenen – jedoch nicht den, den Knorrhold erwartet hatte.

Mit offenem Mund stand der Medicus da und starrte auf das verschnürte Bündel, entdeckte den mittlerweile gut verheilten Armstumpf und schließlich auch Josskas arg in Mitleidenschaft gezogenes Gesicht. Nach den blauen Flecken zu urteilen, mußte ihm jemand mit der Faust arg zugesetzt haben.

»He, Knorrhold, bring meinen Bruder endlich herein. Das Feuer knistert schon im Kamin.« Elamar streckte den Kopf aus der Tür. »Was stehst du so herum? Ich dachte, dir ist kalt.«

Zur Antwort zerrte Knorrhold den Andergaster aus dem Wagen, hievte ihn auf die Schulter und schaffte es mit knapper Not bis in die Hütte, bevor Elamar seine Sprache wiederfand.

»Ich wußte es! Ich habe es ganz deutlich gespürt, daß Parinor noch immer in Gefahr ist, konnte mir aber nicht erklären, warum!« Der Hexer ließ sich auf einen Stuhl sinken, schlug die Hände vor den Mund und starrte den Medicus voller Verzweiflung an, der damit beschäftigt war, den Gefangenen von seinen zahlreichen Stricken und Knoten zu befreien.

»Man hat ihm wohl einen Schlaftrunk verabreicht.« Der Medicus wickelte Josska in eine warme Decke und versorgte die blauen Flecken mit einer wohlriechenden Salbe. Dann richtete er sich mit einem Ruck auf, als eine Erkenntnis den Weg in sein Gehirn gefunden hatte. »Wenn sie den Andergaster haben, dann haben sie auch Reisa in ihren Klauen!«

Die beiden Freunde blickten sich entsetzt an. Wie

hell die Feuer der Scheiterhaufen des Bannstrahls brannten, wußten sie beide.

Draußen rutschte eine Ladung Schnee vom Dach und stürzte dumpf zu Boden. Und auch auf der anderen Seite der Hütte löste sich eine kleine Schneelawine. Die beiden hoben den Blick zu den geschnitzten Deckenbalken, an denen noch so manches verdorrtes Kraut darauf wartete, abgenommen zu werden. Irgend etwas war dort oben im Gange …

Was soll das hier bedeuten?« Hakan Praifuhr war aufgesprungen und näherte sich mit großen Schritten dem ängstlichen Novizen, der so weit zurückwich, daß er mit dem Rücken an der Wand stand. Er baute sich vor seinem Opfer auf wie ein Immanspieler vor dem Torwart – die dreifach gefältelte Robe aus goldenem Brokat war in Unordnung geraten – und holte mit der Pergamentrolle zu einem Schlag aus. Doch im letzten Augenblick überlegte er es sich anders und warf dem Novizen die Schriftrolle nur blitzgeschwind entgegen, so daß dieser erschrocken versuchte, das Pergament aufzufangen. Wie die Keule eines Gauklers tanzte die Rolle auf seinen Händen, bis der Novize sie endlich zu fassen bekam. Das Pergament unbeholfen mit gekreuzten Händen gepackt, überlegte er, ob er den Inquisitor um eine Antwort bitten sollte, die er dem im Tempelraum wartenden Efferd-Geweihten überbringen konnte. Er wußte, daß es nicht klug war, das Wort unaufgefordert an den als äußerst ungehalten und reizbar geltenden Inquisitor zu richten, dessen Lehrstunden gefürchtet waren. Doch bevor der blonde Novize eine Entscheidung treffen konnte, herrschte der Aufgebrachte ihn an: »Was stehst du hier noch herum?« Die Aufforderung, sich zurückzuziehen, ließ sich der junge Novize nicht zweimal sagen, auch wenn der Efferdgeweihte nun vergebens auf eine Nachricht warten würde. Der nächtliche Tempeldienst war unheimlich genug, auch ohne den Zorn des Vorgesetzten auf sich gezogen zu haben, und die Zeiten, da der Wahrer der Ordnung nicht in seinem Tempel weilte, waren besonders schlimm.

Hakan Praifuhr aber fegte in seinem Zimmer Pergamente und Tintenfaß vom Schreibpult. Laut zu sich selbst sprechend, ließ er seinem Zorn freien Lauf; von der Beherrschtheit eines Praioten war keine Spur mehr zu entdecken. »Was bildet der sich ein, mich zu sich zu bestellen wie einen Laufburschen ... wie einen dahergelaufenen Novizen seines Tempels? Wer glaubt er denn zu sein? Hochgeweihter hin, Tempelvorsteher her, ich bin der Inquisitor! Ich bin jedem Tempelvorsteher mindestens gleichgestellt. Ich bin vom Höchsten der Götter auserwählt, ich ...« Er griff nach seinem Zepter und stürmte in den Tempel, schwer atmend nach dem Überbringer der Botschaft Ausschau haltend. Als er den Geweihten des Gottes des Meere entdeckte, hielt er mit wehendem Gewand auf ihn zu. Er würde ihm die rechte Antwort mit auf den Weg geben! Mit wem glaubte dieser Graustein es eigentlich zu tun zu haben? So konnte er vielleicht mit Geweihten anderer Götter umspringen, aber nicht mit ihm!

Als er bei dem blaugrün gekleideten Geweihten angekommen war, suchte Hakan Praifuhr nach den passenden Worten, doch jeder Tadel schien ihm zu milde. Kurz entschlossen drängte er den Efferddiener zur Seite, obwohl genug Platz gewesen wäre, um an ihm vorbeizuschreiten, und schnellen Schrittes verließ er den Tempel und eilte die Stufen hinab auf den Halplatz. Er mußte dem Anmaßenden entgegentreten, mußte ihm in die Augen schauen und ihm die treffenden Worte selbst ins Gesicht schleudern. »Wenn Graustein eine Audienz haben will, dann soll er sie bekommen!« preßte er zwischen den Zähnen hervor, und sein Atem stieg als Nebel in die Nacht. Bei jedem seiner weit ausholenden Schritte schlugen die Sphärenkugeln an den Schleifenenden seines Gürtels mit metallischem Klicken aneinander, begleiteten den Marsch des Inquisitors mit ihrem hellen Klang, auch wenn ihnen der goldene Glanz heute selbst im Licht der Laternen nicht anhaften wollte.

Die Aufforderung, in den Tempel des Efferd zu kommen, noch dazu zu solch später Stunde, da das Praiosauge nicht mehr am Himmel stand, war eine Beleidigung sondergleichen, eine Anmaßung, die ihn selbst – ach was, die ganze Praioskirche! – auf seinen Platz verweisen sollte. Efferd war der Gott der Havener, Ihm hatte man zwei Tempel erbaut, Ihm opferte der Abschaum aus dem Hafen. Daran wollte der Hochgeweihte ihn mit diesem Tritt in den Allerwertesten wohl erinnern. Doch wenn der Illuminatus Praiosson Greiffas, wenn der Wahrer der Ordnung nicht in Havena weilte, dann war ihm, Hakan Praifuhr, die Leitung des Tempels übertragen, dann hatte er den Kampf selbst weiterzuführen, dafür Sorge zu tragen, daß das strahlende Licht des Herrn nicht verblaßte. Der Tempel zu Havena sollte der bedeutendste des Götterfürsten an der Westküste werden, und dieser Graustein sollte sich nicht einbilden, dies verhindern zu können. Gut, bisher besuchten hauptsächlich Adlige, reiche Händler und Reisende aus Garetien und Darpatien den Tempel, aber das sollte sich bald ändern. Der niedere Abschaum würde noch lernen, den Götterfürsten mehr zu fürchten als die Fluten Efferds oder den Totengott auf Seiner Insel. Im Staub kriechen sollten sie, und wenn erst einmal der Bannstrahl sein Haus in Havena aufgeschlagen hätte, dann würden sie Schwert und Feuer schon fürchten lernen; und wenn er im Orkendorf, dem verkommensten Viertel der Stadt, Haus um Haus eigenhändig abfackeln mußte, um alle Frevler, das Heer der Verkommenheit daraus zu vertreiben, und wenn er die Ruinen der Unterstadt vollends ins Meer stürzen mußte, um auch den letzten Schlupfwinkel zu verschließen und die abergläubischen Geschichten zum Verstummen zu bringen!

Auf seinem Marsch in den Fischerort, den Stadtteil

der Altstadt, der hauptsächlich von Fischern bewohnt wurde und in dem der mehr als sechzehnhundert Götterläufe alte Tempel des Efferd stand, sahen die wenigen zumeist etwas angetrunkenen Passanten dem mit einem wehenden Gewand bekleideten Praioten verwundert hinterher. Doch Hakan Praifuhr spürte die Kälte nicht. Auch für den Zauber der alten Tempelmauern, den Hauch von Vergangenheit, den sie über den Besuchern des Tempels ausbreiteten, war er nicht empfänglich. Die Stufen des Marmorpodestes, auf dem der Tempel stand, brachte er im Laufschritt hinter sich; dem Relief zweier Delphine, das das Tempelportal flankierte, schenkte er keine Beachtung.

Im Betraum hatten sich zahlreiche Gläubige versammelt, vor allem Fischer, die ihren Gott um ein baldiges Ende des Winters und volle Netze in den Frühlingsmonden baten, doch auch mit weit schlichteren Bitten zu Ihm kamen und sich rund um die blaugrün emaillierte Schale mit dem Heiligen Wasser versammelten. Auf Schaumkronen tanzende Delphine verzierten die Gottesschale, die auf einem großen Marmorblock stand, und es war unklar, ob es die meisterliche Handwerksbegabung des Künstlers oder das heilige Wasser war, welches den heiligen Tieren des Efferds solche Lebendigkeit verlieh, daß es wirklich aussah, als tanzten sie mit den Wellen.

Doch vor Hakan Praifuhr verbarg sich auch die Pracht des Efferdaltars, verhüllt von dem Schleier des Zorns und der Wut darüber, daß der Efferdtempel selbst zu dieser Stunde besser besucht war als der Praiostempel beim Praiosdienst.

Einer der beiden diensthabenden Geweihten trat gemessenen Schrittes auf den Inquisitor zu und deutete als Begrüßung eine leichte Verbeugung an, um ihm den nötigen Respekt zu zollen. »Der Hochgeweihte erwartet Euch bereits.«

Ohne den Geweihten auch nur eines Blickes zu würdigen, folgte der Inquisitor der ihm gewiesenen Richtung in einen Nebenraum. Wie erwartet empfing man ihn nicht im Allerheiligsten.

Der Raum, in den er trat, schien für Besprechungen vorgesehen zu sein und war zweigeteilt. Gut die Hälfte davon, der Teil, den man als erstes betrat, lag einen Spann tiefer als der Rest des Raumes. Dies hatte zur Folge, daß der an sich schon recht große Tempeloberste, der sich im hinteren Bereich aufhielt, den Inquisitor um gut einen Kopf überragte.

»Seid mir gegrüßt!« sprach der in ein prachtvolles Gewand gekleidete Graustein. Der Efferdschmuck, die Muscheln und Perlen auf der Kleidung sowie das Stirnband aus der Haut eines Blutrochens, das das lange, grauweiße Haar bändigte, wiesen ihn als obersten Efferdgeweihten der Stadt aus. Einen Platz bot er dem Inquisitor nicht an, denn in dem Zimmer, dessen Wände mit blauen Wellen bemalt waren, so daß man den Eindruck bekam, man stünde in den Fluten, gab es keine Stühle.

Hakan Praifuhr hatte die Beherrschung zurückgewonnen. Er wollte sich vor dem Efferdgeweihten keine Blöße geben, doch ebensowenig den Eindruck von Unterwürfigkeit erwecken. »Lassen wir die Höflichkeiten doch beiseite und kommen wir gleich auf den Grund zu sprechen, der Euch bewog, mich zu Euch zu bitten. Da es sich nur um etwas äußerst Wichtiges handeln kann, habe ich der Bitte entsprochen.« Hakan verbarg das Feuer des Zorns hinter einer Maske aus kühler Gelassenheit.

»Nun, mir liegt es fern, Euch länger als nötig von Euren wichtigen Aufgaben fernzuhalten.« Ein erneuter Schlag ins Gesicht! Hakan spürte sozusagen jeden Fingerabdruck, jedoch zuckte er nicht. »Und so will ich ohne Umschweife auf den Kern der Sache zu sprechen kommen.« Graustein machte trotzdem eine ihm angemessen erscheinende Pause, um den Inquisitor mit einem seltsam verklärten Blick seiner graublauen Augen zu bedenken, die durch den Praioten hindurch auf das weite Meer zu schweifen schienen. »Wir haben wohl bemerkt, daß der Orden vom Bannstrahl in der Stadt weilt. Niamh Flutseherin« – sie war die Efferd-Geweihte und Beraterin am Königshof Cuanu ui Bennains, und Hakan Praifuhr war ihr schon des öfteren begegnet – »hat sich mit Seiner Majestät besprochen. Die Anwesenheit des Ordens ist nicht erforderlich.«

Hakan glaubte, sich verhört zu haben. »Was soll das bedeuten – nicht erforderlich? Seit wann mischt sich die Efferd-Geweihtenschaft in die Angelegenheiten der Praioskirche?«

»Es ist die Entscheidung Ihrer Königlichen Majestät, nicht die unsere. Wir haben sie nur beraten ...«

»Ihr sagt mir hier, Cuanu ui Bennain habe einem Teil der Praioskirche den Aufenthalt in der Stadt verboten?« fiel ihm der Inquisitor ins Wort.

»Oh, es steht der Praioskirche selbstverständlich frei, all ihre Vertreter in den Tempel Havenas zu laden. Lediglich der Orden der Geißler wird in der Stadt keine Aufgabe finden, weswegen der ständige Aufenthalt, wie bereits erwähnt, nicht erforderlich ist.«

Der fahle Beigeschmack dieser Worte wollte dem Inquisitor nicht munden; seine Fassade der Selbstbeherrschung geriet ins Wanken, die Steine brachen gleichsam heraus und fielen mit lautem Getöse zu Boden. »Offenbar ist es mehr als nötig, daß der Bannstrahl sich in der Stadt niederläßt. Ihr habt es ja bisher nicht geschafft, den Abschaum aus der Stadt zu spülen.«

»Nun, widersprecht mir, wenn ich etwas Falsches sage, aber ist es nicht Aufgabe und Bestimmung des Bannstrahls, den Mißbrauch von Magie zu ahnden und verderbten Schwarzmagiern und Hexen das Handwerk zu legen?« Hakan Praifuhr konnte dem nicht widersprechen, blickte dem Tempelobersten ungeduldig entgegen und bedeutete ihm mit einem Wink, er möge mit seinem Vortrag fortfahren.

»Doch in Havena gibt es schon seit Jahrhunderten Gesetze gegen den Mißbrauch der Magie, Gesetze, die unsere Geweihtenschaft einst mitgestaltet hat und die die Stadt seit Jahrhunderten vor dem Übel behüten, gegen das ihr andernorts noch immer ankämpft. Verstöße gegen diese Gesetze werden vom König höchstselbst verurteilt. Lata ...« Die Erwähnung der Drachenschildkröte, die in einer Höhlung unter dem Tempel hausen und die Stadt vor den Gefahren der versunkenen Unterstadt beschützen soll, ein Geschöpf Efferds, bei dem der Geweihte so manchen Tag zubrachte, so daß man ihn oft nicht im Tempel antraf, reichte aus, damit der Inquisitor ungehalten die Stimme erhob. Im Sprechen erklomm er die Stufe, die den Raum durchzog, doch war der Hochgeweihte immer noch größer als er selbst.

»Ach ja, dieses mythische Geschöpf, von dem keiner weiß, ob es wirklich lebt, das vielleicht nur in Eurer Einbildung vorkommt, das Ihr als Vorwand benutzt, um Euren Einfluß in der Stadt zu verteidigen.«

Der Hochgeweihte des Efferd hob das Haupt noch etwas mehr an, um die Würde seiner Gestalt zu unterstreichen, und maß den Inquisitor von oben herab. Auch seine Stimme hatte an Heftigkeit gewonnen. »Wählt Eure Worte mit mehr Bedacht. Ihr frevelt Efferds Geschöpfen, und das in Seinem Haus. Das will ich nicht dulden.« Hakan Praifuhr hob an, erneut zu widersprechen, doch der Geweihte ließ es nicht so weit kommen. Er wandte sich nach seinem Delphinenstab um, dem Zeichen seiner Tempelvorsteherschaft. »Dies ist Efferds Stadt, erbaut am Rande Seines Reiches, wir sind Seine Kinder, Er nährt uns. Eine Bekehrung mit Feuer und Schwert wird es hier nicht geben, niemals!« Und das letzte Wort hallte zwischen den Wellen wider.

»Daher weht also der Wind! Ihr habt Angst, daß sich

Euer Tempel nicht mehr mit Gläubigen füllt!« Der Inquisitor hatte nun ebenfalls sein Zepter ergriffen und deutete auf den Hochgeweihten, der ihm den Rücken zuwandte.

Mit wallendem Gewand und wehendem Haar, mit dem Klimpern der Muscheln und anderen Efferdschmuckstücken drehte sich der Hochgeweihte des Efferd, der bereits auf eine Tür im hinteren Teil des Raumes zuhielt, noch einmal um. »Ihr wißt wohl, daß es zu den Tugenden des Efferd-Geweihten gehört, seinen Gefühlen offen Ausdruck zu verleihen. Und was Euch betrifft …« Grausteins Augen blickten dem Praioten entgegen und gleichzeitig durch ihn hindurch, und seine Stimme senkte sich zu einem wehmütigen Klagen. »Euch bedauere ich von ganzem Herzen!«

Mit diesen Worten ließ er den fassungslosen Inquisitor im ältesten Haus der Stadt, dem Tempel des Herrn über die Gezeiten, einfach stehen.

Die Wunde schmerzte schrecklich. Reisa Armehra versuchte sie mit der Hand zu erreichen, doch verhinderte eine an der Wand befestigte Eisenkette jede größere Bewegung. Die Haut ihrer linken Gesichtshälfte war von getrocknetem Blut bedeckt, wie auch ihr sonst von Sommersprossen übersäter Nasenrücken. Irgendwie gelang es ihr trotzdem, wenigstens ein Auge zu öffnen. Das andere war völlig zugeschwollen. Es war dunkel um sie herum, die Hände steckten in festen Eisenfesseln, die an einer Steinwand befestigt waren, und unter ihren zum Glück noch heilen Schenkeln fühlte sie Stroh. Doch das faulige Zeug hielt die Kälte des Felsbodens nicht ab. Der Geruch von Moder hing nicht nur im Raum, sondern hatte schon von ihren Kleidern und ihrem Haar Besitz ergriffen. Wie lange mochte sie bewußtlos gewesen sein? Was war überhaupt geschehen? Sie hatte die Stadt verlassen, so weit, so gut, doch dann?

Ihr Denken wurde von den Schmerzen eingeholt, so daß sie es schließlich aufgab, nach der verschwundenen Erinnerung zu graben. Ihre Augen gewöhnten sich allmählich an die Dunkelheit. Nicht weit von ihr entfernt mußte sich eine Tür befinden, links eine Mauer, vor ihr ebenfalls eine und rechts …

Da war noch jemand. Sie erkannte den Schatten ganz deutlich. Halb sitzend, halb liegend war er wohl an die Wand zu ihrer Rechten gekettet. Sie hielt den Atem an und lauschte. Flacher, ruhiger Atem. Wer auch immer ihr Schicksal teilte, er war anscheinend ohnmächtig.

Da erreichten neue Bilder die Oberfläche ihres Bewußtseins, brachten einen Teil der verlorenen Erinnerung zurück. Ihr Mitgefangener konnte nur Josska sein. Hoffentlich fand Boron noch keinen Gefallen an ihm. In den letzten Wochen hatte sie sich richtig an ihn gewöhnt, hatte seine rauhe Zärtlichkeit genießen und seine schmeichelnden Lieder schätzen gelernt. Ja, sogar einen Funken der Gabe hatte sie in ihm entdeckt, auch wenn dieser wohl niemals dazu ausreichen würde, um einen Zauber aus eigener Kraft zu wirken.

Beide waren sie gerade aus Havena aufgebrochen gewesen, als ein Wagen sie vom Damm gedrängt hatte. Sie erinnerte sich noch daran, wie sie versuchte hatte, den Sturz durch einen Zauber aufzufangen, aber so schnell war ihr das zwischen dem Pferdegewieher und Josskas Aufschrei nicht gelungen.

Reisa bemühte sich, sich aufzusetzen, doch jede Regung ihres Kopfes sandte einen pochenden Schmerz tief in ihren Geist. Vermutlich war sie mit dem Kopf gegen den Wagen oder einen Baumstamm geschlagen. Nun gut, beschloß sie, ein Problem nach dem anderen. Problem Nummer eins: Wenn sie sich aus dieser mißlichen Lage befreien wollte, dann mußten erst einmal diese verdammten Kopfschmerzen verschwinden. Zum Glück war sie ausgeruht gewesen, als diese … nun, wer auch immer … sie geschnappt hatten. Und wie gut war es jetzt, daß sie mit ihrem Speichel nicht nur anderen helfen konnte, sondern auch sich selbst. Sie beherrschte diesen Zauber mit geradezu höchster Vollkommenheit. Er ging ihr so leicht von der Hand, daß sie sogar auf das Liedchen verzichtete, das sie sonst immer summte, um ihre Gefühle zu ordnen und das Denken für eine kleine Weile beiseite zu schieben. Sie war eben kein kleines Mädchen mehr, o nein, sie war eine erfahrene Hexe. Und wer auch immer sich mit ihr angelegt hatte, würde es noch bitter bereuen!

Reisa konnte ihre Hände gerade so eben mit dem Mund erreichen, wenn sie sich zusammenkauerte. Sie schloß die Augen, und obwohl sie die eisernen Fesseln mehr störten, als sie angenommen hatte, konnte sie eine gehörige Portion heilkräftige Spucke im Mund sammeln und unter Schmerzen auf die verletzte Stelle auftragen, an der sie … Nein, sie war nicht gestürzt, es war die Breitseite eines Schwertes gewesen, der sie die Wunde verdankte. Sie erinnerte sich jetzt wieder ganz genau.

Auf die lindernde Wirkung des Zaubers konnte sie sich auch dieses Mal verlassen, doch fiel jene weit weniger stark aus, als die Hexe es gewohnt war. Schuld daran war wohl das grobe Metall um ihre Handgelenke. Sicherlich zehrte das Eisen schon an ihrer Kraft. Sie hätte dem verwirrten Magus, den sie einst auf einer Reise kennengelernt hatte, mehr Aufmerksamkeit schenken sollen. Wie hatte er doch gleich geheißen, ach ja, Egidius Eisfinger. Er hatte ihr immer gedroht, sie in eiserne Fesseln zu legen, wenn sie ihm wieder einmal auf der Nase herumgetanzt war. Sie hatte dann nur immer gelacht und ihn ›mein alter Hüsterle‹ genannt. Erst jetzt konnte sie wirklich ermessen, wie leichtsinnig sie damals gewesen war. Egidius mußte tatsächlich in sie verliebt gewesen sein, da er sein Wissen über die verschwindenden Kräfte unter dem Einfluß von Eisenfesseln nie mißbraucht hatte.

Beim zweiten Versuch stimmte sie wieder das Liedchen an, das sie bereits von Kaia gelernt und das ihr bei der Heilung stets gute Dienste geleistet hatte. Sie summte leise vor sich hin, versuchte sich trotz der Fesseln hin und her zu wiegen, die Erde unter den Füßen zu spüren, auch wenn es jetzt kalter Fels war, auf dem sie kniete. In Gedanken saß sie bei ihrem Baum im Drauwald, ihrem Freund aus fernen Kindertagen, in dessen Zweigen sie so manche Stunde verbracht hatte. Wie er, so versuchte auch sie jetzt ihre Wurzeln ins Erdreich zu graben, Sumus Kraft tief aus ihrem Innern zu schöpfen und sich ganz in dem Traumbild zu verlieren, um die mißlichen Umstände zu vergessen und die Barriere zu überwinden, die ihre Kraft hemmte.

Wie gut ihr das schließlich gelang, zeigte nach kurzer Zeit die geschlossene Wunde, von der wohl nicht viel mehr als eine Narbe zurückbliebe. Und diese konnte sie unter ihrer üppigen Mähne verbergen.

Sie sog tief die modrige Luft ein, wurde kurz zurückgerissen in den finsteren Kerker, schaffte es dann aber mit Hilfe einer neuen Melodie, auf die helle Drauwaldlichtung zurückzukehren und dem Gesang der Vögel, dem Lied des Windes zu lauschen. Ihr Summen wurde rhythmischer, brachte die Eisenfesseln zum Vibrieren, bis sie schließlich zu rosten begannen. Mit jedem Ton des Liedes wurde das Metall spröder und rauher, und Reisa mußte aufpassen, daß sie sich nicht verletzte, als sie die Fesseln endlich unter großer Anstrengung zerbrechen konnte.

Anschließend mußte sie allerdings erst einmal ausruhen. Das innere Bild zerplatzte in tausend Farben und machte dem Grau des Kerkers Platz. Mit einem kleinen Lächeln dankte sie dem guten Egidius für seine unendliche Geduld, die er damals aufgebracht hatte, um sie in diesem Zauber zu unterweisen. Zwar hatte sie seine verwirrenden Schilderungen von arkanen Mustern bis heute nicht ganz verstanden, doch konnte sie auf eigene Weise das gleiche erreichen wie der Magus mit seinen großen Worten und Gesten: Rostflecken und Grünspan überzogen ein verzaubertes Metallstück, auch wenn ihr das nicht bei jedem Versuch gelang. Allzuoft hatte sie es ja auch noch nicht probiert, erschreckte sie doch jedesmal aufs neue, wie heftig ihre Gefühle in Wallung gerieten, wenn sie sich eben jener Melodie hingab. Nie konnte sie sicher sein, wie lange es dauerte, bis das verzauberte Ding spröde genug war, um es zerbrechen zu können, wieviel Kraft es kostete, das Lied zu Ende zu bringen. Und genausowenig wußte sie, wie lange es dauern mochte, bis ein metallener Gegenstand unter der Wirkung des Zaubers von ganz allein zerfiel, und ob sie selbst als Hexe dies überhaupt bewirken konnte. Nun, was konnte man von dieser männlichen, verstandesgesteuerten, von den Gilden entwickelten Art der Magie schon anderes erwarten? Nur Hexen konnten die Kraft Sumus eben wirklich erfassen und nutzen, nur ihnen offenbarten sich die großen Geheimnisse der Erdmutter, die jene im Tanz mit Mada den Satuariakindern offenbarte.

Als Reisa ihren Zellengenossen herumdrehte, erschrak sie nicht wenig. Nicht ihr Weggefährte lag im fauligen Stroh, sondern Parinor, der Geweihte des Praios, den sie fernab im Lieblichen Felde vermutet hatte! Übel zugerichtet hatten sie ihn. *Sie.* Jetzt wußte sie auch, in wessen Händen sie geraten waren. Niemals hätte die Priesterschaft des Praios, die dem Volk seinen Platz im Leben wies und sich der kleinen Freveltaten annahm, eine solche Tat begangen, und auch die Inquisition, der ausführende Arm der Kirche des Sonnengottes, hatte es nicht nötig, sich in der Folter zu verlieren. Zu erfahren waren ihre Vertreter, zu wissend war ihr Blick. Doch die Praioskirche besaß noch eine andere Seite, und diese gefiel oft nicht einmal ihren eigenen Geweihten.

Die Hexe konnte nicht verhindern, daß sie bei dem Gedanken an den Bannstrahl Praios' ein Schaudern überkam. Sie beide saßen hier schlimmer in der Muhrsape als zuerst angenommen. Was mußten solche Menschen nur empfinden, die einen Vertreter ihrer eigenen Kirche – in den Kreisen der Hexen hätte man ihn Bruder geheißen – so zurichteten! Ohne auch nur einen Gedanken daran zu verschwenden, hatte sie einen weiteren Zauber gewirkt, der ihr heiles Auge in das einer Katze verwandelte, so daß sie sich in dem nahezu dunklen Raum nun sehr gut zurecht fand. Das wenige Licht, das unter der Tür hindurchdrang, reichte vollkommen aus.

Ach, Eleyia, liebste Schwester, hättest du doch damals nur auf mich gehört! Vielleicht wirst du deinen ersten Sohn nun bald wiedersehen. Fast scheint es, als stehe er Boron schon näher als Tsa. Hier kann auch meine Zauberei nicht mehr helfen. Warum bist du nur zurückgekehrt, Parinor?

Insgeheim wußte Reisa, daß ihm gar keine andere Wahl geblieben war, wollte er mit der Vergangenheit irgendwie fertig werden, ohne daran zu verzweifeln und dem süßen Vergessen des Wahnsinns nachzugeben. Doch die Möglichkeit, mit seiner Vergangenheit ins reine zu kommen, hatte man ihm nicht gelassen.

Vielleicht ist es besser so, vielleicht findest du jetzt endlich deinen Seelenfrieden. Ich wünsche es dir von ganzem Herzen, dachte Reisa traurig.

Sie streichelte ihm zärtlich die Wange und machte sich daran, die schlimmsten Wunden so gut wie möglich und soweit es ihre Kräfte zuließen zu lindern. Wollte sie sie beide hier herausbringen, dann durfte die heilende Magie nicht ihre ganze Kraft aufzehren.

Doch an Ausbruch war vorerst nicht zu denken, zumindest nicht innerhalb der nächsten Stunden. Parinor mußte unter allen Umständen ruhig liegen, und selbst wenn ihm als Lager nichts als der steinige Boden diente, blieb ihm vielleicht dennoch die Hoffnung zu überleben – zugegeben, eine schwache, doch immerhin eine Hoffnung. Sie konnte nur darauf bauen, daß man sie beide fürs erste einmal vergessen hatte. Wenn jetzt jemand nach ihnen sähe, wäre Kraut und Sud verloren. In diesem Keller konnte sie dem richtenden Schwert der Geißler nicht entkommen.

Sie bettete Parinors Kopf an ihren Busen, deckte ihn mit ihrem zerschlissenen Schultertuch notdürftig zu und wiegte ihn sacht zu einer leisen Melodei, die an das Schnurren einer Katze erinnerte. Nun kam ihr zugute, daß sie viele Jahre lang mit einem Kater als Vertrautem zugebracht hatte. Auch der hatte sich immer eng an sie geschmiegt, wenn große Sorgen sie gequält oder der Mut sie verlassen hatte. Und der Schlag seines Herzens hatte ihr stets neuen Lebensmut gegeben, sie daran erinnert, daß, wie schlimm das Schicksal auch über sie hereinbrach, Satuarias Herzschlag sie stets begleitete.

Wenn sie so zurückdachte, dann vermißte sie ihn mehr, als sie sich je eingestanden hatte. Nie hätte sie dem Drängen des Raben nachgeben dürfen. Für andere Hexen war es bestimmt das Richtige, sich einen Rabenvogel als Vertrauten zu erwählen, doch wer einmal aus dem puren Leben der Nacht geschöpft hatte, der gewöhnte sich nie an einen gefiederten Freund, der ständig zwischen dem Land der Träume und der Wirklichkeit hin und her flog.

Mit vollen Händen aus dem Leben zu schöpfen war ihre Art, mit der Vergangenheit fertig zu werden. Eine Kindheit zu vergessen, in der sie die Mutter kaum gesehen hatte, all die Zeit, die sie bei fremden Frauen hatte verbringen müssen, ohne Zuhause und ohne die eigene stärkende Hexengemeinde. Als sie langsam erwachsen wurde, mußte sie zudem noch erfahren, daß die Mutter sich deshalb nicht um ihre Tochter kümmerte, weil ihr ganzes Streben einem anderen Ziel galt, weil sie einem Gedankengespinst hinterherjagte, das sie in den Bann geschlagen hatte und dem allein sie ihr Leben widmen wollte. Ihre Bemühungen galten der Einigung und Stärkung der Weidener Schwesternschaft, um jene weltverändernden Ereignisse vorzubereiten, die sie in ihren Visionen gesehen hatte. Ja, man hatte es nicht leicht als Kind einer Oberhexe, und schon gar nicht, wenn diese Luzelin hieß.

Als wäre diese Vernachlässigung nicht schlimm genug gewesen, so hatte ihr die Mutter noch dazu das Versprechen abgenommen, niemandem zu verraten, daß sie zwei Kindern das Licht des Lebens geschenkt hatte. Niemand sollte jemals von den Töchtern Luzelins vom Blautann erfahren. Es sei nur zu ihrem Besten, hatte ihre Mutter gesagt, denn wenn einst das große Geheimnis sich enthüllte, so wäre für ihre Kinder der Augenblick der Erkenntnis der letzte in ihrem Leben. Und sie wollte, daß ihre Töchter den Schatten entgingen, der drohenden Dunkelheit entkamen. Darum durfte niemand eine Verbindung zwischen ihnen herstellen.

Welch grausames Schicksal für ein Kind, doch Reisa hatte es gemeistert. Von ihrer Schwester Morena hatte sie zu spät erfahren, sie nicht davor bewahren können, den gleichen harten Weg anzutreten, den sie selbst zu gehen hatte. Doch Morena war stark genug, vielleicht sogar stärker als sie selbst gewesen. Sie hatte gar der Mutter getrotzt und immer wieder ihre Nähe gesucht – anders als sie selbst. Reisa jedoch hatte dafür gesorgt, daß ihre eigene Tochter, Neneif, nicht ohne Mutter aufwachsen mußte. Sie hatte ihr die Wahrheit über ihre Großmutter nie erzählt. Statt dessen war sie mit ihrer Tochter aus Weiden fortgegangen, um in der albernischen Heide neue Schwestern und eine neue Familie zu finden. Sie hatte Neneif in dem Glauben aufwachsen lassen, ein Kind der blühenden Heidelandschaft zu sein, ihr den selbsterwählten Familiennamen Armehra, ihren Künstlernamen, mit auf den Lebensweg gegeben.

Doch in ihrer jetzigen Lage fragte sie sich, ob sie Neneif die Wahrheit nicht schuldig war. Morena, so nahe sie der Mutter auch stand, wußte nichts von ihrer Schwester und ihrer Nichte. Wenn sie diesem Verlies nicht mehr entkommen sollte, dachte Reisa erschrokken, dann wußte nur noch die alte Kaia von den tatsächlichen Verhältnissen. Und die würde das Geheimnis mit zu Sumu nehmen. Das durfte nicht geschehen, um Satuarias willen!

Reisa Armehra beschloß, daß die Zeit nun gekommen sei, die Dinge ins rechte Licht zu rücken. Nicht nur die persönlichen Dinge, nein, auch die anderen. Dem Treiben des falschen Inquisitors mußte ein Ende gesetzt werden. Elamars Flucht sollte endlich ein Ende finden, genauso wie Parinors Qualen.

Reisa war aufgestanden. Die Wut, die in ihrem Innern aufschoß, konnte der Heilung Parinors nicht mehr nützen, eher schadete sie ihm sogar. Sie straffte ihre Haltung, und in ihrem Geist verbanden sich Vergangenheit und Gegenwart, vereinigten sich zu einer Kraft, die jede Faser ihres Körpers ausfüllte. So stand sie da, bis der Druck auf ihre Seele und ihren Körper kaum mehr auszuhalten war. Dann warf sie sich mit einem wütenden Aufschrei gegen die Tür. Der Riegel lockerte sich. Wie ein gefangenes Tier nahm sie erneut Anlauf, achtete nicht auf den Schmerz in Knochen und Muskeln. Für einen kurzen Augenblick schien es so, als halte die Tür stand, als entlade sich die Wucht des Aufpralls in einem lauten Knall. Doch dann splitterte Holz, barst der Riegel. Reisa stürzte in den schmalen Flur, schlug mit dem Kopf hart gegen die Wand und verlor für wenige Wimpernschläge das Bewußtsein. Doch Schmerz breitete sich in ihrem Körper aus, holte sie ins Hier und Jetzt zurück.

Und ihre Wut war noch nicht verraucht. Noch bevor die herbeieilende Wache – zu ihrer Erleichterung war es kein Geißler – das Ende der Treppe erreichte, die vom Kerker abwärts führte, riß die Hexe eine Fackel von der Wand und stürzte dem Angreifer entgegen. Der erste Schlag verfehlte ihn, der zweite traf den Überraschten am Kopf, verteilte das flüssige Pech in seinem Gesicht.

Der Wächter schrie auf, die Augen vor Schreck weit aufgerissen. Er schlug die Hände vors Gesicht, versuchte, das Pech abzuwischen, doch gab dies Reisa die Gelegenheit, ihren Gegner mit einem geübten Schlag ins gnädige Traumland zu befördern. Er schlug wie leblos auf die steinernen Stufen.

Die Hexe hielt inne, lauschte in die Stille, die dem Aufprall des bewußtlosen Körpers folgte. Ihr Atem ging schnell, ihr Herz raste. Sie durfte jetzt nicht die Herrschaft über sich selbst verlieren, auch wenn der Zauber, den sie nur im Zorn zu wirken wußte, sie dazu verführte. Wenn sie jetzt unüberlegt handelte, dann endete sie in nicht allzu ferner Zukunft wie einst Eleyia, die in den trüben Wassern des Hafens ertrunken war.

Doch die Erinnerung an die alte Freundin, an ihr frohes Lachen, ihre trotzige Art, der Dinge zu harren, ihre sorgenden Hände und die schwarzen Augen, die gefunkelt hatten, erfüllte sie mit neuem Zorn. Keuchend vor Schmerz und Anstrengung schleifte sie den Bewußtlosen treppaufwärts, in den Kerker hinein, und eilte die Stufen hinunter. Nun stand sie offensichtlich in einer Wachstube – wenigstens wiesen die Hellebarden im Waffenständer und der auf dem Tisch liegende Schild den Raum als solche aus.

Nur eine gewöhnliche Wache? Waren es am Ende doch nicht die Geißler, die sie beide hier festhielten? Dann stand es um sie wohl gar nicht so schlecht, wie sie gedacht hatte. Doch sie erinnerte sich an die goldbestickten weißen Mäntel, die mit dem Schnee verschmolzen waren, kurz bevor sie bei dem Wagenunfall das Bewußtsein verloren hatte. Reisa schlug die Hände vor das Gesicht und kauerte sich am Boden zusammen. Doch nur wenige Herzschläge lang verharrte sie so.

Statt vorsichtig durch den Türspalt zu spähen, riß sie die Tür mit einer schnellen Bewegung ganz auf. Mit beiden Händen fuchtelnd, stürzte sie aus der Wachstube, einen Gang entlang, von dem rechts und links Türen zu weiteren Stuben abgingen. Sie rannte geradewegs auf die beiden Wächter zu, die den Ausgang sicherten. Daß es sich bei diesen um keine Bannstrahlritter handelte, veranlaßte die Hexe dazu, sich nur noch argwöhnischer umzublicken.

»Oh, werte Herren, bitte helft mir, so helft mir doch! Sie wollen fliehen!« Das Mädchen zupfte den verwirrten Wachhabenden, den seine Uniform als Havener auswies, am Ärmel und versuchte ihn in die Richtung zu zerren, aus der es gekommen war.

»Aber wie bist du hier hereingekommen? Wer bist du überhaupt? Und wer will fliehen – die beiden Neuen?« Der junge Wächter rührte sich nicht von der Stelle.

»Oh, ich wollte meinem Bruder Wein bringen, da habe ich es gesehen. Sie haben ihn niedergeschlagen. Sie fliehen! Ihr müßt ihm helfen, schnell, schnell!« Das rothaarige Mädchen mit der grünen Bluse und dem über und über mit Sommersprossen übersäten Gesicht schrie verzweifelt auf und deutete immer wieder zum Wachraum hin. Sie zerrte weiter am Ärmel des Wächters, stieß dann den zweiten der beiden so heftig an, daß dieser fast stolperte.

Die beiden blickten sich ratlos an, verstanden dann aber allmählich, was die kreischende Kleine ihnen mitzuteilen versuchte, verließen ihren Posten und hasteten auf die Wachstube zu.

Das Mädchen warf einen prüfenden Blick auf die anderen, noch verschlossenen Türen und versicherte sich geschwind, ob die Eingangstür offen war.

Abgesperrt. Verdammt! Reisa mußte sich beeilen, den beiden Wächtern zu folgen. Auf den obersten Stufen holte sie den zweiten der beiden ein, der stehengeblieben war und gerade verwundert murmelte: »Aber Scanlail hat doch gar keine kleine Schwester ...« Reisa schnellte nach vorn. Leider fehlte ihr die Zeit, um ihre ganze Kraft in die Beinmuskeln fließen zu lassen, doch vielleicht reichte ihre Wut ja aus, um ... Sie landete genau im Rücken des älteren Wachmannes. Der knickte ein, verlor den Halt, stürzte die Treppe hinunter und riß seinen Partner mit in die Tiefe.

Laut klapperten die metallenen Rüstungsteile, als die beiden unten aufschlugen und der eine bewegungslos liegenblieb. Reisa huschte ihnen nach und nahm wieder ihre wirkliche Gestalt an, die Illusion verschwand genau in dem Augenblick, als sie den zweiten Wächter mit einem Tritt ihres nackten Fußes auf den Weg ins Traumland schickte, seinem Gefährten hinterher.

Doch der Lärm war mit Sicherheit nicht unbemerkt geblieben. Gewiß würde es gleich nur so von Wächtern, vielleicht auch von Pfaffen und Geißlern wimmeln. Sie mußte den Schlüssel zu Parinors Kette finden! Und allmählich verließen sie auch ihre Kräfte. Sie mußte sich beeilen.

Einer der Wächter hatte die Schlüssel unter sich begraben. Nur mit Mühe konnte sie den schweren Körper zur Seite wuchten.

Der verdammte Schlüsselbund hatte sich in den Schnüren des Dukatenbeutels verfangen. Ganz in der Nähe ging eine Tür. Reisa riß und zerrte verzweifelt, bis die Schlüssel sich lösten. Sie rannte zum Kerker hoch, war mit wenigen Schritten bei Parinor und probierte einen Schlüssel, zwei Schlüssel, dann noch einen. Der vierte paßte. Sie schlang die Arme um Parinors Brustkorb, hielt ihn von hinten mit festem Griff umklammert und zerrte ihn zur Zellentür.

In der Tiefe waren Stimmen zu hören, doch noch immer war niemand zu sehen. Schweiß stand nun auf Reisas Stirn, sie blickte gehetzt die Treppe hinunter. Wenn die Geißler jetzt kamen, wäre ihr Ende besiegelt.

»Komm schon, Parinor! Mach dich nicht so schwer.« Kurz blieb sie stehen, um durchzuatmen. Parinors Herz schlug noch. Die Stimmen kamen näher. Doch so aussichtslos die Lage auch schien, Reisa mußte durchhalten. Jetzt war der Augenblick der Entscheidung gekommen. Freiheit oder Tod. Eines von beiden würden sie heute nacht finden.

Als sie die unterste Stufe der Treppe erreichte, fühlte sie nur noch Schmerz in den Beinen. Und vielleicht war es gerade dieser Schmerz, der sie durchhalten ließ, sie weiter trieb, auf die Wachstube zu.

Fest wie eine Klammer aus Eisen legten sich Finger um ihren Fußknöchel. Der junge Wachmann war wieder zu sich gekommen. Reisa versuchte ihn abzuschütteln, doch ohne Erfolg.

»Jetzt hab ich dich, du Hexenweib! Hier kommst du nicht raus, und ...« Als der Wachmann in Reisas weit aufgerissene Augen sah, die in grünem Feuer zu brennen schienen, verstummte er und griff nach dem Talisman, den er um den Hals hängen hatte, einer Muschel oder einem Seestern, so genau konnte Reisa das nicht erkennen.

Die Stimme der Hexe war kaum wiederzuerkennen. Ein kehliges, freudloses Lachen entwich ihrem Mund, und mit einer herrischen Geste warf sie die Haare in den Nacken. »Bei den Dämonen der Finsternis, dem schwarzen Feuer der Niederhöllen! Geblendet sollst du sein, bis das Praiosauge wieder dem Horizont entsteigt!« schrie sie ihm mit eiseskalter Stimme entgegen, und ein eigenartiger Glanz hüllte die Gestalt der Hexe ein.

Der junge Mann ließ Reisas Fußgelenk los und schlug die Hände vor die Augen. »Praios, steh mir bei! Ich kann nichts mehr sehen. Weiche von mir, Höllenweib!«

Reisa knickte vor Erschöpfung zusammen, den Leib Parinors immer noch fest umschlungen. Doch noch hatte sie keine Zeit sich auszuruhen. Sie mußte weiter, der Freiheit entgegen, durch die Wachstube und auf den schmalen Flur, der zum Eingang führte.

Dort erwartete sie bereits ein Ritter des Bannstrahlordens in der Gewandung, die die Pracht des Götterfürsten erahnen ließ. Ein Wachhabender stand ihm zur Seite. Beide versperrten den Weg ins Freie. Reisa war erschöpft. Ihr ganzer Körper schien vor Schmerzen zu brennen. Was jetzt?

Eine weitere Tür öffnete sich auf der anderen Seite des Ganges. Eine Frau in Rüstung, die Armbrust zum Schuß bereit. Es war zu Ende!

In dem Augenblick schoß der schwarze Schatten durch die Eingangstür, die die beiden offengelassen hatten, vorbei an dem Geißler und dem Wachmann. Er traf die Schützin knapp über dem Auge. Der Bolzen ihrer Armbrust indes löste sich von der Waffe, verfehlte Reisa um ein Beträchtliches, durchschlug die Rüstung des Wachmanns und traf ihn genau im Herzen.

Die Schützin ließ die Waffe fallen. Mit bloßen Händen versuchte sie, den zornigen, wild mit den Flügeln schlagenden Raben von Hals und Gesicht abzuwehren und den scharfen Krallen zu entgehen, die sich tief ins Fleisch gruben.

»Chrabos, teurer Freund! Halte sie hin!« Reisa nahm ihre ganze Kraft zusammen, und das Leben kehrte in ihren geschundenen Körper zurück. Nur der Geißler stand nun noch zwischen ihr und der Freiheit. Der Ritter hielt sein Schwert fest umklammert, hatte die zweite Hand zur Decke erhoben und den Blick der Geste folgen lassen, um mit lauter Stimme ein flammendes Stoßgebet zum Himmel zu schicken, bevor er der Hexe seine Waffen zu kosten gäbe.

Die Gelegenheit war so günstig wie nie! Und obwohl alles so schnell geschah, daß die Worte des Bannstrahlers Alveran noch nicht erreicht haben konnten, kam es Reisa doch wie eine Ewigkeit vor. Sie verfolgte die Bewegung ihres Beines, das nach hinten ausholte, so, als habe Satinav den Strom der Zeit verlangsamt. Und mit der Gewißheit, einen Teil ihrer Schmerzen, das ganze Leid, das der Orden ihnen zugefügt hatte, im nächsten Augenblick an den Geißler weitergeben zu können, trat sie zu, traf ihr Gegenüber genau in die ungeschützte Leibesmitte.

Der Geißler fiel in sich zusammen wie zwei Kartenpäckchen beim Mischen. Ein spitzer Schrei löste sich von seinen Lippen, dann sank er auf die Knie. »Genau dorthin gehörst du!« fauchte ihm Reisa entgegen, als sie Parinor an ihm vorbeizerrte und durch die Tür die freie Nacht erreichte. Der eiskalte Wind, der den Häusern Havenas zu dieser Stunde zusetzte, schlug ihr ins Gesicht. Und nur ihr eiserner Wille und das Bild der ertrinkenden Schwester und Freundin Eleyia trieben sie tiefer hinein in diese Nacht, und sie ging weiter, ohne auf die Schmerzen, die zurückbleibenden Gegner, den Schnee unter ihren nackten Füßen, die Kälte und den leblosen Körper in ihren Armen zu achten …

»Du bist doch unser großer Fachmann, was den Winter anbelangt. Weißt du nicht, was da draußen sein könnte?« Elamars dunkle Augen blickten Knorrhold fragend an, und die Ungeduld in ihnen machte den Medicus zornig.

»Was soll das heißen, ich sei der große Fachmann?« Knorrhold wickelte Josska gerade in eine warme Decke, hielt inne und erwiderte Elamars Blick auf die gleiche Weise.

»Nun, wer hat denn gestern von Bären in Albernia

gefaselt, du oder ich? Und wer erzählt mir dauernd, wie hart die Winter in Weiden seien und wie gefährlich die ausgehungerten Wölfe in dieser Zeit werden können? Nicht zu vergessen die namenlosen Kreaturen, die im Schnee keine Spuren hinterlassen ...« Der Hexer lauschte noch einmal, doch draußen war es nun wieder ruhig. »Wölfe klettern jedenfalls nicht aufs Dach, soviel steht fest.« Elamar trat zum Fenster. »Meinst du, ich sollte die Läden einmal kurz öffnen und hinaussehen?« fragte er verunsichert.

Ein lautes Krächzen vor der Hütte beantwortete die Frage, noch bevor der Medicus etwas sagen konnte. Mit einem Satz war Elamar an der Tür, riß sie auf und rief einen Namen in den Wind hinaus: »Raxba!«

Mit ungelenken Flatterbewegungen schaffte es der große Rabe gerade noch, auf Elamars Arm zu landen. Knorrhold verstand sich zwar nicht auf das Heilen von Tieren, doch sah er sofort, daß mit dem linken Flügel etwas nicht in Ordnung sein konnte.

Elamar schien das gar nicht aufzufallen. Er drückte und herzte den Vogel wie ein Vater sein lange vermißtes Kind, das endlich nach Hause zurückgefunden hatte. Und tatsächlich hatte sich der Rabe in den Ifirnstagen des öfteren herumgetrieben, mehr oder weniger mit Duldung des Hexers. Das hatte Knorrhold an eine alte weidensche Mär erinnert, die davon erzählte, daß Ifirn die Ihr gefälligen Tiere jedes Jahr zu sich rief, um mit ihnen einen Rat abzuhalten, wie die Gottestocher Ihren Vater Firun milde stimmen konnte. Eigentlich hatte der Weidener nie an solche Ammenmärchen geglaubt, doch seit ihm Elamar berichtet hatte, daß Raxba in der Zeit, die der Milden Göttin geweiht war, manchmal für einige Tage verschwand, hatte Knorrhold seine Meinung geändert.

Elamar selbst hatte gelernt, Raxbas aufmüpfiges Verhalten zu billigen, auch wenn er sich in dieser Zeit ohne seinen Vertrauten oft sehr verlassen fühlte.

Immer wieder strich er dem Vogel über das schneenasse und dennoch so geschmeidige grauweiße Gefieder.

»Hast du nicht bemerkt, daß Raxba einen lahmen Flügel hat? Wenn du ihn weiter so drückst, dann ist von deinem Vogel bald nicht viel mehr übrig als ein Haufen Federn, mit denen du dein Schlafkissen stopfen kannst.« Knorrhold griff nach dem Raben, und erstaunlicherweise ließ sich Raxba, den Fremde sonst nie berühren durften, dies durchaus gefallen.

»Sag mir, was haben du und Raxba eigentlich angestellt, als mich Parinor damals mit seinem Schlaftrunk ausgeschaltet hatte? Mein Rabe scheint seither mehr auf dich zu hören als auf mich! Sein merkwürdiges Verhalten läßt sich nicht einmal auf die Ifirnstage schieben, denn dich mag er das ganze Jahr über.« Elamars dunkle Augen funkelten im Kerzenschein.

Knorrhold grinste. Dieser Hitzkopf schien wirklich eifersüchtig zu sein. Er würde die Zunft der Hexen, wie er sie insgeheim nannte, wohl nie so ganz verstehen. Und was er von dieser Geschichte mit dem Raben zu halten hatte, wußte er auch noch nicht genau. Der Flügel war jedenfalls gebrochen, soviel stand fest.

»Nun, Raxba, mit dem Fliegen ist es wohl erst einmal vorbei. Es kann ein Weilchen dauern, bis die Knochen deines Flügels wieder heil sind.«

Elamar maß den Medicus mit abschätzigem Blick. »Bei dir vielleicht, aber nicht bei mir. Du scheinst immer noch nicht viel von der Zauberkunst der Hexen zu verstehen.« Mit einem Kopfnicken bedeutete der Hexer seinem Vertrauten, auf seinen Arm zurückzukehren. Und Raxba folgte dem stummen Befehl ohne Zögern.

»Jetzt, da mein Rabe wieder bei mir ist, wird alles gut werden«, flüsterte Elamar, mehr zu sich selbst als an Knorrhold gewandt. Elamar zog sich auf das Bett zurück, entblößte den Oberkörper, setzte sich zu Josskas Füßen und umschloß das Tier dergestalt mit den Armen, daß nur noch der schwarze Schnabel hervorlugte.

»Alles wird wieder gut«, murmelte er immer wieder zärtlich vor sich hin. Mit den Fingerspitzen tastete er nach dem lahmen Flügel.

Knorrhold beobachtete die beiden aus sicherer Entfernung. Nein, er verstand wirklich nichts von der Zauberei der Hexen. Wie sollte er auch? Immer wenn Elamar einen Zauber wirkte, versank er in einen tranceähnlichen Zustand, war in gewisser Weise der Welt entrückt und war unansprechbar. Er konnte auch keine großen Gesten oder Formeln beobachten, wie sich der einfache Mann das Zaubern so vorstellte. Man mußte die Aufmerksamkeit schon ganz auf das Geschehen richten, um überhaupt zu bemerken, daß irgend etwas Ungewöhnliches geschah, was kein zufälliger Windstoß und kein schnellwirkendes Kraut genauso gut bewirken konnte. Und hinterher nachzufragen, um Erklärungen zu bekommen, dieses Unterfangen konnte man von Anfang an in den Wind schreiben. Da konnte man sich genausogut mit einem Stuhl unterhalten. Zwar behaupteten einige Magier genau dies von sich, sich nämlich mit einem Stuhl unterhalten zu können, aber … Knorrhold schüttelte den Kopf, um seine Aufmerksamkeit wieder ganz dem Geschehen auf dem Bett zuzuwenden.

Raxba, der sonst so eigenwillig war und durch die Luft wirbelte, als verfolge ihn ein Schwarm Grünbienen, hielt zu Knorrholds Überraschung ganz still. Kein Krächzen durchbrach die gespenstische Stille. Ja, fast schien es dem Medicus, als genieße der Rabe jede Berührung, jedes vorsichtige Tasten und Befühlen. Doch auch Elamar schien jeden dieser gemeinsamen Augenblicke auszukosten. Ein Lächeln umspielte seine Lippen, die Augen waren geschlossen, die ebenmäßigen Gesichtszüge entspannt, und er wiegte sich sachte hin und her.

Doch irgendwann – Knorrhold konnte nicht sagen, ob nach wenigen Augenblicken oder erst eine Weile später, so sehr hielt ihn der Anblick gefangen – veränderte sich das Bild von einem Wimpernschlag auf den anderen. Elamars Bewegungen wurden unruhig, sein Gesicht war von Pein verzerrt, dann von Trauer gezeichnet. Tränen strömten ihm über die Wangen.

Raxba suchte sich aus dem immer fester werdenden Griff des Hexers zu befreien, hackte mit dem Schnabel nach Elamars nacktem Oberarm und schaffte es endlich, seinen Fesseln zu entkommen.

Es war wieder einmal soweit. Der Hexer erlag einem neuerlichen Anfall. Knorrhold atmete tief ein und ließ die Luft in einem langen Seufzer wieder entweichen. Raxba suchte auf seiner Schulter Zuflucht. Sein Flügel war auf wundersame Weise geheilt; zumindest zeigte er keinerlei Anzeichen einer Flugschwäche. Doch Elamar war von der heilspendenden Trance in einen anderen Zustand hinübergeglitten, ohne daß selbst sein vertrautes Tier etwas daran hatte ändern können. Und dabei war der Vogel doch selbst mit den arkanen Kräften gesegnet, wie sein Gefährte einmal erklärt hatte. Anfangs war Knorrhold hingerissen gewesen von Elamars Heilkunst, doch jeder neue Anfall stärkte in ihm die Überzeugung, daß man das Spiel mit den arkanen Kräften doch besser ausgebildeten Magiern überlassen sollte. Nicht ohne Grund mußten sie Studienzeiten von etlichen Jahren durchlaufen, bevor sie die magischen Schulen verlassen durften, um ihre Kunst auch an Menschen anwenden zu dürfen.

Elamars Zustand verschlimmerte sich zusehends. Der Medicus schüttelte den Hexer an den Schultern, streichelte und schlug ihn, doch seine Berührungen schienen auf Elamars Haut abzuprallen, wie Seifenblasen auf einer Steineichenrinde zerplatzten. Nichts konnte verhindern, daß Elamar sich immer weiter entfernte, daß sein Geist auf die Reise ging in Gefilde, in die ihn niemand begleiten konnte. Ganze Sturzbäche von Tränen überfluteten seine Wangen, ergossen sich auf seine haarlose Brust und versickerten in der Strohmatte. Alle Farbe war aus dem Gesicht des Entrückten gewichen, seine Haut wurde zusehends kühler.

Raxba stieß ein sorgenvolles Krächzen aus, doch auch dieses brachte seinen Herrn nicht zurück. Unruhig tänzelte er auf Knorrholds Schulter von einem Bein auf das andere.

Der Medicus benötigte seine ganze Kraft, um Elamars verkrampfte Arme zu lösen, so daß er wenigstens dessen Puls fühlen konnte. Er schlug unregelmäßig und schwach.

Verzweiflung hatte von dem Medicus Besitz ergriffen. Hastig zerrte er an den Schnüren seines Rucksacks, wühlte zwischen den Kräutersäckchen, um durch Abtasten des Inhalts das Rechte herauszufinden, doch ohne Erfolg. Dann holte er eines nach dem anderen hervor, fingerte aufgeregt an den einzelnen Knoten herum, ließ das Säckchen auf den Boden fallen und griff nach dem nächsten, ohne sich weiter darum zu kümmern, daß sich die kostbaren Kräuter auf dem staubigen Boden verteilten.

Endlich fand er das getrocknete und gehäckselte Ilmenblatt, für das er in Havena tief in den Dukatenbeutel hatte greifen müssen, sprang zum Regal, auf dem verschiedene Schüsseln neben Kerzen und eigenartig geformten Steinen standen, schüttete den gesamten Inhalt des Beutels hinein und entzündete ihn mit einer der Kerzen, auch wenn er die Zeichen, die in das Wachs geritzt waren, nicht kannte.

Der wohlige Geruch verbreitete sich sofort in der ganzen Hütte. Knorrhold suchte die Wirkung des Krauts dadurch zu verstärken, daß er dem Hexer die

Schüssel unter die Nase hielt. Dadurch nahm auch er selbst den einen oder anderen kräftigen Zug des heilkräftigen Rauchs.

Der aufgeregte Rabe beruhigte sich zusehends, die schwarzen Äuglein verschwanden immer häufiger unter dem weißen Federkleid, und schließlich schlief er ganz ein, doch ohne von Knorrholds Schulter zu fallen. Hätte ein Fremder die Hütte in diesem Augenblick betreten, der Medicus hätte es wohl nicht geschafft, den Besucher davon zu überzeugen, daß er selbst mitnichten ein Sohn Satuarias war.

Bei Elamar zeigte das Kraut indes keinerlei Wirkung. Knorrhold selbst zwang sich mit aller Kraft, auf den Beinen zu bleiben, die Traumbilder, die sein Geist ihm sandte, und auch den Schlaf beiseite zu schieben, der ihn zu übermannen drohte. Wenigstens er selbst mußte an der Wirklichkeit festhalten, wenn schon Elamar ihr immer häufiger entrückte – von Josska ganz zu schweigen. Der schnarchte mittlerweile lautstark vor sich hin, wie es sich für einen Mann aus dem Land der Steineichenholzfäller geziemte.

Doch Elamars Befinden besserte sich nicht. Die Muskeln krampften, der Puls raste, um dann unregelmäßig zu klopfen und erneut zu rasen. Seine Haut war so weiß wie sein Leinenhemd, schweißbedeckt und eisig kalt, so als habe Boron schon eine Hand darauf gelegt. Der Atem war kaum mehr als solcher zu bezeichnen. Doch immerhin beschlug der kleine Handspiegel noch, den der Medicus seinem Freund vor den Mund hielt.

Also war er wieder einmal zur Untätigkeit verurteilt, ein Zustand, den Knorrhold mehr haßte als Rinderhirn in saurer Sahne, das Leibgericht seines Vaters, das es zu allen Festlichkeiten gegeben hatte. Knorrhold bettete Elamar neben Josska, nahm den Raben von der Schulter und setzte ihn dem Hexer zur Seite. Vielleicht übte das Tier ja einen beruhigenden Einfluß auf ihn aus, wie es zuvor Elamar auf Raxba getan hatte. Dem

Ernst der Lage entsprechend, mußte er jeden Rettungsversuch unternehmen, der sich ihm darbot.

Die Kerze mit dem verschlungenen Symbol, die er entzündet hatte, loderte knisternd auf und tauchte die Hütte in schattenreiches Licht, das den Muscheln und Federn, Ästen und Steinen, die die Hütte schmückten, Leben einzuhauchen schien.

Der Medicus kniete nieder, schloß die Augen, legte dem Kranken beide Hände auf die Brust und hielt stumme Zwiesprache mit Peraine. Doch nicht nur die Göttin der Heilkunst, seine Göttin, bat er um Hilfe, auch an Ihre Schwestern Hesinde und Tsa richtete er einige stumme Worte. Wenn die Kraft des Menschen versagte, konnten nur noch die Götter helfen. So war es immer schon gewesen, so war es heute, und so würde es bleiben.

Gern hätte er auch die Erdmutter um Hilfe angefleht, doch schien ihm Sumu, im Gegensatz zu den Göttern, so fremd und unbegreiflich, daß er den Gedanken wieder verwarf. Aber in seinem Herzen bewahrte er immer noch den Augenblick jener großen Harmonie, den er empfunden hatte, als die Seelen der beiden Brüder durch Sumus Kraft geeint worden waren. Und obwohl die augenblickliche Lage alles andere als erfreulich war, so erfüllte ihn doch der Duft wilder Blumen, machte das unvergeßliche Erlebnis sein Herz so leicht, daß Knorrhold sich fühlte, als hätte man ihm einen Blick nach Alveran gewährt. Ehe er sich versah, entschwanden ihm die Sinne, und Knorrhold sank auf Elamars Brust und schlief ein.

Irgend etwas riß ihn fort. Schneller als der stürmische Westwind überquerte er die schneebedeckten Heidefelder, und dabei hätte der Wind ihn doch eigentlich aufhalten müssen. Doch er fühlte keinen Widerstand, spürte keine Kälte. Mauern rasten auf ihn zu. Er würde unweigerlich zerschellen, sollte er mit dieser

Geschwindigkeit in sie hineinstürzen. Schützend nahm er die Hände vors Gesicht. Doch er spürte keinen Aufprall, wurde statt dessen weiter gezogen durch zahllose Zimmer, sah in die verschiedensten Gesichter, die kurz vor ihm auftauchten, die er aber genauso schnell wieder hinter sich zurückließ. Was geschah mit ihm? Wieder ein Traum, eine Nachricht, die ihm jemand schickte? Nein, diesmal war es anders, diesmal sah er keine Traumbilder.

Elamar versuchte seinen Flug zu verlangsamen, und mit ihm seine Gedanken. Da war sein Vertrauter gewesen, ein gebrochener Flügel, ein einfacher Zauber, um ihn zu beruhigen und den Bruch zu heilen. Doch jetzt war er allein, raste durch die Nacht und glitt durch Wände, als wären diese einfach nicht vorhanden.

Mitten in einer dunklen Gasse gelang es ihm schließlich innezuhalten. Er wußte zwar nicht, ob er selbst dies vollbracht hatte, doch blieb ihm keine Zeit, sich darüber Gedanken zu machen.

Dort drüben im Schatten lag jemand, halb von Schnee bedeckt, verborgen hinter einem Faß, auf dem ein Rabenvogel saß. Raxba? Nein, es war ein schwarzer Rabe. Es war Chrabos, der Vertraute Reisas. Aber was suchte er hier?

Elamar näherte sich dem unheimlichen Ort, ohne auch nur einen Fuß zu bewegen. Er schwebte einfach auf die am Boden kauernde Gestalt zu. Dabei fiel ihm auf, daß er weder den kalten Schnee noch den eisigen Wind auf der Haut spürte.

Es war eine Frau, es war Reisa, die hier leblos am Boden lag. Die Erkenntnis traf ihn wie ein Schlag, schleuderte ihn zurück, als hätte ihn der Hammer eines Ingerimm-Geweihten getroffen. Wieder raste er durch zahllose Zimmer, streifte zahllose Leben im Flug.

Nein, er durfte jetzt nicht den Mut verlieren, mußte seine Gefühle verdrängen, sich erneut auf den Weg machen. Er mußte ihr helfen. Sie würde erfrieren, gelänge es ihm nicht, zu ihr zurück zu finden und sie aufzuwecken.

Als er sich ein zweites Mal der Freundin näherte, schien der Rabe es zu bemerken. Ob dieser ihn sah? Nein, das wohl kaum. Aber er spürte seine Anwesenheit, das zeigte die Aufregung, die den Vogel ergriffen hatte. Also war er wirklich hier, zumindest ein Teil von ihm, vielleicht seine Seele, denn seinen Körper fühlte er nicht. Bin ich tot, überlegte Elamar, und schwebe als Geist umher?

Den Tod hatte er sich anders vorgestellt. Zumindest säße dann hier nicht Chrabos, sondern wohl eher Golgari, der ihn auf seinem Rücken ins Jenseits trüge. Nein, tot konnte er nicht sein. Das war einfach nicht möglich, so ganz ohne Gefahr und Kampf. Um einen ordentlichen Todeskampf ließe er sich auf gar keinen Fall betrügen, das beschloß er wie nebenbei, so wie man sich dazu entschließt, eine Reise nicht anzutreten, ohne noch einmal den Tempel oder die Lieblingsschenke aufzusuchen.

Er wollte nach Chrabos greifen, ihn berühren, doch seine Hand griff einfach durch den Vogel hindurch. Körperlos, geisterhaft.

Irgendwie hatte Chabros Elamars Annäherung aber trotzdem gespürt, denn er stieß ein schauerliches Krächzen aus und versuchte bei jedem weiteren Berührungsversuch, dem unsichtbaren Gegenüber zu entkommen.

Reisa hielt irgend etwas fest umklammert, preßte es an die Brust. Doch das Etwas war kein Ding, nein, es war ein Mensch, da war er sich ganz sicher. Als der Wind den Schnee wegwehte, erkannte Elamar auch, wer es war. Es war sein Bruder, und er sah blaß und krank aus.

Die unterschiedlichsten Gefühle ergriffen Elamar, wirbelten ihn umher, ließen ihn aufsteigen und zu

Boden stürzen. Hoffnung und Schmerz, Angst und Wut, alles, was ein Mensch empfinden konnte, versuchte in diesen Augenblicken nach ihm zu greifen, die Oberhand zu gewinnen und ihn zu überwältigen.

Doch nicht mit ihm! Elamar rammte die Beine in den Schnee, zumindest erschien es ihm so, auch wenn er keinerlei Abdrücke im feuchten Weiß hinterließ. Dann streckte er die Arme nach dem verlorenen Bruder aus. Er wollte ihn wecken, mußte ihn irgendwie erreichen, ihn retten.

Im gleichen Augenblick, da er seinen Bruder gerade mit der Hand erreicht hatte, drängte sich ein seltsamer Geruch in sein Bewußtsein, zerrte ihn fort, hinaus aus der Stadt, zurück in die Heide. Unter gewöhnlichen Umständen hätte er den Duft, den er schon mehrere Male in seinem Leben eingeatmet hatte, als angenehm empfunden. Doch jetzt erschien er ihm so unpassend wie ein Praiospfaffe auf einem Hexenfest oder besser, wie Rosenwasser auf einem Orkenpelz. Im Trudeln verlor er die Orientierung, vergaß oben und unten, links und rechts. Der verdammte Geruch war wie ein Sog, der ihn in die Tiefe der schwarzen Nacht hinauszerrte, ohne daß er die Herrschaft über sich selbst zurückgewinnen konnte.

Panik holte ihn ein, ergriff von ihm Besitz wie ein Beherrschungszauber vom Geist seines Opfers. Die einzigen beiden Menschen, die er liebte, waren verloren, wenn er nicht etwas unternahm. Sein eben erst zurückgekehrter Bruder durfte ihm nicht schon wieder genommen werden! Er war seine Familie, alles, was ihm noch geblieben war. Die Ungerechtigkeit, die sein Leben bisher bestimmt hatte, breitete sich als dumpfer Schmerz tief in seinem Innern aus, trieb ihm die Luft aus den Lungen. Er wollte schreien, seinen Schmerz hinausbrüllen, doch kein Ton löste sich von seinen ausgedörrten Lippen.

Dann stemmte er sich gegen den Sog, krallte die Finger in den Wind, griff nach jeder Bö wie ein Kletterer nach dem Fels. Leidenschaft erfüllte sein Herz, ein gutes Gefühl, er liebte es. Er wollte kämpfen, und zwar jetzt und hier. Und gleichgültig, wer sich ihm in den Weg stellte, er würde vor keinem Gegner zurückweichen. Wie hatte er doch vor wenigen Wimpernschlägen noch gedacht? Er wollte nicht gehen ohne einen gewaltigen Todeskampf. Und wenn nun die Zeit gekommen war, dann sollte es eben so sein. Sein Lebensbaum wurde gefällt, doch er wollte den, der die Axt hielt, nicht ungeschoren davonkommen lassen.

Mit kraftvollen Bewegungen zog er sich voran, ließ Zimmer, Menschen und Schicksale hinter sich und erreichte schließlich wieder die Gasse, in der die beiden lagen. Auch Chrabos saß noch auf dem Faß. Warum holte er denn keine Hilfe? Warum weckte er seine Freundin nicht?

Erst jetzt bemerkte Elamar, daß das Tier verwundet war. Es humpelte auf einem Bein, das andere verbarg es unter dem schwarzen Gefieder wie ein Storch. Und dann sah er das Blut, das die Federn tränkte. Was war den dreien nur widerfahren? Gegen welche Gefahren hatten sie bestehen müssen?

Noch während der Hexer den Raben betrachtete, vernahm er das Rauschen von Schwingen in der Luft. Es hob sich ganz deutlich vom Sausen des Windes ab.

Als Elamar den Kopf hob, sah er ihn, obwohl er dunkler war als die Nacht, schwärzer als ein Himmel ohne Sternenglanz. Und er erkannte ihn sofort, obwohl er ihn natürlich noch nie zuvor gesehen hatte: Golgari, den Totenvogel, den Boten, den Seelensammler aus dem Totenreich. Er kam geradewegs auf ihn zu. Bestimmt blieben ihm nur noch wenige Herzschläge.

In das verschneite Bündel neben ihm war Bewegung gekommen. Nein, eigentlich nicht in dieses Bündel, denn Reisa hielt Parinor noch immer unverändert in den Armen. Und doch stand sein Bruder jetzt neben ihm, blickte verwirrt auf sich hinab und starrte auf seinen neuen Leib, der durchsichtig war wie Glas, doch in einem warmen Schimmer glänzte.

»Nein!« Elamar schrie das Wort laut heraus, und sein Bruder schien ihn zu hören und auch wahrzunehmen, denn er blickte ihm direkt in die Augen.

»Was ist geschehen?« Parinors Stimme klang gefaßt und ruhig, fast friedlich in ihrem Klang. Der Geweihte starrte erneut auf seinen Körper, der nach wie vor reglos in Reisas Armen ruhte und von Windböen immer mehr mit Schnee bedeckt wurde.

Elamar hingegen saß im wahrsten Sinne des Wortes der Tod im Nacken, denn Golgari würde ihn mit wenigen Flügelschlägen erreicht haben. Ein neuerlicher Schrei löste sich von seinen Lippen: »Du darfst nicht sterben, nicht so, nicht hier, nicht jetzt!« Mit dem Mut der Verzweiflung ergriff er Parinors schimmernde Hand und riß ihn mit sich fort.

»Parinor, hör mir zu. Du mußt mir jetzt zuhören!« Tränen stiegen ihm in die Augen, und sein Blick trübte sich langsam. »Du kannst nicht sterben, wenn ich dich nicht gehen lasse. Wir kehren beide zurück zu meinem Körper, wir haben schließlich eine Seele. Du kannst nicht gehen ohne mich. Und ich bin noch nicht bereit zu gehen, verstehst du mich? Ich bin einfach noch nicht bereit dazu!«

Elamar warf einen Blick zurück: Ein riesiger schwarzer Schatten breitete sich vor Parinors Körper aus – und er blickte ihnen nach, schien für den Bruchteil eines Atemzuges zu zögern. Doch dann löste sich der Schatten wieder von der Erde, erhob sich mit schweren Schwingenschlägen in die Luft und eilte ihnen nach, schneller als der Wind.

Mit weit aufgerissenen Augen stürzte Elamar voran und zog den sich kaum bewegenden Parinor mit sich. Grimmige Entschlossenheit trieb ihn vorwärts, schneller und immer schneller. Er wollte seinen Bruder nicht verlieren – und sein eigenes Leben schon zweimal nicht. Wenn es sein müßte, dann würde er eben seinen Körper mit ihm teilen. Eine Seele, ein Körper, dann war doch alles in Ordnung. Doch leise hallte es in ihm: zwei Geister …

Rund um sie herum war nur noch ein Brausen und Rauschen. Golgaris Schwingen und der Sturmwind vermischten sich zu einer schauerlichen Symphonie der Vergänglichkeit. Doch Elamar achtete nicht mehr auf das Treiben um ihn herum. Er hatte nur noch ein Ziel, einen Gedanken, der sein Sein erfüllte: Er mußte seinen Körper erreichen.

Knorrhold war wohl beim Wachen eingeschlafen. Elamar und Parinor schauten auf ihn herab. Dann standen sie neben ihm, Hand in Hand, das Rauschen der Schwingen in den Ohren. »Schnell jetzt!« Elamars Beine hatten sich schon wieder mit seinem Körper vereinigt, nur der Oberkörper saß aufrecht auf dem liegenden Körper. »Worauf wartest du?«

Parinor schaute sich noch einmal um, blickte aus dem Fenster, direkt in ein unergründliches gelbes Auge, das Auge des Totenvogels. Dann kletterte er auf das Bett. Die beiden schimmernden Leiber verschmolzen zu einem Leib. Und der eine Leib vereinigte sich mit Elamar zu einem einzigen Wesen.

Golgari ließ für den Bruchteil eines Flügelschlags den Blick auf dem Hexer ruhen, ein unbewegtes, saugendes Starren, für das die Welt keinen Namen kennt. Doch nur einen Lidschlag später hatte er sich abgewandt, und im Fensterrahmen zeigte sich nichts als die von blättriger Farbe bedeckten Läden.

»Wir können sie doch nicht einfach hier liegenlassen, Ruagh. Ich kann nicht glauben, daß sie den Geweihten töten wollte. Schau sie dir doch an. Es sieht eher so aus, als wolle sie ihn beschützen.« Die Frau des Fischers klopfte den Schnee von den reglosen Körpern und blickte ihren Mann, der grimmig an seiner Pfeife zog, mit flehenden Augen an. »Und daß ein Rabe auf dem Fenstersims Unglück bringt, davon weiß ich nichts. Nun komm schon, Ruagh. Hilf mir. Sie müssen ins Warme, sonst holt Firun sie zu sich.«

Der Fischer brummelte einige unverständliche Worte in seinen Bart und wandte sich zum Gehen, so als hätte er die Worte seiner Frau gar nicht gehört.

»Ruagh! Um aller Götter willen, willst du dich gegen den Götterfürsten versündigen? Sein Zorn wird unsere Familie und unsere Kinder treffen, vielleicht sogar unsere Kindeskinder. Und selbst wenn Efferd uns vergeben sollte und unsere Netze im Frühling wieder voll sind, der gerechten Strafe des himmlischen Fürsten werden wir nicht entgehen. Wärest du letzten Praiostag mit mir in den Tempel gekommen, dann hättest du die Worte des Geweihten selbst gehört.«

Mit einem Seufzer drehte sich der mürrische Fischer um, ergriff den Geweihten, hob ihn hoch und stapfte durch den Schnee auf das Haus zu. Durch die offene Eingangstür drang ein wärmeversprechendes Licht in die Nacht heraus. Dann kehrte er zurück und holte die leblose Frau.

Die Fischerin schlug das Sonnenzeichen, schickte ein Stoßgebet gen Alveran und beeilte sich, ihrem Mann ins Haus zu folgen. Drinnen zog sie sich dicke Wollsocken über die kalten Füße, die nur in Holzschuhen gesteckt hatten, und setzte einen Topf mit Wasser aufs Feuer. Ruagh, der Fischer, leerte seine Pfeife am Kamin und zog sich, ohne ein weiteres Wort zu verlieren, in seine Schlafkammer zurück. Dagylma aber hüllte sich in eine warme Weste und holte die beiden Wolldecken aus der Truhe im Gang, die dort auf Besuch warteten.

Da beide Körper vom Schnee starr und kalt waren, bemerkte sie auch nicht, daß in dem des Mannes kein Funken Leben mehr steckte. Vor dem Feuer wickelte sie beide in die Decken, goß sich selbst einen Becher

Milch ein und machte sich für eine lange Nacht bereit, was für eine Mutter von sechs Kindern nichts Ungewöhnliches war. Sie wußte genau, wo ihr Platz in der Welt war und welche Aufgaben auf sie warteten. Und das Auflegen von kalten und warmen Wickeln gehörte zu jenen Verrichtungen, die eine Mutter dank all der Kinderkrankheiten, der Magenverstimmungen und Verletzungen als erstes lernte.

Als Knorrhold erwachte, blickte er in die runden schwarzen Augen einer Maus. Über Nacht mußte er wohl auf den Boden gerutscht sein. Als er sich aufrappelte, verschwand das graue Tierchen piepsend unter dem Bett.

Elamars Atem ging ruhig, er schlief tief und fest, einen Arm um den neben ihm schnarchenden Josska geschlungen. Nun konnte er selbst erst einmal die müden Knochen strecken und vom Regal Becher und Teller holen. Sein Notvorrat mußte hier irgendwo zwischen den Kräutersäckchen liegen. Schließlich kannte er seinen Begleiter jetzt schon gut genug, um stets auf eine unvorhergesehene Reise vorbereitet zu sein. Er war kein Freund des Hungerns und konnte dies auch aus medizinischen Gründen nicht empfehlen.

Um sich den Schlaf aus den Augen zu waschen, genügte der Schnee vor der Hütte. Man gehörte zwar zur gebildeten Volksschicht, war aber schließlich kein eitler Leibmedicus vom Hofe.

Der Wind hatte nachgelassen, und die verschneiten Heidefelder glitzerten in der aufgehenden Morgensonne. Tief atmete der Weidener die kühle Luft ein, sog die Lungen voll, bis sie zum Bersten gespannt waren, hielt dann einige Augenblicke lang inne und stieß den Atem mit einem Mal wieder aus. Wer einen Tag auf diese Art mit Firuns kaltem Atem begann, dem ging auch während der folgenden Stunden nie die Luft aus. So hatte sein Großvater immer zu sagen gepflegt.

Raxba landete auf Knorrholds Schulter und kniff ihn übermütig ins Ohr. Wahrscheinlich hatte der Vogel ebenso großen Hunger wie er selbst.

»Nun, dann komm nur herein! Ich habe zwar nicht viel, doch für deinen kleinen Rabenmagen mag es wohl reichen.« Inzwischen hatte er sich sogar daran gewöhnt, mit dem Federvieh zu sprechen. Man stand auf du und du.

Knorrhold rupfte gerade das Stückchen Brot in kleine Teile, als Elamar mit einem Schreckensschrei aus dem Bett sprang und verwirrt den schlafenden Andergaster anstarrte.

»Ausgeschlafen? Wird ja auch Zeit. Praios schenkt uns heute einen wunderschönen Wintertag, und vielleicht kann er Firun gar ein wenig ins Schwitzen bringen. Übrigens, wie ist das werte Befinden?« erkundigte sich der Medicus.

Elamar starrte ihn aus weit aufgerissenen Augen an, so als hätte er gerade den Namen zweier Erzdämonen ausgerufen. Dann bemerkte der wie erstarrt Dastehende, daß er weder Hemd noch Hose trug, was ihm die Schamesröte ins Gesicht trieb. Als er sich bückte, um nach dem Leinenhemd zu greifen, das auf dem Boden lag, rutschten ihm seine an jedem Morgen besonders widerspenstigen Haare ins Gesicht, was einen erneuten Schreckensschrei zur Folge hatte.

»Sind wir heute aber wieder prüde«, neckte Knorrhold ihn mit einem Grinsen und biß dann herzhaft in ein großes Stück Speck, das er sich genüßlich auf der Zuge zergehen ließ.

»Wo bin ich? Was, um des Gerechten willen, ist nur geschehen?« Verwirrt zerzauste sich der Hexer die schwarze Mähne, bis jedes Haar eine ganz eigene Richtung gefunden zu haben schien.

»Was geschehen ist? Sieh dir den an, Raxba«, richtete er sein Wort an den Raben, der sich einen sicheren Platz auf dem Regal gesucht hatte, um dort auf die Happen zu warten, die Knorrhold ihm zuwarf. »Macht doch tatsächlich wieder einen Ausflug ins Reich der Träume und weiß dann nicht, was geschehen ist. Wissenschaftlich gesehen übrigens bemerkenswert, genauso wie der Umstand, daß dich aber auch gar nichts aufwecken kann, wenn es wieder einmal soweit ist. Ich glaube, du würdest auch dann noch träumen, wenn man dich kopfüber von der Prinzessin-Emer-Brücke in den Hafen stürzen würde.« Er hielt kurz inne. »Übrigens habe ich solches schon einmal ganz ernsthaft in Erwägung gezogen. Aus rein wissenschaftlichen Gründen, versteht sich.«

»Geträumt?« Die Ratlosigkeit des Erwachens wurde jäh von der Erinnerung an die gestrigen Geschehnisse beiseite geschoben. Elamar griff nach seinen Beinen, betastete die Brust und befühlte das Gesicht. *»Praios steh mir bei!«*

»Seit wann steht dir der Götterfürst so nahe, daß dir sein Name schon am frühen Morgen über die Lippen kommt?« Schmunzelnd kaute Knorrhold weiter. »Deine Stimme scheint leicht angegriffen. Willst du ein Stück Speck? Das schmiert die Stimmbänder.«

Mit einem Satz war der Hexer bei ihm, ergriff mit beiden Händen seine Schultern und zerrte ihn herum. Der Speck fiel zu Boden. *»Bin ich tot?«*

Knorrhold befühlte die Stirn des Hexers und stellte in gespielt sachlichem Ton fest: »Fieber hast du nicht, die Gesichtsfarbe ist in Ordnung, Puls fühlbar. Nein, tot bist du nicht! Vielleicht ein wenig Hirnsausen, aber das geht vorbei. Du solltest ein paar Tage als Gast im Noionitenkloster verbringen. Das beruhigt das Gemüt und …« Es war wohl doch schlimmer, als er gedacht hatte. Der Medicus beobachtete seinen Patienten mit dem Blick des forschenden Gelehrten.

Dieser schlug sich nun selbst ins Gesicht, mehrere Male und so fest, daß die Abdrücke der Finger zu erkennen waren. Dazu schalt er sich selbst: *»Komm schon, wach auf! Wo steckst du? Bist du noch da?«*

Knorrhold bückte sich nach seinem Frühstück, ohne seinen verwirrten Freund aus den Augen zu lassen.

Um den Speck hatten sich schon die ausgehungerten Mäuse gekümmert. Räuspernd versuchte er, auf sich aufmerksam zu machen. »Draußen vor der Hütte liegt Schnee. Vielleicht bringt dich der ja wieder zur Besinnung …« Er hatte seinen Satz noch nicht vollendet, da hatte Elamar auch schon die Tür aufgerissen und sich der Länge nach in den mehr als knietiefen Schnee geworfen.

Kaum war er in Firuns Geschenk versunken, als er auch schon wieder aufsprang. »Wer war das? Wer stößt mich da in den Schnee? Gib acht, daß ich dich nicht in eine Kröte verwandle. Knorrhold, du hinterhältiger …« Dann verstummte er so plötzlich, wie er losgeplappert hatte, und stürzte zurück in die Hütte.

»Allmählich mache ich mir ernsthafte Sorgen um dich«, erklärte Knorrhold kopfschüttelnd. »Du hast wohl wirklich nicht mehr alle Weidenkätzchen beisammen. Dir paßt ja schon die kleinste Mütze.« Es war wohl angeraten, einen Kollegen zu dem Fall hinzuzuziehen, und zwar einen, der sich ganz den Krankheiten der Seele widmete. Irgendwie erinnerte Knorrhold das Ganze an eine schlechte Theateraufführung. Er hatte bisher zwar erst eine einzige gesehen, doch die hatte ihm vollauf gereicht.

Elamar verfiel von einem Gemütszustand in den nächsten. Jetzt stimmte er ein lautes Lachen an, umarmte sich selbst und drehte sich übermütig im Kreis. »Wir haben ihm ein Schnippchen geschlagen, hörst du! Er war nicht schnell genug. Wir waren schneller!«

»Laß mich da aus dem Spiel!« wehrte Knorrhold ab. »So stark ist Ilmenblatt nun auch wieder nicht. Jedenfalls ruft es keinerlei Geistesveränderungen hervor, und auch Nachwirkungen sind nicht bekannt. Mich kannst du also nicht dafür verantwortlich machen.«

»Aber ich meine doch nicht dich, ich meine *uns*.« Der Hexer deutete mit beiden Händen und stolz geschwellter Brust auf sich selbst.

»Ach ja, wenn du das so siehst. Der edle Ritter mit dem angeschlagenen Helm spricht neuerdings die Adelssprache.« Vielleicht war es besser, dem Hexer nicht zu widersprechen. Was da gestern wohl in die Binsen gegangen war, konnte Knorrhold nicht mit Sicherheit sagen, auf alle Fälle hatte er Mühe, den aufkeimenden Zorn zu unterdrücken. Schließlich war Elamar sein Patient. Da war es unangebracht, zornig zu werden.

»Ja, wirklich, mein Bruder und ich. Wir sind Golgari aus dem Schnabel gehüpft«, versuchte Elamar sein Gegenüber mit einem triumphierenden Grinsen zu überzeugen, und für einen kurzen Augenblick verharrte er in einer Heldenpose, die jedem Hofnarren zu Ruhm verholfen hätte. Dann verfinsterte sich sein Gesicht aber zusehends, und seine Stimme klang wieder etwas tiefer, als er sich bestätigte: *»Ja, du kannst ihm ruhig glauben. Boron wird uns zürnen, von Praios ganz zu schweigen, aber ich lebe noch, und das verdanke ich ihm.«*

Langsam wurde es dem Medicus nun doch zu bunt. »Du redest orkisch. Selbst Ljif Hjalgarsson hat damals nach seiner schweren Kopfverletzung nicht solchen Unsinn geplaudert, auch wenn ich zugeben muß, daß ... Nun komm schon. Du wirst dich jetzt hinlegen, und ich ...«

»Nein, das können wir nicht!« beharrte die hellere Stimme, und die dunkle fügte hinzu: *»Ja, wir müssen gleich los. Noch ist Zeit, noch können wir unseren Vater aufhalten ...«* – »... und Reisa retten!« ergänzte die helle.

»Reisa? Wo ist sie? Geht es ihr gut?« machte sich eine besorgte und verschlafene Stimme vom Bett aus bemerkbar. Josska war aufgewacht und stemmte sich mühsam hoch.

»Das ist ja kaum auszuhalten!« Knorrhold griff sich mit beiden Händen an den Kopf, verdrehte die Augen himmelwärts und bemühte sich, seine Gedanken zu ordnen.

»Hallo, Josska!« begrüßte Elamar den Andergaster, und dann noch einmal: *»Praios zum Gruße, mein Freund. Lange nicht gesehen.«*

»Was heißt denn hier lange?« rief der Medicus dazwischen und warf auch den Rest des Specks den Mäusen vor. »Du hast dich doch gestern erst von ihm verabschiedet. Peraine, hilf!« rief er mit zum Himmel gereckter Hand aus und verließ die Hütte. »Ich weiß, du bist allmächtig. Gib ihm seinen Verstand zurück.«

»Noch einen können wir hier aber nicht gebrauchen. Dann wirds eng.« Elamar kam ihm hinterher.

»Na, so eng ist es ja auch nicht in der Hütte«, warf Josska ein.

»Vielleicht ist er besessen?« sprach der Medicus leise zu sich selbst. »Irgend etwas hat von ihm Besitz ergriffen. Und ich bin sein nächstes Opfer, des Wahnsinns fette Beute.« Kichernd schüttelte er den Kopf.

»Wir erklären es dir später. Die Zeit verrinnt, Praios' strahlendes Auge schaut auf uns herab. Laßt uns aufbrechen!«

»Meinst du jetzt dich, oder schließt das Josska und mich mit ein?« fauchte Knorrhold Elamar herausfordernd an.

»Uns alle natürlich! Wen soll er denn sonst meinen?« gab ihm der Hexer mit einem verwunderten Schulterzucken zur Antwort, so als sei gar kein Zweifel an den Worten möglich.

Doch der Medicus war nun vollends mit der Geduld am Ende. »Vielleicht hilft es ja, wenn ich dir 'ne thorwalsche Antwort verpasse, so wie Ljif mir das beigebracht hat.« Mit diesen Worten stürzte er sich auf Elamar und drückte ihn in den Schnee, um ihn kräftig damit abzureiben.

»Heda, laß das!« war alles, was Elamar herausbrachte, der sich nach Kräften wehrte. *»Bei Praios' fürchterlichem Zorne! Wirst du wohl von mir ablassen!«*

Knorrhold stutzte. Das klang nach Parinor. Solche Worte hätte der Hexer nie in den Mund genommen, ohne nach der Erwähnung des Götterfürsten auszuspucken.

Elamar nutzte die Verschnaufpause, um seinen Gegner abzuschütteln, und Josska hielt den Medicus mit einem Arm mühelos im Schnee fest.

»Parinor?« Knorrhold wand sich unter Josskas Griff.

»Endlich hat er's begriffen.« Elamar richtete sich auf und straffte seine Haltung. *»Du mußt aber auch zugeben, daß das Geschehene wirklich schwer zu begreifen ist, Bruder.«* – »Und du, Parinor, mach dich nicht so steif, ich meine, mich, uns. Schließlich habe ich keinen Besen verschluckt. So kann ich nicht laufen.« – *»Nun, wie machst du das denn, Bruder?«* Elamar ließ die Schultern hängen und nahm eine bequeme Haltung ein. *»Kein Wunder, daß du in dieser Haltung nicht auf einem Besen sitzen konntest.«*

Kurzes Schweigen. »He, hinaus aus meinen Erinnerungen! Die gehen dich nichts an.« Ohne es zu wollen, mußte Elamar an sein Techtelmechtel mit dem jungen Tsageweihten denken. *»Du meine Güte!«* Elamar errötete in Parinors Namen. Doch dann wurde seine Stimme leise. *»War das unsere Mutter? Ich habe sie nur ein einziges Mal gesehen. Sie war schön.«* – »Ja, wunderschön.« Elamar beschloß, bei dieser Erinnerung zu verweilen.

Ohne weiter auf die beiden Männer im Schnee zu achten, marschierten er und Parinor zur Kutsche, um die Pferde einzuspannen und reisefertig zu machen.

Josska ließ von Knorrhold ab und schaute diesen ratlos an, ein Gesichtsausdruck, den der Medicus in den vergangenen Monaten so oft bei dem Andergaster gesehen hatte. »Versuch erst gar nicht, es zu verstehen, oder – noch schlimmer – mich zu bitten, es dir zu erklären.« Mit diesen Worten kehrte der Medicus in die Hütte zurück, wo er wortlos seine Sachen zusammensuchte.

Josska zuckte die Schultern und begann leise zu singen: »Sein Herz war jäh geteilt …«

Die Ruder tauchten fast geräuschlos ins schwarze Wasser, und auch sonst schien Havena an diesem Morgen, der so stürmisch über die Stadt hereingebrochen war, noch zu schlafen. Selbst die Möwen zogen es vor, mit der Suche nach Beute noch etwas zu warten, doch verirrten sie sich auch zu anderen Tageszeiten nur selten bis hierher. Und so blieben sie auch jetzt auf der Krakeninsel zurück, um dem kleinen Ruderboot nachzusehen, wie es auf die Insel zusteuerte, die nur selten von einem Boot angelaufen wurde.

Reisa ließ ihre Gedanken treiben, so wie das Boot auf dem Wasser trieb. Die Augen hatte sie starr auf den Fischer gerichtet, der es vermied, ihren Blick zu kreuzen. Noch fühlte sie sich leer und schwach, und der Mantel der am Ufer zurückgebliebenen Fischerin wärmte sie nur unzureichend, genauso wie die Schuhe aus Holz. Ihr Atem stieg als weißer Nebel in den klaren Morgenhimmel, wurde vom Wind ergriffen und davongetragen. Das rote Haar versuchte ihm zu folgen und wehte ihr ins Gesicht, aber Reisa störte es nicht.

Ohne es zu bemerken, streichelte sie das Gesicht des leblosen Körpers, den sie heute auf seiner letzten Reise begleitete. Die gutherzige Fischerin, deren Namen sie nicht einmal kannte, wollte sie zuerst nicht aus dem Haus lassen, da Reisa sich kaum auf den Beinen halten konnte, so schwach war sie noch. Die Frau verstand nicht, warum die fremde Besucherin den Toten selbst auf die Boroninsel bringen wollte, wiewohl man das doch auch den Praiospriestern hätte überlassen können, zumal der Verstorbene doch einer von ihnen gewesen war. Doch das hätte Reisa natürlich niemals zugelassen. Seinen Körper sollten sie nicht bekommen. Wenigstens im Tod sollte Parinor seinen Frieden finden. Und wenn er die Insel des Totengottes erreicht und die Schwelle des Borontempels erst einmal überschritten hatte, dann reichte selbst der lange Arm der Praiospfaffen, ja selbst die Faust des Bannstrahles nicht aus, um sich seiner noch einmal zu bemächtigen. Die Boroni verließen die Insel, die wie ein Mahnmahl der Katastrophe vergangener Tage im Hafen lag, nur selten, doch Tote, die ihnen übergeben wurden, niemals.

Da sich an diesem für die Küstenstadt viel zu kalten Morgen nur wenige Menschen auf den Straßen zeigten, waren sie ohne Schwierigkeiten bis zur Anlegestelle für die kleineren Fischerboote gelangt, ohne mit dem leblosen Körper Aufsehen zu erregen. Schwierigkeiten hatte es nur gegeben, als der Fischer Ruagh erfahren hatte, wohin er die Rothaarige rudern sollte, da kein halbwegs vernünftiger Havener, nicht einmal die tollkühnsten Burschen, die Insel des Totengottes betraten. Doch das flehentliche Bitten seiner Frau hallte ihm noch in den Ohren, als er das Boot bereits vom Kai abgestoßen und die ersten Ruderschläge getan hatte. Und so war an eine Umkehr nicht mehr zu denken, noch dazu da er doch nicht genau sagen konnte, wieviel üble Hexerei noch in den smaragdgrünen Augen lauerte, die da auf ihn gerichtet waren, auch wenn er, ein kräftiger Fischer von der Krakeninsel, die schwächliche Frau nicht hätte fürchten müssen.

So hatte er dem Gejammere seiner Frau lediglich einige verhaltene Flüche entgegengesetzt und dem Efferd gelobt, ihm seinen ersten Fang zu opfern, wenn dieser ihn nur wieder heil zurückbrächte, damit er seiner lieben Dagylma einmal ordentlich die Meinung sagen könnte. Und den Besuch des Praiostempels wollte er ihr auch verbieten, auf daß sie wieder eines der beiden Häuser des Efferd besuchte, so wie sich das für einen anständigen Krakeninseler gehörte.

Reisa lauschte in sich hinein, doch fand sie in ihrem Innern nur farblose Leere. Ohne Gefühl, doch auch schmerzlos. Diese Leere hatte sich im rechten Augenblick ausgebreitet, um ihrem Haß Einhalt zu gebieten und sein loderndes Feuer zu ersticken. Nach dem tobenden Kampf am vergangenen Tag hatte sie die Ruhe der Nacht genutzt, um wieder die Oberhand zu gewinnen. Doch Reisa wäre dankbar dafür gewesen, hätte sie in diesem Augenblick irgend etwas empfinden, vielleicht sogar ein paar Tränen vergießen können.

Das Leben um sie herum schien ebenso zu frieren und innezuhalten wie ihr Denken und Fühlen. Es schien auf den Frühling zu warten, um von neuem seine Kraft zu verströmen, das einzige Ziel, welches das Leben kannte. Auch Reisa war nur ein einziges Ziel geblieben: Sie wollte den Priestern des Wächters über die Seelen den Toten übergeben.

»Und ihr seid jetzt beide da drin?« Josska stieß Elamar mit seiner Hand gegen die Brust und blickte dabei so ratlos drein, daß Elamar am liebsten gelacht hätte. Doch die Ernsthaftigkeit des Geweihten, die immer mehr mit seinem Frohmut zu verschmelzen drohte, ließ dies nicht zu. Das Ergebnis war eine Grimasse, wie sie der beste Possenreißer nicht vortrefflicher hätte hervorbringen können. Josska wandte den Kopf zu Knorrhold, der neben ihm marschierte. Der Ausdruck seiner blauen Augen hatte sich nicht verändert.

Der Weidener hatte diesen Blick bei dem Andergaster schon oft beobachtet. Dann sah der stämmige Bursche aus wie ein kleines Kind, das nicht bis drei zählen konnte. Und dem war wohl auch so, überlegte Knorrhold und schickte die Pferde mit einem Klaps davon. Den Gefängniswagen hatten sie vom Knüppeldamm hinuntergeschoben, so daß es jetzt für den ahnungslosen Reisenden aussehen mußte, als hätte ihn ein unvorsichtiger Lenker abseits des Weges zurücklassen müssen. Schließlich konnten sie mit diesem Gefährt schlecht wieder am Stadttor von Havena vorfahren und bei den Wachen, vielleicht gar bei einem Bannstrahler, Einlaß begehren.

Zwar kannte sich der Medicus eher schlecht als recht aus mit jener Art von Heilkunde, die Verrückten klaren Verstand schenken, aber genausogut gesunden Menschen das bißchen Grips kosten konnte, das Praios ihnen geschenkt hatte. Vielleicht bekümmerte ihn gerade deshalb das Verhalten seines Gefährten um so mehr. War es sonst schon schwierig, mit dem Hexer ein vernünftiges Gespräch zu führen, so konnte man es jetzt als ein schier unmögliches Unterfangen bezeichnen. Dabei hätte es für ihn, Knorrhold, noch so viel zu fragen gegeben. Nicht, daß es bloße Forschergier war, die ihn antrieb, nein, das nicht. Gut … vielleicht ein bißchen. Aber zuvörderst war es die Sorge um einen guten Freund, seinen einzigen wirklichen Freund, die ihn bedrückte, seit er die Kaiser-Menzel-Stadt verlassen hatte.

Doch gleichzeitig ärgerte ihn die Dickköpfigkeit der beiden Brüder, die, jetzt in einem Körper vereint, selbst die Sturheit eines Zwergen übertraf. Wie wollte man seine Hilfe an den Mann bringen, wenn der Patient den Anweisungen des Arztes einfach nicht Folge leistete? Ganz unmöglich! Am besten war es wohl, überlegte der Medicus, er übergäbe den Hexer an ein Noionitenkloster.

Mit diesem festen Entschluß stapfte er weiter und überließ den immer noch auf eine Antwort wartenden Andergaster sich selbst.

Josska kickte ein Häuflein Schnee in den Graben, vergrub die Hand unter dem zerfledderten Mantel, den sie in der Hütte gefunden hatten, und trottete den beiden mit klammen Zehen hinterdrein, zuerst noch mißmutig und sich ungeduldig mit der Faust gegen den Körper klopfend, dann leise vor sich hin summend. Schließlich wollten ihm zu der Melodie gar einige Worte über die Lippen kommen.

Schreiben hatte er nie gelernt, doch dafür war sein Gedächtnis um so besser. Je mehr Lieder er zusammenreimte, desto besser gelang es ihm, sich Strophe um Strophe zu merken und sie auch dann nicht durcheinanderzubringen, wenn er vor Publikum sang:

»Nimmt vom Arm und nimmt vom Bein,
renkt die Schulter wieder ein,
wickelt, bindet, und nicht sacht
ist's der Knorrhold, der das macht.«

Doch der mit dem Lied Bedachte achtete nicht darauf, was da hinter seinem Rücken gesungen wurde. Zu sehr war er damit beschäftigt, dem seltsamen Phänomen dieses Seelenbandes auf die Spur zu kommen und neue Vermutungen anzustellen. Er fragte Elamar, der alles und doch so gut wie gar nichts sagte, fragte Parinor und bekam einen heiligen Spruch aus einem Werk zitiert, dessen langer Titel wohl nur einem Praiosgeweihten fließend über die Lippen kam, befühlte die Stirn des Hexers und bekam daraufhin einen Schneeball ins Gesicht gedrückt, begleitet von mahnenden Worten, das Dahinschreiten nicht zu stören, denn gerade bei dieser Tätigkeit könne ein Praiote am ehesten einen klaren Gedanken fassen, nachdem dies schon schwierig genug sei, wenn man das Gehirn mit jemandem teilen müsse, dessen Denken so gar nicht zwischen Traum und Wirklichkeit unterscheiden wolle. Und so ging es fort, bis sie schließlich vor dem Garether Tor standen, das mit seinen Reliefbildern den Reisenden zum Staunen einlud, bevor es ihm Einlaß in die alte Stadt am Großen Fluß gewährte.

»Woher?« lautete die kurze Frage der frierenden Wächterin, die von einem Fuß auf den anderen trat, um sich aufzuwärmen. Ihr war anzusehen, daß sie über die morgendliche Störung nicht sonderlich erfreut war, wartete auf sie doch die warme Wachstube, das einzige, was das Herz einer Wachfrau an einem solchen Wintertag erfreuen konnte.

»Orbatal«, gab Knorrhold hastig zur Antwort, um seinem verwirrten Gefährten zuvorzukommen und da es nun einmal die Aufgabe eines Medicus war, für seinen Patienten zu antworten. Doch vergebens, schon ließ der Hexer seine überraschend tiefe Stimme erschallen: *»Seit wann muß ein Geweihter des Praios seine Schritte erklären?«*

Elamar schlug sich mit der Hand auf den Mund, während die Wächterin sichtlich mißmutig die Brauen runzelte und die beiden anderen Reisenden musterte, so als erwarte sie von ihnen eine Erklärung des Gehörten.

»Achtet nicht weiter auf ihn. Wenn Ihr gestattet?« Knorrhold deutete eine knappe Verbeugung an und trat vor, um sich als Sprecher der Reisegesellschaft vorzustellen. »Giselhold Fuchsenburg mein Name, Medicus der noionaren Gebrechen, Heiler der verwirrten Geister. Zwei meiner Patienten«, murmelte er und beugte sich vor, damit die frierende Maid ihn verstehen konnte. »Wenn ich Euch ins Vertrauen ziehen darf ... Wie mir dünkt, ist jener« – Knorrhold deutete mit einer Geste, die er einmal bei einem Jahrmarktzauberer gesehen und die ihn in ihrer Großartigkeit beeindruckt hatte, auf Elamar –, »der Euch durch sein loses Mundwerk schon aufgefallen ist, besessen von einer Wesenheit, mit deren ausführlicherer Beschreibung ich Eure Vorstellungskraft nicht auf die Probe stellen möchte.« Er legte eine Kunstpause ein, um seine Worte wirken zu lassen. Dabei suchte er den Blick der Wachfrau gefangenzuhalten, so wie die Beherrschungsmagier aus Lowangen, die er im Orkkrieg einmal beobachtet hatte, dies bei ihren Opfern angewendet hatten.

»Und jener dort... Ist Euch aufgefallen, daß ihm eine Hand fehlt und er leise vor sich hinbrabbelt? Bei ihm kam der Rat zu spät, einem Ork niemals die Hand zu reichen, da er sie sonst als Geschenk für seine Kinder mit nach Hause nimmt.«

Wieder Stille, dann schüttelte sich die Wächterin, als hätte man ihr einen Eiszapfen in den Waffenrock geschoben, und suchte wieder mehr Abstand zwischen sich und dem Mann mit dem bohrenden Blick zu gewinnen. Wenn dieser Mann bis auf den Grund der Seele tauchen kann, dachte sie bei sich, dann darf ich mich ihm nicht zu lange aussetzen. Die Sonne hinterläßt einen Brand auf der Haut, so auch der Frost, und wahrscheinlich vermag ein solcher Blick das gleiche mit meiner Seele anzustellen.

»Weiter, weitergehen! Ihr könnt passieren.« Kaum waren die Ankömmlinge durch die Tür im Tor getreten, verschwand die Wachfrau schleunigst wieder in ihrem Wachhaus.

Knorrhold atmete auf. Seit er sich mit einem Hexer durch die Lande schlug, hatte er so gekonnt zu lügen gelernt, daß er es wohl nie mehr in seinem Leben wagen konnte, einem Praiospriester unter die Augen zu treten. Aber dafür gab es mittlerweile auch noch andere Gründe. Schauerliche Bilder von einer Hexenverbrennung tauchten vor seinem inneren Auge auf: Oben auf dem Scheiterhaufen stand Elamar, gefesselt an einen Pfahl, und neben ihm ein junger Medicus aus Weiden, dem niemand glaubte, daß er mit der Hexenbrut nichts zu schaffen hatte. Obwohl – wahrscheinlich würde man ihn gar nicht verbrennen. Ein Götterurteil als Prüfung, ob er auch ohne Hände im Wasser schwimmen konnte und sein Leben retten wollte, auch wenn er sich dadurch als Hexer entlarvte, dünkte ihm viel wahrscheinlicher.

Sie waren schon einige Schritt weit gelaufen, als sich die Wachtür wieder öffnete und die Wächterin erneut erschien. »Heda! Kommt zurück. Da gibt es noch ein paar Fragen zu klären.«

Knorrhold drehte sich mit angehaltenem Atem um, versuchte sich wieder in die Rolle des Noioniten hineinzuversetzen wie ein Schauspieler vor dem Auftritt. Gerade wollte er auf die Wächterin zumarschieren, als ihn Elamar am Ärmel packte. Und dann sah er auch, warum: In der Tür zur Wachstube war der goldbestickte weiße Mantel eines Bruders vom Orden des Bannstrahl Praios' aufgetaucht.

So schnell sie konnten, nahmen die drei Gefährten die Beine in die Hand. Der nasse Schnee machte das Vorankommen nicht gerade einfach. Fast schien es dem Medicus so, als schlössen sich bereits die Fußfesseln des Bannstrahls. Er spürte den Blick des Geißlers, der mit einer Handvoll Gardisten die Verfolgung aufgenommen hatte, förmlich im Nacken. Fast erwartete er, der Himmel werde sich auftun und ein Strahl hellen Lichtes werde ihn treffen und vernichten.

Josska, der bestimmt nicht zum ersten Mal im Schnee um sein Leben lief, wenigstens wenn man den vielen Anekdoten Glauben schenken durfte, die man sich im Albernischen über den Kleinkrieg zwischen Andergast und Nostria erzählte, hatte den Medicus bereits überholt und stürzte nun hinter Elamar in die Eingangstür eines Hauses.

Das Schild über der Tür war vom Schnee bedeckt, doch Knorrhold wußte, daß dies die Taverne *Zum Garether Tor* war, hatte er hier doch schon einmal seinen Beutel mehr oder minder freiwillig an eine schwer angetrunkene Elfe abgetreten. Was damals genau geschehen war, hatte er vergessen; auf jeden Fall waren ihm die wohlbeleibten Wirtsleute in angenehmer Erinnerung geblieben.

Er warf einen Blick zurück. Wohl fünf Wächter folgten dem mit dem Schwert bewaffneten Geißler; einer von ihnen schickte sich offensichtlich gerade an, Verstärkung zu holen, denn er machte sich in Richtung des Exerzierplatzes davon. Oder wollte er zum Praiostempel?

Der Medicus hatte keine Zeit, darüber nachzusinnen. Er mußte sich beeilen, um den beiden anderen durch die fast leere Schankstube zur Hintertür zu folgen. Dem Wirt, der noch seine Nachtmütze trug, warf er seinen Glücksdukaten zu, den er immer in einer kleinen Tasche im Gürtel trug. »Sperr die Tür gut zu und warte dann so lange, wie du brauchst, um einen Humpen Bier genüßlich auszutrinken, bevor du sie wieder öffnest.«

Draußen hatte der Andergaster trotz seiner Behinderung die Mauer zum Nachbargrundstück bereits überklettert. Nur Elamar hing mehr schlecht als recht an einem Baum, der ihm als Brücke diente, und schimpfte wie ein Tempelspatz. »Für Anmut und Würde haben wir später noch Zeit, jetzt zählt nur Geschwindigkeit. Also gib gefälligst meine Beine frei. Mit denen kannst du später weiterschlottern. Jetzt aber schließ einfach die Augen, dann siehst du nicht, wie hoch es ist.« Zu gern hätte er wieder in einem fliegenden Boot oder einfach nur auf einem Besen gesessen. Doch da die Salbe mit dem Wind verflogen war, mußte er wohl bis zum nächsten Hexentreffen warten, bis er wieder in die Lüfte steigen durfte. Dann aber auf einem richtigen Besen, beschloß er, denn für solch große, unpersönliche Flugobjekte wie Ruderboote war die Salbe, die auf den Festen gebraut wurde, einfach nicht geschaffen.

Parinor tat anscheinend wie ihm geheißen, denn im nächsten Augenblick hörte er den Hexer abermals schimpfen: »Jetzt kann ich nichts mehr sehen. Mach die Augen wieder auf und überlaß alles weitere …« Weiter kam er nicht, denn seine Arme lösten sich von dem haltspendenden Ast, und fast wäre er gefallen, hätten ihn Knorrhold und Josska nicht gepackt und hinübergezerrt.

Zwischen den Häusern der wohlhabenderen Havener Bürger schlüpften sie hindurch, hinterließen Spuren in verschneiten Gärten und schlitterten über kleine Zierteiche, um endlich atemlos stehenzubleiben und genügend Luft einzusaugen, um die alles entscheidende Frage zu stellen: »Wohin jetzt?«

Knorrhold preßte die Worte förmlich hervor.

»Vertrauen wir uns dem Schutz der Götter an.« Elamar konnte nicht glauben, was da aus seinem Mund kam. »Dem Schutz der Götter? Bist du von selbigen ganz und gar verlassen? Wenn wir einen Tempel aufsuchen, dann haben wir schon verloren. Pfaffen sind alle gleich. Du glaubst doch nicht etwa, daß es eine Rolle spielt, welchen Tempel du aufsuchst – nun gut, vielleicht mit Ausnahme des Tsatempels. Aber wenn dich ein Pfaffe sucht, dann wird dich auch ein Pfaffe finden. Du kennst doch das Sprichwort.«

»Du vergißt ganz«, mischte sich Knorrhold ein, »daß dein Bruder auch ein Pfaffe ist. Aber ich muß dir recht geben, einen Tempel aufzusuchen halte auch ich in der vertrackten Lage, in der wir uns befinden, nicht für klug.«

»Ich habe dir beim Klettern vertraut, jetzt mußt du mir vertrauen. In dieser Stadt kenne ich mich aus. Hier habe ich lange genug für ...« Parinor suchte vergeblich nach dem richtigen Wort und beschloß, seinen Satz mit einer Lücke zu beschließen, *»... getanzt.«*

»Wo sollen wir nur hin?« Knorrhold spähte um eine Hausecke, um zu ergründen, woher das Hundegebell kam, das ihn an die blutrünstigen Kampfhunde der Orks erinnerte und ihm Angst einjagte.

»Wir vertrauen uns dem Herrn Boron an ...« Weiter kam Parinor nicht, denn Elamar hielt einfach die Luft an, um ihn zum Schweigen zu bringen. Erst als er merkte, daß sein Bruder den Widerstand aufgab, prustete er spöttisch los: »Seinem Tempel, dem Tempel dessen, dessen Namen man in Havena nicht nennt?«

Elamar lachte schrill auf und hielt sich dabei den nicht vorhandenen Bauch. Dann schrie er so laut los, daß Parinors Bemühungen, ihn an die möglichen Verfolger zu erinnern, ungehört blieben. »Den Borontempel? Niemals! Ein bißchen kenne auch ich mich hier aus. Und kein Havener Bürger, der auch nur annähernd bei Verstand ist, beträte freiwillig die Insel des Totengottes. Ich sage: Niemals!«

Josska, der sich wieder einmal mit dem Verstehen Zeit ließ, fragte bedächtig »Warum?«, was Elamar dankbar zum Anlaß nahm, die wildesten Schauergeschichten zu erzählen: von Menschen, die tot und doch nicht tot waren; von den Ertrunkenen des großen Bebens, die nächtens ans Ufer krochen, um den Segen eines Boroni zu erhaschen, den Tempel und die Gebeinfelder jedoch aus eigener Kraft nicht betreten konnten und sich daher als Gespenster auf der Felsnase der Insel herumtrieben, was man in jeder nebeligen Nacht beobachten konnte; dem Tod, der einen in der Hafenstadt schon ereilen konnte, wenn man nur den Namen des Totengottes aussprach, und so fort. Er war so damit beschäftigt, die anderen zu überzeugen, daß er gar nicht bemerkte, wie Parinor seine Beine in Bewegung gesetzt hatte und sich alle drei zu jenem unheiligen Ort aufmachten. Da das Gebell der Hunde lauter wurde – Knorrhold vermutete, daß es sich um Winhaller Wolfsjäger handelte, die ganz besonders gute Spürnasen hatten –, verließen sie Unterfluren in Richtung auf den Südhafen, den sie über eine Brücke des Mechanicus Leonardo erreichten, ein Meisterwerk von beträchtlicher Höhe, welches von Küstenseglern in voller Takelage unterfahren werden konnte. Doch zum Staunen blieb keine Zeit. Denn sie mußten weiter, und Knorrhold lebte lange genug in der Stadt, um zu wissen, worauf sie zusteuerten. Doch Boron schreckte ihn weit weniger als etwaige Praioten, Inquisitoren oder gar Bannstrahlritter, die es auf ihre Haut und ihre Seele abgesehen hatten. Boron war gnädig und ersparte so manchem schwer Verwundeten die Leiden eines langen Siechtums. Boron war gerecht, denn er holte Reiche und Arme zu sich, Menschen, Zwerge, Elfen und vielleicht sogar Orks.

Als sie die Hafenanlagen passierten, bemerkte auch Elamar, wie nahe sie dem Bennain-Damm und damit der Grenze zur Unterstadt, den in den Fluten versunkenen Stadtteilen, schon gekommen waren. Der Tsatempel war der Unterstadt ja ebenfalls sehr nahe, aber dorthin konnte man sich wagen, wußte man doch um den Schutz der jungen Göttin, auch wenn Elamar sich und anderen nie eingestanden hätte, wie sehr er auf Sie vertraute. Ohne Vorwarnung blieb er stehen, so daß er vornüber in den Schnee fiel, als Parinor weitergehen wollte.

Die Hafenarbeiter, die gerade dabei waren, eine dickbauchige Potte zu beladen, lachten hell auf, als sie das sahen, und als dann auch noch der zweite der drei Männer im Schnee landete, hielt man endgültig inne, um dem Schauspiel zuzusehen, das das mühsame Tagwerk unterbrach.

Knorrhold schluckte Schnee, aber dann schaffte er es, sich zu befreien, denn Elamars Hände und Beine begannen im Krampf zu zittern. Josska zuckte die Achseln und warf sich kurzentschlossen auf den schmächtigen Hexer.

So setzten sie ihren Weg fort, und als sie den Damm erreichten und aufpassen mußten, daß sie vom kalten Wind, der unheimliche Geräusche von dem versunkenen Teil der Stadt herübertrug, nicht über den Rand des erschreckend schmalen Erdwalls geweht wurden, da war auch Knorrhold etwas mulmig zumute, und die Schritte schienen sie hier viel langsamer vorwärts zu tragen als gewöhnlich.

So schnell sie konnten, brachten sie dieses Stück Wegs hinter sich, und erst am Kai des Viertels Fischerort, wo die kleinen Boote leer zwischen dünnen Eisschollen schaukelten und auf wärmeres Wetter warteten, blieben sie stehen. Die Boroninsel mit ihren beiden Häusern, dem gewaltigen schwarzen Blockbau des Tempels und einem kleineren Haus, in dem angeblich die Geweihten wohnten, breitete sich in ihrer vollen Länge vor ihnen aus.

Gerade versuchte Knorrhold es mit seinem Gewissen zu vereinen, daß sie hier einfach ein Boot entwendeten, um auf die Insel überzusetzen, also ein weiteres Vergehen begingen, da bemerkte er in einiger Entfernung ein Ruderboot, das die Insel in Richtung der Krakeninsel verließ. »Verwunderlich!« rief Knorrhold beim Anblick des Bootes, das von der Insel kam, die angeblich niemand betrat.

»Laßt uns sehen, wer darin sitzt.« Elamar legte die klammen Hände an die Schläfen und blinzelte angestrengt.

»Das kannst du von hier aus sehen?« fragte der Medicus verwundert, denn er hatte bereits Schwierigkeiten zu erkennen, daß es zwei Menschen waren, die in dem Boot saßen.

»Mit einem kleinen Zauber ...« – *»Nein!«* Parinor schaffte es erneut, sich so zu verkrampfen, daß Elamar zur Säule erstarrte. *»Du wirst keinen deiner unheiligen Zauber wirken. Das lasse ich nicht zu! Du greifst in das Gefüge der Welt ein, und das will dem Herrn überhaupt nicht gefallen.«*

Doch Elamar griff bereits nach der inneren Kraft, die es seinen Augen ermöglichen sollte, auch auf diese Entfernung Gesichter zu erkennen – doch vergebens. Darüber erschrak er derart, daß die Wut auf die Dickköpfigkeit seines Bruders auf der Stelle verflog. Dafür setzten augenblicklich die üblichen Kopfschmerzen ein, die ihn jedesmal ereilten, wenn die Kraft ihn vollends verlassen hatte. Und auch die übliche Benommenheit ließ nicht auf sich warten.

Da man bereits auf sie aufmerksam geworden war, drängte Knorrhold zum Weitergehen. Er wußte ganz genau, daß man sich auf eine so unsichere Sache wie Magie nicht verlassen konnte, und so mußten sie die Entfernung bis zum Boot auf natürliche Weise überwinden. Bis zur Krakeninsel war es schließlich nicht mehr weit. Und vielleicht konnten sie die Leute im Boot überreden, noch ein zweites Mal zur Insel zu rudern, damit sie keines der Fischerboote stehlen müßten. Schließlich hatte er immer noch einen guten Ruf zu verlieren, wenn man ihn bei einem solchen Vergehen ertappte und wenn man darüber hinwegsah, mit wem er sich seit fast einem halben Jahr hier herumtrieb, ebenso wie über die Tatsache, daß er mit Rabenvögeln sprach und das Lügen besser beherrschte als ein dahergelaufener Streuner.

Sie erreichten die Stelle, an der das Boot anlegen mußte, früh genug, um zu erkennen, wer darin saß, und die Überraschung und Freude hätten nicht größer ausfallen können. Wie kleine Kinder hüpften und winkten die drei am Ufer, und sogar der Paiote ließ den Hexer gewähren.

»Reisa?« Fast wären Tränen in Elamars Augen getreten, doch dies ließ der Geweihte in ihm dann doch nicht zu; er mochte es nicht, wenn die Gefühle ihn übermannten. Aber wie erschraken die drei, als sie der arg mitgenommenen Frau, die um Jahre gealtert zu sein schien, in die Augen blickten. Wieviel Schmerz lag darin! Wieviel Haß, wieviel Trauer und wie viele unausgesprochene Verwünschungen.

Wortlos nahm Reisa Elamar in die Arme, begrüßte den Medicus mit einer flüchtigen Umarmung, und erst, als Josska sie festhielt, fand sie ihre Stimme wieder, um den dreien vom Tod Parinors zu berichten, der nun auf der Insel ruhte.

Ruagh, der einfache Fischer, der mit der Fahrt zur Boroninsel gerade eines der größten Abenteuer seines

Lebens hinter sich gebracht hatte, verstand nicht, was die vier Fremden da sprachen. Von Seelentausch war da die Rede, vom Totenvogel und davon, daß zwei Seelen in einer Brust wohnten und sich langsam vermischten. Er wollte von solchen Dingen auch gar nichts wissen. Die beiden Raben, die bei der kleinen Gruppe landeten, kümmerten ihn ebensowenig. Wichtig war nur, daß er sein Boot fest vertäuen und seinem Gott das versprochene Opfer darbringen konnte.

Als man jedoch darüber beratschlagte, ob man noch einmal zur Insel hinüberfahren werde, um einen toten Körper zurückzuholen, da wurde der Fischer auf einmal hellhörig. Er beeilte sich, das Seil mit einem besonderen Knoten zu versehen, der nicht so leicht zu öffnen war. Und auch wenn es ihnen gelänge – sollten sie doch sein Boot nehmen und selbst hinüberrudern; er täte es unter gar keinen Umständen ein zweites Mal. Lieber ein Boot verlieren als die Seelenruhe! Der stumme Beschluß, vor dem Weg nach Hause einen Efferdtempel aufzusuchen, spiegelte sich in den grimmigen Gesichtszügen des Fischers.

Doch die vier Fremden kamen offenbar zu dem Entschluß, daß es keinen Sinn habe, bei den Priestern des Boron vorzusprechen, denn ein Körper, der erst einmal die Schwelle des Tempels überwunden und ihre Weihen erhalten hatte, der käme nie zurück, den fände man allein auf einem der Totenflöße wieder, die die Asche der Verstorbenen ins Meer hinaustrugen, um Efferd die Seelen zu überantworten.

So war es dem Gott der Meere gefällig, und so sollte es sein, bis Efferd sie einst alle zu sich holte, bei der zweiten großen Flut, die das Ende der Welt bedeuten würde. Mit diesen Gedanken machte Ruagh sich auf, um nach seiner Frau schicken zu lassen und sie in den Efferdtempel zu holen, auf daß sie dort lerne, wie es um die Gesetze des Weltenlaufs wirklich bestellt war.

Fast unbemerkt hielt der Frühling Einzug in den Gassen und auf den Straßen der Stadt, deren früherer Glanz schon lange verblaßt war. Er schickte eine versöhnliche Brise über die zu neuem Leben erwachten Märkte, den gutbesuchten, duftenden Fischmarkt, den Entenmarkt mit seinem Schnattern und Gackern und den größten Marktplatz in Oberfluren, zwischen dem Stadtpark und dem Halplatz, der aufgrund seiner vielfältigen, täglich wechselnden Nutzung keinen Namen hatte. Der Wind führte die Boote der Fischer hinaus aufs Meer, und die Efferdschule, die im Winter so manchen Binnenschiffer für die Fahrt aufs weite Meer hinaus ausbildete, konnte auf den Erfolg ihrer Bemühungen gespannt sein. Doch auch im übrigen Jahr waren ihre Tore den Fischern nicht verschlossen. Die jüngste Ausgabe der *Havena-Fanfare,* der Stadtzeitung, deren Namen man voller Stolz aussprach, auch wenn viele der Havener Bürger des Lesens nicht mächtig waren, verließ druckfrisch die Presse. Botenjungen, die in Havena Fanfarenkinder genannt wurden, brachten die Blätter zu jenen, die wissen wollten, was es Neues zu berichten gab, und jenen, die es sich leisten konnten, sie zum Einschlagen von Fisch oder anderen feilgebotenen Waren zu verwenden. Der Rußfänger hatte alle Hände voll zu tun, von Tür zu Tür zu gehen und die Kamine von der in diesem Winter besonders reichlich angehäuften Asche und dem Ruß zu befreien. Die ganze Stadt schien von reger Betriebsamkeit ergriffen zu sein. Selbst die glücklosen Schauerleute, die die lange Zeit ohne Beschäftigung in den Tavernen im Hafen zubrachten, so es ihr Kreuzerbeutel erlaubte, fanden neue Arbeit.

Auch Knorrhold Grünstein war nicht untätig. Er hieb mit dem Knüppel nach einer Ratte, verfolgte sie, bis das graue Biest durch eine Lücke zwischen den Brettern verschwand. Seit vier Wochen schon, seit sie in den Verhau gezogen waren, den man vor dreihundert Jahren vielleicht noch Haus genannt hätte, war dies eine seiner Lieblingsbeschäftigungen. Daß die Bruchbude immer noch stand, war ein kleines Wunder, und hätte jemand den Balken entfernt, der ihren Giebel am gegenüberliegenden Haus abstützte, das kaum besser aussah, die beiden Gebäude wären wie Kartenhäuser zusammengefallen.

Während er auf die Rückkehr der hungrigen und dreisten Ratte wartete, spann Knorrhold den Gedanken fort. Sollten diese beiden Häuser fallen, dann konnten sich wohl auch die nebenan stehenden Baracken nicht mehr halten. So könnte man mit einem einzigen Hieb auf einen Balken das ganze Orkendorf zum Einsturz bringen. Ein verlockender Gedanke, mit dem der Medicus immer wieder spielte, wäre dies doch die einzige Möglichkeit gewesen, der namenlosen Rattenplage Herr zu werden, die selbst von den harten Firunstagen nicht aufzuhalten war.

Mittlerweile war der Schnee fast überall geschmolzen. Die Tage waren so milde geworden, daß sie im Weidenschen wohl als Vorbote des Sommers begrüßt worden wären. Und der Schlamm in den Gassen konnte sich mit dem in den Straßen Balihos messen. Doch dort gab es wenigstens hölzerne Stege, auf denen man trockenen Fußes von Haus zu Haus gelangte – wenn nicht gerade eine Rinderherde durch die Stadt getrieben wurde oder es einer Kavalkade Weidener Ritter einfiel, sich Roß an Roß durch die Straßen zu drängen. Aber hier in den schmalen Gassen des Orkendorfs, das vor Schmutz und Dreck starrte, so daß nicht einmal Firuns weißes Hemd es säubern konnte …

Da war das Biest wieder. Mit aller Kraft hieb er zu. Und als er ihm den ersten Schlag verpaßt hatte, da schlug er noch zweimal zu, auch wenn sich das zwei Spann lange Tier schon nach dem ersten Hieb nicht mehr bewegte. Er als Medicus wußte nämlich, daß Ratten die unterschiedlichsten Krankheiten mit sich herumschleppten. Er packte das Tier am Schwanz und warf es kurzerhand aus dem Fenster, so daß es auf dem gegenüberliegenden Dach landete. So weit hatte er sich mit den Sitten des Orkendorfes schon vertraut gemacht. Aller Unrat flog aus dem Fenster, einerlei, wo er hängen- oder liegenblieb oder wen er traf.

Wenn man bedachte, wie weit er es als angesehener Medicus schon gebracht hatte! Wenn das sein Vater sähe … Knorrhold mußte grinsen. So übel war das Ganze nun auch wieder nicht, und wenn Josska Erfolg hatte, dann hätten sie diese unselige Geschichte wohl bald hinter sich gebracht, vorausgesetzt natürlich … Er mochte gar nicht an all die Dinge denken, die noch mißlingen konnten. Was, wenn Josska und der Graue erwischt würden, wie sie einem Inquisitor auflauerten? Was, wenn sie es nicht schafften, die Stadt unbemerkt zu verlassen? Was, wenn der Zauber versagte oder …

Nein. Er mußte seinen Geist freimachen. Wenn Peraine ihm beistand … Manchmal fürchtete er jedoch, die Göttin habe sich schon seit langem von ihm abgewandt, zumal er es sich doch mit einem anderen der Zwölfgötter schon ganz und gar verscherzt hatte. Doch dann betete er um so inbrünstiger zur Herrin, spendete Ihr gar einen um den anderen Taler. Knorrhold vertraute auf das milde Herz Peraines.

Er spähte nach unten, da sich wieder einmal etwas im Schatten bewegte. Das Bein einer Dirne schlang sich um den bulligen Körper eines Seemanns wie eine

Seeschlange um ein Schiff, das sie in die Tiefe reißen will.

Knorrhold beobachtete das Pärchen noch eine ganze Weile, dann setzte er sich wieder an den Tisch, um in dem Zeug herumzustochern, das auf dem Holzbrett lag und das man im Orkendorf eine Mahlzeit nannte, bis der Lärm zweier Betrunkener ihn wieder ans Fenster lockte.

Da waren sie. Knorrhold griff nach dem Dukatensäckchen, das alles Geld enthielt, das er rasch hatte verdienen können, außerdem seine Ersparnisse aus zwei Jahren und dazu den Edelstein, den sie in der Tasche eines toten Diebes gefunden hatten. Und doch reichte das alles nur mit knapper Not für einen Überfall auf einen Inquisitor.

Er eilte die hölzernen Stufen hinab, die gefährlich knarrten, in den ehemaligen Stallraum, um die kleine Tür aufzuschließen. Hastig winkte er die Wartenden herbei. Josska und der fast zur Gänze vermummte Graue, dessen Namen sie nicht kannten, huschten herein und ließen ihr Bündel auf den Boden fallen, wo es wie leblos liegenblieb.

»Er ist doch nicht …«

»Keine Angst, es ist nur Euer Trunk. Wenn er so wirkt, wie Ihr sagtet, wird er in ein paar Stunden wieder zu sich kommen. Das Geld?« Die behandschuhte Hand griff nach dem Säckchen in Knorrholds Hand, doch dieser warf Josska einen Blick zu und entzog es dem Grauen.

»Und Ihr habt auch den richtigen dabei?«

»Bei meiner einen Hand, es ist der Inquisitor, den du mir gezeigt hast.« Der Andergaster war von der Vorgehensweise des Grauen immer noch beeindruckt. Hätten sie den damals dabeigehabt, als die nostrischen Fischköpfe ihnen aufgelauert hatten, sie hätten sie in den Erdboden gestampft und mit ihnen die Äcker gedüngt.

Lautlos glitt die graue Gestalt durch die Hintertür hinaus, nachdem sie ihre Bezahlung in Augenschein genommen hatte, und verschwand zwischen den Schatten der schiefen Häuser. Josska und Knorrhold schleppten den fest verschnürten Sack quer durch den Stallraum zu einem der offenen Fässer, die auf einem Wagen standen, zerrten ihn hoch und quetschten ihn hinein, schlossen das Faß, warfen eine Decke darüber und bekräftigten ihre Tat mit einem schwungvollen Handschlag.

»Jetzt gilt es!« Knorrhold kletterte auf den Bock und nahm die Zügel in die Hand, während Josska das große Tor aufstieß, das fast mitsamt den Angeln aus der Wand gerissen wurde. Der Braune schnaubte unruhig, tänzelte aufgeregt hin und her und warf sich dann mit einem Ruck ins Geschirr.

Zusammen fuhren der Weidener und der Andergaster auf die verdreckte Gasse hinaus, die bald in die Meerstraße mündete. Über die Fürstenallee beeilten sie sich das Garether Tor zu erreichen, umfuhren dabei aber den Halplatz, an dem der Praiostempel stand, so großzügig, wie es ihr Zeitplan eben zuließ. Sie hatten zwar herausgefunden, daß die Ritter des Bannstrahls nicht im Tempel untergebracht waren, aber sicher war sicher.

Vor ihnen stand ein Ochsenkarren. Die Wache fragte nach dem Wohin, doch schien es Knorrhold, als sei die Kontrolle nicht übermäßig streng. Auch war es nicht die Wächterin, die er schon einmal belogen hatte. Vorsichtshalber hatten Josska und er sich Bärte sprießen lassen. Die konnten sich zwar noch nicht mit einem anständigen Zwergen- oder Thorwalerbart messen, aber sie veränderten ihr Aussehen doch so stark, daß man sie wohl kaum auf Anhieb erkannte. So hoffte er wenigstens.

Jetzt waren sie an der Reihe. Ihr Wagen hielt ein wenig zu ruckartig.

»Was habt ihr geladen, und wohin geht die Fuhre?« Pflichtbewußt umrundete der hünenhafte Wachmann den Wagen und klopfte dem Braunen auf die Flanke. Mit dem Schwert hob er die Decke an, um darunterzulinsen.

»Eine Lieferung für die *Wacholderbeere* in Orbatal.« Mit dieser Frage hatten sie gerechnet. Und sie hatten sich genau überlegt, was sie antworten sollten. Natürlich übernahm Knorrhold das Sprechen, und Josska sollte nur so dreinschauen, wie man das von ihm kannte. Doch der Medicus spürte, daß sein Begleiter heute aufgeregt war. Leise summte er vor sich hin, doch traf er die richtigen Töne eher selten.

»Darf man mal kosten?« Mit dieser Frage hatten sie nun nicht gerechnet. Josska summte noch lauter und noch falscher. Sein Bart zitterte leise und juckte, so daß er ihn immer wieder mit den Fingern kämmte.

Knorrhold kletterte nach hinten, um eines der unbedenklichen Fässer zu öffnen, deren Inhalt er allerdings nicht kannte. Der Hexer hatte es übernommen, den Wagen vorzubereiten.

Puh! Tatsächlich Wein, wie darauf geschrieben stand. Danke, Elamar! Der Wachmann nahm einen kräftigen Schluck und seufzte erleichtert auf.

»Das tut gut! Hab schon einen ganz trockenen Mund bekommen bei dem ganzen Verkehr heute. Ihr könnt weiterfahren.«

Knorrhold beeilte sich, wieder nach vorn zu klettern, wußte er doch selbst nicht genau, ob der gebraute Kräutersud, mit dem er den Inquisitor schlafen gelegt hatte, tatsächlich so lange wirkte, wie er sich das vorstellte. Bei solchen Dingen konnte man sich ja schließlich nicht einfach irgendwo kundig machen, so wie man sich nach dem Rezept für Bohnensuppe mit Speck erkundigte.

Zwar mußten sie noch eine ganze Weile hinter dem langsamen Ochsenkarren herschleichen, da die vielen

Einreisenden ein Überholen unmöglich machten, doch dann preschte der Medicus mit einem gewagten Manöver vorbei und ließ den Braunen laufen.

»Wagenfahren kannst du, das muß man dir lassen!« Josska hielt sich fest, so gut er konnte, und sein Stoppelbart verbarg mehr schlecht als recht die bleiche Gesichtsfarbe.

Tja, das Wagenlenken mußte ein Medicus beherrschen, schließlich wurde man oft genug zu Kranken gerufen, und oft genug kam man nicht umhin, auch einen Kranken zu transportieren. Und wenn man dann über jeden Stein holperte oder sich von Rindern aufhalten ließ, dann kam in Weiden jede Hilfe zu spät.

So schnell es die Straße auf dem Knüppeldamm zuließ, entfernten sie sich von der Stadt am Großen Fluß, die sie wohl so schnell nicht wieder betreten würden. Ein bißchen wehmütig dachte Knorrhold an den blühenden Tsatempel, den er nun nicht mehr zu Gesicht bekäme. Dann eilten seine Gedanken zu den kommenden Ereignissen, die ihn mit Schaudern erfüllten. Genau solche Dinge hatte er damals erleben wollen, als er aus Menzheim fortgegangen war. Wie dumm er vor einem halben Jahr doch noch gewesen war, dumm wie eine Kuh, die der sicheren Weiden Darpatiens überdrüssig geworden war und mit fröhlichem Muhen nach Gareth trottete – hin zu den großen Schlachtbänken der Kaiserstadt.

Der Medicus betrachtete die Lichtung auf der Kuppe des bewaldeten Hügels, wagte jedoch nicht, sie zu betreten. Der Ort, der sich im Schein des vollen Madamals vor ihm ausbreitete, war ihm unheimlich – besonders das gleichmäßige Dreieck um den alten Baum herum, dessen Spitzen von hüfthohen, kalkweißen Felsen gebildet wurden. Dies mußte eine jener Stätten sein, wie es sie auch im Blautan gab, dem sagenumwobenen Hexenwald seiner Heimat, die aber kein Wanderer betrat, wollte er nicht von alten Weibern in Kröten oder Schleien verwandelt werden. Daß er selbst nun trotz aller warnenden Geschichten hier stand, hatte er wohl allein seiner ungebändigten Abenteuerlust zu verdanken.

Die alte Kaia, die in sich versunken am Baum lehnte, entsprach genau seinem Bild eines Hexenweibs, das mit den Blicken seiner trüben Augen fruchtbares Land sumpfig und gesunde Tiere krank machen konnte. Und obwohl er wußte, daß auch Elamar zu den Kindern Satuarias gehörte, wollte er seinen Gefährten so gar nicht mit diesem alten Weib in Verbindung bringen, das in seinem Leben wohl schon mehr Leid über die Leute gebracht hatte, als es dafür Strafen in den Büchern der Inquisition gab.

Wenn er es recht betrachtete, dann war er fast froh, nach dieser Nacht wieder allein weiterziehen zu können. Denn nachdem Elamar das kommende Jahr bei dieser alten Gefolgsfrau Satuarias verbracht hätte, um von ihr zu lernen, würde er, Knorrhold, mit diesem schwarzhaarigen Hitzkopf sicherlich nichts mehr zu tun haben wollen. Er würde es nicht ertragen, Elamar wiederzutreffen und den Schalk nicht mehr in dessen Augen zu finden. Dann lieber ein Abschied hier und jetzt!

Langsam kehrte das Leben in den Körper des Inquisitors Hakan Praifuhr zurück. Knorrhold hatte die Zutaten für die Rezeptur also zu knapp bemessen – und schuld hatte sein Vater, der bei seiner Ausbildung mehr Wert auf das fachmännische Abtrennen von Gliedern als auf das Brauen von Elixieren gelegt hatte.

Wo war nur Reisa? Ihr Rabe hatte sich von den Strapazen weitestgehend erholt und saß nun auf der knorrigen Blutulme, die ihre Zweige inmitten des Dreiecks ausbreitete. Auch Raxba war hier, war noch einmal zu ihm herübergeflattert, um ihn zu begrüßen, von Kaia aber sofort wieder zurückgerufen worden. Knorrhold mochte diese Frau nicht. Wie konnte sie solche Macht über ein fremdes Hexentier haben?

Wo blieb Reisa nur? Knorrhold sah zum Himmel empor, konnte aber die Hexe nirgends entdecken. Dabei sollte sie längst hier sein. Vielleicht wollte ihr Besen nicht so wie sie. Er konnte sich Reisa nicht anders als auf ihrem Wagen fahrend vorstellen. Doch diesen Wagen gab es nicht mehr.

Da spürte der Medicus einen Blick, der sich brennend auf ihn richtete – der Inquisitor war erwacht. Zu früh! Er begann zu wüten und an den Fesseln zu zerren wie ein Tier, das wußte, daß ihm das Schlachterbeil drohte. Und langsam schien er die Stricke zu lockern, mit denen er an den Felsen gefesselt war.

Der Medicus rang mit sich: Sollte er die verzauberte Stätte betreten, um die Seile des Inquisitors wieder festzuziehen, auch auf die Gefahr hin, seinen ruhigen Schlaf für immer aufs Spiel zu setzen, indem er verwunschenen Boden betrat? Nein, er hatte seinen Teil der Aufgabe erfüllt. Jetzt war es Aufgabe der Satuariakinder, den Rest zu erledigen. Doch könnte er jemals wieder ruhig schlafen, wenn Hakan Praifuhr die

Flucht gelänge, er die Geißler auf ihre Spur hetzte und sie jagte wie der Ork das Karnickel?

Elamar saß drüben bei dem einen der Felsen und schimpfte laut vor sich hin, weil er den von Kaia geforderten Trancezustand nicht erreichen konnte. Parinors Fragen, ob er diesen Schritt vor dem Götterfürsten jemals würde rechtfertigen können, schwirrten ihm durch den Kopf, unüberhörbar laut, und machten es ihm unmöglich, seine Kräfte zu sammeln. Elamar würde nicht bemerken, wenn sich sein Vater losriß, um seinem Zorn freien Lauf zu lassen. Und die gebrechliche alte Kaia, was mochte die schon gegen einen ausgewachsenen Mann ausrichten? Nun gut, vielleicht hatte sie die Kraft dazu. Doch Knorrhold war nicht erpicht darauf, dies mitansehen zu müssen und vielleicht noch zwischen die Fronten zu geraten. Er wollte sein Leben nicht als Wurm oder Feldwiesel verbringen, nur weil ein Zauber sein Ziel verfehlte und versehentlich ihn selbst traf. Josska saß an den Baum gelehnt, vor sich hin summend, um sich ebenfalls für das Ritual vorzubereiten, da er Reisa mit seinem Gesang unterstützen sollte.

Glücklicherweise, dankte der Medicus insgeheim den Zwölfen, mußte er selbst sich nicht an der ganzen Hexerei beteiligen. Doch gerade deshalb wollte er wenigstens gut für die Vorbereitungen sorgen. Schließlich war es seine Schuld, daß der Gefangene zu schnell erwachte, nun alles mit wachen Sinnen erleben würde und natürlich die Möglichkeit nicht auszuschließen war, daß er seine Fesseln vorzeitig abstreifte.

Beherzt trat Knorrhold auf die Lichtung. Erst mit einem Fuß, um zu prüfen, ob sich irgend etwas veränderte, als er hinzutrat, doch als er sah, wie das Seil, das den Gefangenen hielt, an dem Felsen hochrutschte, rannte er einfach los, die Augen zu schmalen Schlitzen zusammengekniffen, um jeglicher Gefahr zu trotzen.

»Und du wirst als erster brennen!« donnerte ihm der

Inquisitor entgegen. »Fürchterlich wird dein Tod sein, und vom Fürsten der Götter in ewige Verdammnis gestoßen, wirst du schmachten ein Tausend Äonen, bis ...«

Kurz zögerte Knorrhold, als er den Inquisitor erreicht hatte, doch dann zog er dessen Fesseln so straff wie nur möglich. Jetzt war er schon so weit gegangen und mußte es nun auch zu Ende bringen. Angebrochene Salbentiegel ließ man nicht stehen. Eine Astgabel sollte genügen, um die Fesseln stramm zu halten. Noch zwei weitere Knoten, und der Wüterich mochte soviel zappeln und keifen, wie er wollte.

Kaias Stimme schaffte es nichtsdestotrotz, gegen das Bellen Hakan Praifuhrs anzukommen. »Da ich meine Kraft für das Ritual benötige, wäre ich dir dankbar, Medicus, wenn du ihm mit einem Stück Stoff den Mund stopfen könntest. Ansonsten wäre es mir natürlich ein Vergnügen, dies selbst zu tun.«

Da der Medicus nichts Besseres griffbereit hatte, nahm er sein Schnupftuch und schob es dem Gefangenen in einem günstigen Augenblick zwischen die Zähne. Nur gut, daß er immer ein besonders großes Stück Stoff bei sich trug, das er im Notfall auch schnell um eine Wunde schlingen konnte! Der Knebel saß, wenngleich der Blick des Inquisitors auf seiner Haut brannte.

»Und nun« – Kaia deutete mit dem Finger auf den letzten freien Felsen – »zieh Schuhe und Strümpfe aus und nimm deinen Platz ein.«

»Was? Ich?« Knorrhold verschlug es die Sprache. Davon war nie die Rede gewesen. Er hatte seinen Teil der Abmachung erfüllt, was wollten sie mehr? Er hätte auf das Sprichwort hören sollen: Gib einer Hexe den kleinen Finger, und sie will die ganze Hand. Was sollte er bloß tun?

»Nein! Das könnt Ihr nicht von mir verlangen!«

schrie er der Hexe beherzt entgegen. »O nein! Nein, nein!« Kopfschüttelnd trat er den Rückzug an. »So war das nicht abgemacht!«

»Beeil dich, ich fühle, daß Reisa gleich hier sein wird«, trieb ihn Kaia an. »Oder hat der Medicus Angst? Die Grünsteins waren wohl nie sehr mutige Leute.«

Damit hatte sie eine empfindliche Stelle getroffen. »Ein Medicus und Angst? Was glaubst du, Weib? Ich werde dir zeigen, was wir Grünsteins vermögen.« Sicherheitshalber umrundete er die Lichtung in weitem Bogen. Dann nahm er wie gefordert barfüßig Platz. Schließlich würde er den Freunden ohnehin von wenig Nutzen sein, besaß er doch keinen Funken der arkanen Kraft. Verflixt, schalt er sich selbst, warum wußten die Hexen ausgerechnet auf ihm zu spielen wie auf einer Laute?

Enttäuscht stellte der Medicus wenig später fest, daß Reisa irgendwo anders im Wald gelandet sein mußte, denn sie betrat die Lichtung baren Fußes und ohne ihr Fluggerät. Wahrscheinlich konnte man auf einem Besen wirklich nicht sitzen, und all die Geschichten waren einfach erfunden.

Reisa war wunderschön, noch schöner als sonst. Ihre Haare umspielten das Gesicht im Madaschein wie flüssiges Silber, wie Alabaster schimmerte die weiße Haut. Eine Kette aus Federn und Edelsteinen zierte den Hals, und das offenherzige Kleid, das sich an ihren Körper schmiegte, war mit den unterschiedlichsten Perlen und Federn geschmückt. Als Reisa ihm ein kleines Bündel reichte, da sah er das grüne Feuer in den Smaragdaugen glühen.

»Halt den Körper schön warm.«

Den Körper? Knorrhold schob die Decke beiseite, die das Bündel umhüllte. »Aber Ihr wollt doch nicht dieses Kind opfern!« Entsetzt sprang der Medicus auf, wild entschlossen, das Kleine in seinen Armen mit dem eigenen Leben zu verteidigen, Wurm hin, Feldwiesel her.

Obwohl Reisa heute von heiligem Ernst durchdrungen schien, mußte sie lächeln, wenn auch nur kurz. »Keine Angst, geopfert wird hier niemand. Schließlich befinden wir uns nicht auf der Burg der Geißler.« Reisa und der Inquisitor kreuzten feurige Blicke, und fast hörte man es knistern. »Und außerdem ist das Kind schon tot.«

Fassungslos befühlte der Medicus die Brust des toten Kindes. Bleicher als ein Leichnam in der Kiste stammelte Knorrhold: »Du hast es ...«

Doch ihr Blick genügte, um ihm zu sagen, daß sie niemals ein Kind töten würde, einerlei, was auch geschah.

»Das Kind der Straßendirne aus dem Orkendorf hat die schwere Geburt nicht überlebt. Die Götter waren ihm nicht wohlgesonnen. Meine Tochter hat es mir gebracht. Du weißt ja, sie ist Hebamme. Doch genug jetzt, wir haben nicht viel Zeit, wenn wir die Dinge wieder ins rechte Lot rücken wollen. Der Lauf der Gestirne läßt sich nicht aufhalten.«

Reisa trat zwischen Kaia und Josska und streifte ihr Gewand ab. Noch bevor der Medicus sich wieder fassen konnte, von der Schönheit dieser Frau überwältigt, hatte Reisa Armehra ihre Stimme erhoben und die ersten Töne ihres Liedes förmlich in die Nacht hinaus geschrien. Und die Nacht verstummte. Nicht nur der leise Gesang der Nachtigallen, auch der Wind schien innezuhalten und den neuen Klängen zu lauschen.

Kaia schloß die Augen. Eine große Ruhe schien die alte Frau zu erfüllen. Sachte wiegte sie sich im Takt der Melodie, und der alte Baum in ihrem Rücken schien sich mit ihr zu bewegen. Leise rauschten die jungen Blätter und malten einen Vorhang aus Geräuschen, auf den Reisa ihre Farbtupfer setzte.

Knorrhold wollte nach dem Inquisitor sehen, um zu prüfen, ob die Fesseln der Gegenwehr standhielten, und nach Elamar, weil er sich um den Freund sorgte, doch konnte er den Blick nicht von dem Bild aus Kraft und Sinnlichkeit abwenden, das von Tönen umspielt wurde wie von einem seidenen Tuch.

Da öffnete Reisa ihre Hand, und Josska legte die seine hinein, eine kräftige Hand in ihrer zarten. Leise mischten sich seine männlichen Farbtupfer in die ihren, füllten die Stellen des Bildes aus, die Reisa nicht erreichen konnte. Mit der anderen Hand ergriff sie die verkrüppelten Finger Kaias. Die drei wurden eins, eins mit dem Leben der sie umgebenden Natur, eins mit Satuaria.

Wie gebannt starrte Knorrhold auf das rote Glühen, das sich von der Hand Kaias löste und Reisas Arm hinaufkletterte, mit jedem Ton etwas höher, bis das Leuchten schließlich ihr Herz erreichte. Dort angekommen, schien es förmlich zu bersten, um auch den entlegensten Winkel der Lichtung zu erhellen.

Elamars Schrei zerriß das Bild nur für kurze Zeit, aber dieser Augenblick reichte Knorrhold aus, um sich von dem Anblick der in rotes Licht gehüllten Hexe zu lösen. Er schaute hinüber zu seinem Gefährten, sah diesen sich aufbäumen, als wolle jemand oder etwas seinen Körper zerreißen. Raxba schlug aufgeregt krächzend mit den Flügeln. Dann ließ er sich auf dem Felsen über seinem Herrn nieder und kauerte sich stumm zusammen, so als habe ihn eine Kraft gepackt, die ihn festhielt und niederdrückte.

Chrabos hingegen ließ sich auf dem Felsen des Inquisitors nieder. Auch ihn schien eine Kraft erfaßt zu haben, denn er breitete die Flügel weit aus, so als wolle er mit dem Wind treiben.

Ein heller Blitz zuckte auf, und Knorrhold fuhr zusammen. Der Blitz hatte sich von Reisa gelöst und das helle gelblichgrüne Leuchten, das den Hexer umspielte, in zwei Teile gespalten. Elamars Körper fiel rücklings ins Gras, schlug mit dem Kopf so hart an dem Felsen auf, daß dunkles Blut darauf zurückblieb.

Knorrhold wollte aufspringen, um dem Freund zu Hilfe zu eilen, doch er konnte sich nicht bewegen. Ein Rauschen hatte die umstehenden Bäume ergriffen, und ein kalter Wind wehte. Wo war die Harmonie des ersten Rituals, das Knorrhold durch Zufall hatte beobachten können? Wo war der Friede, der alles ergriffen hatte? Dies war vollkommen anders, war ... Knorrhold fand kein treffenderes Wort, als *gespenstisch.*

Ein Zittern hatte die alte Kaia ergriffen, als das gelbe Leuchten sich von dem grünen entfernte und auf den zweiten Stein zuschwebte, an dem Hakan Praifuhr sich verzweifelt zu befreien versuchte und sich die Stricke immer tiefer ins Fleisch gruben.

Beim zweiten Blitz zuckte nicht nur Knorrhold zusammen, sondern auch Josska. Doch irgendwie vermochte dieser sich aus eigener Kraft nicht mehr aus dem Bann der Hexen zu befreien, und obwohl sich seine Augen angstvoll weiteten, konnte er nicht aufhören zu singen.

Die Fesseln des Inquisitors verhinderten, daß dieser sich aufbäumte wie zuvor Elamar, aber der dunkle Schatten schien förmlich aus seinem Körper herausgerissen zu werden, herausgeschleudert in die Nacht, vor der er sich als schwarze Silhouette abzeichnete. Und das schlimmste von allem: Er kam auf Knorrhold zu! Unaufhaltsam, bedrohlich!

Mit offenem Mund starrte der Medicus den Schemen an, unfähig, sich auch nur einen Fingerbreit zu bewegen. Er fühlte seinen Herzschlag, der den Rhythmus wechselte, sich den Höhen und Tiefen des Liedes anpaßte. Was hätte er jetzt für einen befreienden Schrei gegeben, der das Bild zerrissen hätte!

Statt dessen schlug ein dritter Blitz ein, und der traf das Kind in seinen Armen mit solcher Wucht, daß er es fast losgelassen hätte. Er fühlte das Brennen auf seinen Händen, das Kribbeln, das die Arme hochkroch und seinem Hals zu gelten schien, in dem er jeden Schlag des Herzens spürte.

Doch kein Leuchten löste sich aus dem kleinen Körper des Kindes. Statt dessen hatte ihn der Schatten eingehüllt, der sich von dem Inquisitor gelöst hatte, so wie das gelbe Leuchten den Körper des Praioten umgab, der jetzt schlaff in den Seilen hing, und das grüne den des Hexers, der noch immer bewußtlos vor dem Stein lag.

Josska brach zusammen und sackte vornüber. Seine Stimme verstummte ohne Widerhall. Das Bild bekam Risse wie ein Ölgemälde, das dem Sonnenlicht ausgesetzt war.

»Ich kann sie nicht halten«, hörte Knorrhold Reisa keuchen, die immer noch aufrecht dem immer heftigeren Wind trotzte, der wild an ihren Haaren zerrte. »Sie sind verloren.«

Knorrholds Herzschlag raste wie wild. Verloren? Nein! So durfte es nicht zu Ende gehen, nicht so! Was sollte man denn einst auf seinen Grabstein schreiben: *Verloren in einem Bild aus Tönen? Zerschellt im Meer des Schweigens?*

Schweiß bahnte sich einen Weg über die kalte Haut seines Gesichtes. Doch warum sich Sorgen um die Inschrift seines Grabsteins machen? Hier, in diesem Wald, auf dieser Lichtung, würde ihn niemals jemand finden. Eher würde er von wilden Tieren zerrissen oder im nächsten Efferd, wenn der Boden vom Regen aufgeweicht war, einfach von der Erde verschluckt werden.

»So nimm meine Kraft!« durchschnitt Kaias Stimme das Rauschen.

Kurz schien Reisa zu zögern, dann legte sie ihre Hand auf die Stirn Kaias, und ein Ruck durchlief die Alte. Ihre Hand fiel leblos zu Boden und gab den Rosenquarz frei, den die knochigen Finger die ganze Zeit über umklammert hatten.

Dann ging alles schneller, als der Medicus es erfassen konnte. Die finstere Aura, die ihn umgab, ballte sich zusammen zu einer kleinen Kugel aus Schatten und fuhr durch den leicht geöffneten Mund in den Körper des Kindes, so wie die gelbe Lichtkugel in den Körper des Inquisitors und die grüne in den Elamars eintauchte.

Plötzlich erstarb der Wind, und eine Wolke verdunkelte das Madamal. Knorrhold bemerkte erst jetzt, daß er den Atem angehalten hatte, und stieß ihn keuchend wieder aus. Eine Weile saß er so da und lauschte dem eigenen Atem, bis das Weinen des Kindes in seinen Händen die Stille durchbrach.

Als sie die alte Kaia auf der Lichtung unter dem Blutulmenbaum begruben, nahm jeder von ihnen stumm Abschied. Viel hatten sie der alten Frau zu verdanken, nicht weniger als ihr Leben. Und das machte die alte Kaia fast zu ihrer Mutter.

Reisa Armehra legte den Rosenquarz auf das Grab, ein zerbrochenes Boronrad flocht sie indessen nicht. Sie hatte ihre Urgroßmutter verloren, und der Verlust schmerzte. Fast hätte sie mit den Göttern gehadert, doch irgendwie schienen sie ihr in dieser Nacht noch ferner als sonst. Warum war sie nicht stark genug gewesen, um die drei Seelen allein halten zu können? Eine einzelne Träne rann ihr die Wange hinab und fiel auf die frische Erde des Grabes.

Josska trat hinter sie und nahm sie in den Arm. Es waren Augenblicke wie dieser, in denen er seine zweite Hand vermißte. Wenn er Reisa im Arm hielt, konnte er sie nicht streicheln. Das machte ihn zornig. Und wenn er zornig war, dann pulsierte der Schmerz im Armstumpf, dann wollte kein Lied auf seinen Lippen tanzen.

Elamar war kaum wiederzuerkennen. Aus seinen Augen schien der Schalk endgültig verschwunden, und das lag nicht nur an der Kopfwunde. Die Unrast hatte ihn verlassen, er war ruhig geworden, fast besonnen, fest entschlossen, in Albernia zu bleiben, gleichgültig, was hier noch auf ihn warten mochte. Dieses Land sollte ihm zur Heimat werden, die Liebkosung der hiesigen Winde wollte er fürderhin auf seiner Haut spüren. Knorrhold betrachtete ihn wehmütig, so wie man in die untergehende Sonne starrt, wenn der Tag einem einen guten Freund genommen hat.

Parinor füllte den Körper des Inquisitors mit Würde aus. Er hatte, wenn auch auf eine etwas andere Art und Weise, als er sich dies einmal vorgestellt hatte, den Platz eingenommen, der ihm schon lange zustand. Und mehr noch: Er war sich sicher, daß der Götterfürst sich sogar der Hexenschaft bediente, um ein Unrecht aus der Welt zu schaffen. Für einen einzigen Augenblick schien die Welt in praiosgefälliger Ordnung zu verharren.

»Potzpaus und Hühnerkacke! Was sollen die trüben Gesichter? Der Wind riecht nach Regen, oh, welch ein Segen! Und ich werde Vater, oh, mein Gevatter!« Dünne blaue Beinchen baumelten von der Blutulme herab, und ein breites Lachen warf sich den trauernden Gefährten entgegen, um sie auf einen neuen Weg zu geleiten.

Der Kobold sprang vom Baum, und vor Freude und Übermut auf einem Bein hüpfend und Purzelbäume schlagend, hopste er auf die Gefährten zu.

Knorrhold Grünstein legte dem blauen Wicht das Kind vorsichtig in die dürren blauen Arme. »Paß mir gut auf das Bübchen auf, hörst du?« Meeresbrise und Salzgeruch, vermischt mit einer leichten Rumfahne, umspielten den Kobold, der aus dem Nichts aufgetaucht war und sich anschickte, zusammen mit dem Kind wieder im Nichts zu verschwinden. Der Medicus wollte sich schon abwenden, da drehte er sich noch einmal um und rief ihm hinterher: »He, Klabauter, fast hätte ich es vergessen: Sein Name ist Hakan!«

Epilog

R*axba:* »Hast du verstanden, worum sich das ganze Krähenspektakel hier gedreht hat?«

Chrabos: »Nicht die Weidener Bohne.«

Raxba: »Du mußtest bei diesem Abenteuer ganz schön Federn lassen.«

Chrabos: »Dein gebrochener Flügel war auch nicht von schlechten Vogeleltern. Doch wie dankt man uns den selbstlosen Einsatz?«

Raxba: »Da hält man für sie den Flügel hin, pickt sie aus Schwierigkeiten heraus, fliegt Meile um Meile, um ihre ach so wichtigen Botschaften zu überbringen …«

Chrabos: »… und stell dir vor, ich sollte sogar sprechen lernen, so als ob ich irgend so ein dummer Buntschreier wäre.«

Raxba: »Und als ob das alles nicht genug wäre, mißbrauchen sie uns zu allem Überfluß auch noch für ihre Zaubertricks, so als wären wir Kaninchen im Hut eines Jahrmarktzauberers oder, noch schlimmer, bloße leblose Zauberwerkzeuge wie Stab, Kugel und Schale der Magier in einem.«

Chrabos: »Ach, obwohl … wenn mich Reisa zum Dank in die Arme nimmt und mir die Kehle krault, dann weiß ich, wofür ich mich geplagt habe … Doch weißt du, was mir *wirklich* auf den Schnabel schlägt? Im abschließenden Kapitel sind wir dem Autor nicht mal eine Erwähnung wert, keine einzige Zeile!«

Raxba: »Schreiberlinge …!«

Übersetzung aus der einzig wahren Rabensprache

Anhang

Begriffe, Namen, Orte

Albernia – früheres Fürstentum und heutiges Königreich im Westen des Mittelreiches
Alveran – Heimstatt der Götter
Andergast – Königreich östlich von Nostria, mit diesem seit Menschengedenken zerstritten
Anderswelt – Welt der Feen und Kobolde
Aranien – Staat südöstlich des Mittelreiches
Auraleth – Ort bei Wehrheim, Hauptsitz des Bannstrahlordens
Baliho – Ritter- und Viehtreiberstadt in Weiden
Bannstrahl Praios' – fanatischer Laienorden der Praioskirche, bekannt für seine unerbittliche Hexenverfolgung
Beleman – stetiger ruhiger Wind am Meer der Sieben Winde
Bennain-Damm – Damm im Hafenbecken Havenas, hält die Kreaturen der Unterstadt fern
Blautann – Hexenwald in Weiden (in den Blautann gehen bedeutet zu sterben)
Boroninsel – Insel mit Borontempel in Havena
Boronrad – gebrochenes Rad; Symbol des Boron, das für Tod und Vergänglichkeit steht
Chonchinis – ein Heilkraut; die Salbe hilft bei Verbrennungen
Cuanu ui Bennain – König von Albernia
Darpatien – zentral gelegene Provinz des Mittelreiches
Dere, Dererund – die Welt
Difar – niederer Dämon (Flinker Difar = Durchfall)
Drauwald – kleiner Wald im südlichen Albernia
Duglum – mächtiger Dämon, Überbringer von Krankheiten
Efferdswetter – Regenwetter
Farindelwald – großes verzaubertes Waldgebiet im Norden Albernias

Fischerort – Stadtteil im Südwesten Havenas
Firunmurmler – größeres Nagetier, dem Biber ähnlich, jedoch weniger bauwütig
Garethi – aventurische Hochsprache des Alten und Neuen Reiches
Geißler – allgemein verbreitete Bezeichnung für den Bannstrahlorden
Goblin – zweibeinige, rot bepelzte und primitive kulturschaffende Rasse
Golgari – der Totenvogel, Borons Bote, der die Seelen holt
Götterlauf – Jahr
Greif – Mischwesen aus Adler und Löwe, heiliges Tier des Praios
Greifenfurt – Stadt im Mittelreich, die von den Orks geschleift wurde und nun wieder aufgebaut wird
Großes Beben – See- und Erdbeben, 291 v.H., das den alten westlichen Teil Havenas zerstörte und unter Wasser setzte; die überfluteten Viertel sind heute als Unterstadt bekannt
Havena – Hauptstadt Albernias, am Mündungsdelta des Großen Flusses gelegen
Ifirn – die sanftmütige Tochter des Gottes Firun
Ifirnsohren – kalte Ohren
Illuminatus – dritthöchster Rang der Praioskirche
Ilmenblatt – leichtes Rauschkraut, wirkt beruhigend
Imman – aventurisches Mannschaftsspiel
Inquisition – Einrichtung der Praioskirche, mit der Aufgabe der Wahrheitsfindung betraut
Khunchom – prächtige Stadt der Tulamiden
Krakeninsel – Stadtteil Havenas, wegen des Traditionsbewußtseins seiner Bewohner berüchtigt
Kuslikana – liebfeldischer Schreittanz
Kyndoch – Ort am Großen Fluß
Lata – Riesenschildkröte in Havena, heiliges Wesen des Efferd
Levthan – von den Hexen verehrter widderhörniger Halbgott
Lowangen – Stadt im Norden des Mittelreiches, stand unter orkischer Belagerung
Madamal – der aventurische Mond
Menzheim – Stadt in Weiden, benannt nach einem alten Kaiser
Mishkhara – Erzdämonin, Sendbote der Krankheiten

Muhrsape – düstere, gefährliche Moorlandschaft südlich von Havena
Der Namenlose – gefallener Gott, Widersacher der Zwölf
Noioniten – Boronorden, der sich um die geistig Verwirrten kümmert
Nostria – unabhängiges, streitbares Königreich im Norden Albernias
Oger – Menschenfresser
Olport – Hafen der Thorwaler im hohen Norden
Orazal – zähes und sehr wirksames pflanzliches Klebemittel
Orbatal – kleine Stadt in der albernischen Heide
Ork – zweibeinige, kulturschaffende Rasse, schwarz pepelzt; fiel in Horden ins nördliche Mittelreich ein
Orkendorf – Stadtteil Havenas, Überbleibsel aus der Zeit vor dem Großen Beben, Armenviertel
Potte – dickbauchiger Schiffstyp
Praiosscheibe, Praiosauge – Sonne
Praiossprossen – Sommersprossen
Praiosstirn – heiße Fieberstirn
Praiote – Geweihter des Praios
Prinzessin-Emer-Brücke – namhafte Brücke in Havena, unter der Flußschiffe in voller Takelage hindurchfahren können
Rotkelch – großblütige Pflanze aus den südlichen Regenwäldern, deren rote Kelchblüte mit ihrem Gestank Dungfliegen anlockt
Salzarele – Plattfisch; Wappentier der Herrscherfamilie Nostrias
Satinav – Wächter der Zeit
Satuaria – Tochter Sumus, gilt als Urmutter aller Hexen
Seenland – nördliche Landschaft Albernias, oft vom Meer überflutet
Sibur – Stadt im Lieblichen Feld
Sumu – Erdriesin (Sumus Leib – die Erde)
Thalusa – Stadt im Süden Aventuriens
Thorwaler – rauflustiges seefahrendes Volk aus dem Norden Aventuriens
Tobrien – östliche Provinz des Mittelreiches
Traviabund – Ehe
Unterstadt – überfluteter Teil Havenas, der beim Großen

Beben versank, bewohnt von gefährlichen (Wasser-)Kreaturen und lichtscheuem Gesindel
Wahrer der Ordnung – zweithöchster Rang der Praioskirche
Wehrheim – Stadt in Darpatien; Haupteinflußgebiet des Bannstrahlordens
Weiden – große Provinz im Norden des Mittelreiches; jüngst von den Orks heimgesucht
Windanach – kleines Dorf nördlich Havenas
Winhaller Wolfsjäger – Spür- und Jagdhund
Wirselkraut – eine Heilpflanze
Zwölfblatt – farnähnliches Heilkraut

Das Schwarze Auge

1. Band: Ulrich Kiesow, *Der Scharlatan* · 06/6001
2. Band: Uschi Zietsch, *Túan der Wanderer* · 06/6002
3. Band: Björn Jagnow, *Die Zeit der Gräber* · 06/6003
4. Band: Ina Kramer, *Die Löwin von Neetha* · 06/6004
5. Band: Ina Kramer, *Thalionmels Opfer* · 06/6005
6. Band: Pamela Rumpel, *Feuerodem* · 06/6006
7. Band: Christel Scheja, *Katzenspuren* · 06/6007
8. Band: Uschi Zietsch, *Der Drachenkönig* · 06/6008
9. Band: Ulrich Kiesow (Hrsg.), *Der Göttergleiche* · 06/6009
10. Band: Jörg Raddatz, *Die Legende von Assarbad* · 06/6010
11. Band: Karl-Heinz Witzko, *Treibgut* · 06/6011
12. Band: Bernhard Hennen, *Der Tanz der Rose* · 06/6012
13. Band: Bernhard Hennen, *Die Ränke des Raben* · 06/6013
14. Band: Bernhard Hennen, *Das Reich der Rache* · 06/6014
15. Band: Hans Joachim Alpers, *Hinter der eisernen Maske* · 06/6015
16. Band: Ina Kramer, *Im Farindelwald* · 06/6016
17. Band: Ina Kramer, *Die Suche* · 06/6017
18. Band: Ulrich Kiesow, *Die Gabe der Amazone* · 06/6018
19. Band: Hans Joachim Alpers, *Flucht aus Ghurenia* · 06/6019
20. Band: Karl-Heinz Witzko, *Spuren im Schnee* · 06/6020
21. Band: Lena Falkenhagen, *Schlange und Schwert* · 06/6021
22. Band: Christian Jentzsch, *Der Spieler* · 06/6022
23. Band: Hans Joachim Alpers, *Das letzte Duell* · 06/6023
24. Band: Bernhard Hennen, *Das Gesicht am Fenster* · 06/6024
25. Band: Niels Gaul, *Steppenwind* · 06/6025
26. Band: Hadmar von Wieser, *Der Lichtvogel* · 06/6026
27. Band: Lena Falkenhagen, *Die Boroninsel* · 06/6027
28. Band: Barbara Büchner, *Aus dunkler Tiefe* · 06/6028
29. Band: Lena Falkenhagen, *Kinder der Nacht* · 06/6029
30. Band: Ina Kramer (Hrsg.), *Von Menschen und Monstern* · 06/6030
31. Band: Johan Kerk, *Heldenschwur* · 06/6031

Das Schwarze Auge

32. Band: Gun-Britt Tödter, *Das letzte Lied* · 06/6032
33. Band: Barbara Büchner, *Das Galgenschloß* · 06/6033
34. Band: Karl-Heinz Witzko, *Tod eines Königs* · 06/6034
35. Band: Hadmar von Wieser, *Der Schwertkönig* · 06/6035
36. Band: Barbara Büchner, *Schatten aus dem Abgrund* · 06/6036
37. Band: Barbara Büchner, *Seelenwanderer* · 06/6037
38. Band: Hadmar von Wieser, *Der Dämonenmeister* · 06/6038
39. Band: Christel Scheja, *Das magische Erbe* · 06/6039
40. Band: Linda Budinger, *Der Geisterwolf* · 06/6040
41. Band: Momo Evers, *Und Altaia brannte* · 06/6041
42. Band: Barbara Büchner, *Blutopfer* · 06/6042
43. Band: Lena Falkenhagen, *Die Nebelgeister* · 06/6043
44. Band: Karl-Heinz Witzko, *Die beiden Herrscher* · 06/6044
45. Band: Bernhard Hennen, *Die Nacht der Schlange* · 06/6045 (Hardcover)
46. Band: Barbara Büchner; *Das Wirtshaus* Zum lachenden Henker · 06/6046
47. Band: Karl-Heinz Witzko, *Die Königslarve* · 06/6047
48. Band: Tobias Frischhut, *Geteiltes Herz* · 06/6048
49. Band: Hadmar von Wieser, *Erde und Eis* · 06/6049 (in Vorb.)
50. Band: Britta Herz (Hrsg.), *Gassengeschichten* · 06/6050 (in Vorb.)
51. Band: Jörg Raddatz & Heike Kamaris, *Sphärenschlüssel* · 06/6051 (in Vorb.)
52. Band: Alexander Huiskes, *Die Hand der Finsternis* · 06/6052 (in Vorb.)
53. Band: Martina Nöth, *Zwergenmaske* · 06/6053 (in Vorb.)
54. Band: Gun-Britt Tödter, *Koboldgeschenk* · 06/6054 (in Vorb.)
55. Band: Heike Kamaris & Jörg Raddatz, *Blutrosen* · 06/6055 (in Vorb.)

Weitere Bände in Vorbereitung